# ダニエル・デフォー研究

干井 洋一 著

関西大学出版部

【本書は関西大学研究成果出版補助金規程による刊行】

# 目　　次

序 …………………………………………………………………………… *iii*

## 第1部　文学理論とデフォー研究

第1章　デフォーのカノンについて(1) ……………………………… 3

第2章　デフォーのカノンについて(2) ……………………………… 17

第3章　文学理論と作品解釈 ………………………………………… 33

第4章　文学理論の源流 ……………………………………………… 53

## 第2部　デフォー作品の多様性

第5章　『ロビンソン・クルーソー』解釈の多様性 ……………… 69

第6章　『ロビンソン・クルーソー』とポストコロニアル理論(1) … 85

第7章　『ロビンソン・クルーソー』とポストコロニアル理論(2) … 99

第8章　ジャンルを超えた共通性 …………………………………… 113
　　　　―デフォー作品における政治・歴史・文学―

第9章　デフォーの自負と不安 ……………………………………… 129
　　　　―デフォーのジェントルマン論を読む―

第10章　デフォーの小説と『完全なる英国紳士』(1) …………… 149

第11章　デフォーの小説と『完全なる英国紳士』(2) …………… 163

第12章　ルキアノス風諷刺の系譜と『コンソリデイター』………… 173

第13章　デフォーが駆使した手法(1) ……………………………… 187

第14章　デフォーが駆使した手法(2) ……………………………… 199

第15章　『ロクサーナ』の特異性 …………………………………… 215

初出一覧 ……………………………………………………………… 235

あとがき ……………………………………………………………… 237

# 序

近年のダニエル・デフォー研究において最も特筆すべきことは、デフォー・カノンの再構築という劇的変化が起きたことである。このデフォー・カノンの再構築については現在も活発な議論が続けられており、この問題については冒頭の２章で取り上げている。カノン問題が俎上に載せられる前は、初版が1960年に出版され、第２版が1971年に出たジョン・ロバート・モア（John Robert Moore）の *A Checklist of the Writings of Daniel Defoe*[1] が長年にわたりデフォーの著作目録決定版と見なされていた。モアはデフォー作として570以上に及ぶ作品を挙げていたが、この数は一人の作家が書いたと考えるには余りにも膨大であり、デフォー研究家の間では異論も出ていた。しかしながら、本書の第１章で詳述しているように、P・N・ファーバンク（P. N. Furbank）と W・R・オウエンズ（W. R. Owens）が、新たなデフォー・カノンの構築に取り組むまでは、*A Checklist of the Writings of Daniel Defoe* への本格的な異議申し立ては行なわれなかったのであった。

デフォー・カノンを全面的に見直すという試みがなされたからといって、それが常に妥当なものであるとは限らない。実際ファーバンクとオウエンズの新デフォー・カノンに対しては、主要なデフォー研究家たちから批判の声も上がっている。例えば長年デフォー研究を主導してきたマクシミリアン・E・ノヴァク（Maximillian E. Novak）は、ファーバンクやオウエンズが従来のデフォー・カノンを縮減させ過ぎたため、デフォーの作品群が本来有していた多面性や多様性が失われつつあると批判している[2]。

出版当時デフォー研究における新興勢力に過ぎなかった、英国の研究者ファーバンクとオウエンズの二人は1988年に *The Canonisation of Daniel Defoe* という衝撃的な著作を出し、デフォーに関しては「現在まで満足すべき決定版もなければ伝記もない」[3] という極めて大胆な主張を行なうとともに、不満足なデフォー研究の現状は、書誌学者や研究者が抱くデフォー・カ

*iii*

ノンにまつわる不安に原因があると論じた。ファーバンクとオウエンズに
よって放たれた挑発的な言辞に反発するかのように、この後アメリカやカナ
ダにおけるデフォー研究の碩学たちは大部のデフォー伝を出している。1989
年にはポーラ・R・バックシャイダー（Paula R. Backscheider）が *Defoe
Daniel Defoe: His Life* を、2001年にはノヴァクが *Daniel Defoe: Master of
Fictions* を、2005年にはジョン・リケッティ（John Richetti）が *Life of
Daniel Defoe: A Critical Biography* をそれぞれ出版したのだった[4]。

　このようにデフォー・カノンをめぐる現況は英国 Open University を拠点
とするファーバンク・オウエンズ派と、米国 UCLA を拠点とするノヴァク
派の対立という様相を呈しており、デフォー著作集の新たな編纂という大企
画に関しても同様のことが起きているといえるだろう（ただファーバンクは
2014年に没しており、英国派は両巨頭の一人を失った状態になっている）。

　英国では Pickering & Chatto 社よりファーバンクとオウエンズが編集主
幹となった44巻本のデフォー著作集が2000年から2008年にかけて刊行され
た。一方、海を隔てたアメリカでは、ノヴァクが積極的に関わっている
The Stoke Newington Daniel Defoe Edition が AMS 社より出版されている。
ファーバンクとオウエンズ編の44巻と比較すると未だ数は少ないものの、現
時点では以下の5作品が刊行されており、ノヴァクによると更に5作品以上
が進行中である[5]。

　　1999年　*An Essay upon Projects*
　　2001年　*The Consolidator*
　　2002年　*The Political History of the Devil*
　　2007年　*An Essay on the History and Reality of Apparitions*
　　2012年　*The Family Instructor*

　デフォー研究に劇的変化をもたらした第2の要因は、文学理論の興隆とそ
の浸透である。この問題は本書の第1部「文学理論とダニエル・デフォー研
究」の後半部で扱っており、第2部「デフォー作品の多様性」においては文

学理論を用いつつデフォーの諸作品を論じている。文学理論の興隆についての詳しい考察は第３章で行っているが、その内容は次の３点に集約することができるだろう、①どのような文学研究も何らかの理論的枠組みが前提とされていること、②研究を入念に積み上げていけば、最後には作品の真の意味に到達しうるという考え方が疑問視されるに至ったこと、③認識の枠組みが異なると、作品に対する解釈も当然変化するという突き詰めがなされたこと。以上の３点は文学研究に劇的な変化をもたらすことになったのである。

# 注

1）John Robert Moore, *A Checklist of the Writings of Daniel Defoe* (2nd edition, Archon Books, 1971).

2）Maximillian E. Novak. "The Defoe Canon: Attribution and De-Attribution," *Huntington Library Quarterly* 59 (1997): 189-207.

3）P. N. Furbank and W. R. Owens, *The Canonisation of Daniel Defoe* (Yale University Press, 1988), 175.

4）Paula Backscheider, *Daniel Defoe: His Life* (Johns Hopkins University Press, 1989); Maximillian E. Novak, *Daniel Defoe: Master of Fictions* (Oxford University Press, 2003); John Richetti, *The Life of Daniel Defoe: A Critical Biography* (Blackwell, 2005).

5）Maximillian E. Novak, *Transformations, Ideology, and the Real in Defoe's Robinson Crusoe and Other Narratives* (University of Delaware Press, 2014), 221-2.

# 第1部

# 文学理論とデフォー研究

# 第1章　デフォーのカノンについて(1)

## I

「英国における最も多作な散文作家」[1] であるダニエル・デフォー（Daniel Defoe）の全体像を捉えようとする試みには困難が伴う。作品数の膨大さやデフォーが取り組んだジャンルの多彩さもその理由であるが、今ひとつの原因はピーター・アール（Peter Earle）が指摘した「デフォーの二重性」[2] にある。デフォーが活躍した時代は、理性というキーワードで表される近代的側面と、神の啓示というキーワードで表される保守的側面との相克が最も激しい時代であった。その直中を生き抜いたデフォーの作品群において、「常にこれら二つの考え方の衝突や軋轢が生じるのは無理からぬこと」であり、「この二重性は実はデフォー自身の性格の中にも存在しているのであった」[3] とアールは説明している。デフォー自身がもつ二面性や、デフォーの作品群に見られる二重性という概念は広く支持されており、例えばジョン・リケッティ（John Richetti）は『ロビンソン・クルーソー』について、この物語は「内面における宗教的変容と、現実的な自己保存および外面的な成功とが混在しているため」、この二重性が読者に絶えずディレンマを与え続けると述べている[4]。

　従来、デフォーの小説群とそれ以外の作品群とを分かつ非連続性は「デフォーの二重性」という概念で説明されてきたが、次節で詳述するように、デフォー・カノンの見直しとともに、二つの作品群の相互関係がますます重要視されるようになった。

# II

　文学研究者によるデフォー研究においては、1719年の『ロビンソン・ク
ルーソー』から1724年の『ロクサーナ』に至る小説作品に焦点が当てられ、
それらが特権化される傾向があった。Ｐ・Ｎ・ファーバンク（P. N. Furbank）
とＷ・Ｒ・オウエンズ（W. R. Owens）によってデフォーのカノン問題が提
起される以前は、とりわけその傾向が強い。例えばマーガレット・ドラブル
（Margaret Drabble）が編纂した *The Oxford Companion of English
Literature* 第5版はデフォーについて以下のように述べている。

> 　　Defoe was an extremely versatile and prolific writer, and produced
> some 560 books, pamphlets, and journals, many synonymously or
> pseudonymously...Defoe's influence on the evolution of the English
> novel was enormous, and many regard him as the first true novelist. He
> was a master of plain prose and powerful narrative, with a journalist's
> curiosity and love of realistic detail; his peculiar gifts made him one of
> the greatest reporters of his time, as well as a great imaginative
> writer....　　　　　　　　　　　　　　　　(265, emphasis added)[5]

事典の記述には簡潔さが求められることを差し引いても、上に引用した
*The Oxford Companion of English Literature* が描き出すデフォー像には幾
つか難点がある。1つ目の問題点は、デフォーが小説以外の様々な分野で大
活躍していたことには触れてはいるものの、ジャーナリストとしてのデ
フォーの側面しか強調していないことである。上記の引用では「最も傑出し
たジャーナリストの一人でもあった」と述べられているだけであり、デ
フォーが執筆対象としたテーマが驚くほど多岐に亘ることが明示されていな
い。2つ目の問題点は、デフォー・カノンに関する論議が全く無視されてい
ることである。その結果、上記の引用では「デフォー作品の総数は560余に
及び、その多くは匿名であったりペンネームを用いたりしていた」という説

明に留まり、デフォーのカノン問題に対する言及が全くない（最新版である2009年の第7版ではデフォーの項目に大幅な変更が加えられており、この点については後述する）。

一方、デフォー研究の碩学マクシミリアン・ノヴァクはずっと以前から、デフォーが活躍した分野をより的確に指摘している。

> Defoe wrote full-length books on economics, economic geography, politics, social projects, education, moral philosophy, cataclysmic events, history, and social manners. He had also experimented with fictional memoirs and other fictive forms for nearly three decades before writing *Robinson Crusoe* and was regarded by many as the liveliest prose writer in Great Britain.　　　　　　　　　　　　　(55, emphasis added)[6]

デフォーが取り組んだテーマとして、ノヴァクは「虚構の伝記」や小説以外に、「経済学、経済地理学、政治、社会改革論、教育、道徳哲学、天変地異、歴史、礼儀作法」などを挙げている。デフォーは単に膨大な数の作品を著しただけではなく、彼が取り組んだジャンルは非常に多岐に亘っていたのだ。

デフォー研究は英国史や英国経済史の分野においても重視されており、*The Making* of the *English Middle Class* を著している英国史家ピーター・アールは *The World of Defoe* という大著も出している。この研究書はデフォーの著作だけを使って18世紀英国社会を活写しようとしたものであり、非常にユニーク且つ有益な研究書となっている。アールは本研究書における自らの試みについて、その序文で以下のように述べている。

> To my horror I discovered that Defoe was probably the most prolific writer in the English language, a writer moreover who wrote on every conceivable topic from angels to annuities and from adultery to agriculture. But it was too late to back out. This turned out to be fortunate, since the study of Defoe has been doubly rewarding.

（vii–viii, emphasis added）[7]

　アールが述べるように、デフォーは「天使に関することから年金に関することまで、また姦通に関することから農業に関することまで、ありとあらゆる題材」について筆を揮うことのできた、英文学史上「最も多作な作家」であった。デフォーの扱うテーマが極めて多岐にわたるため、アールはデフォーの作品群だけを用いて、18世紀初頭の英国社会を活き活きと描き出すという画期的な試みを行なうことができた。

　そしてアールは上記引用の最後で、デフォー作品を幅広く渉猟することで、彼が手に入れたことを2つ指摘している。その1つ目は、彼自身が著した大作 The World of Defoe であり、2つ目はデフォーという端倪すべからざる巨人に対して、彼が抱くことになった「大いなる尊敬の念」[8] であった。18世紀初頭の英国において、当時としては人生の最晩年に当たる60歳代という10年間に、「夥しい数の作品を著した、型破りで特筆すべき人物」であるデフォーの活躍にアールは大きな感銘を受けることになったのである[9]。

Ⅲ

　作家への評価は時代によって変動するのが常ではあるが、正当に評価されるまでに極めて長い年月を要したという点では、デフォーはかなり特異な作家と言えるだろう。デフォーに対する評価が時代によって揺れ動く中、何人もの書誌学者たちがデフォーの著作目録決定版を作ろうと試みた。その際、彼らはたとえ匿名の作品であっても、その作品を綿密に分析すれば、それを著した作者を特定できると考え、物的証拠がない場合には文体などを手がかりにデフォー・カノンを創り上げていったのである。この過程でデフォー・カノンは増加の一途を辿り、デフォーの著作目録確定に初めて本格的に取り組んだジョージ・チャーマーズ（George Chalmers）から、近年のジョン・ロバート・モア（John Robert Moore）に至る約180年の間に、デフォー・カノンの総数は570超という膨大な数となった。

　デフォー研究においては、長らくモアの A Checklist of the Writings of

*Daniel Defoe*（2nd edition, 1971）[10] がデフォーの著作目録決定版と見なされていた。しかし、ファーバンクとオウエンズの *The Canonisation of Daniel Defoe*（1988）に始まる一連の著作は、既存のデフォー・カノンに見直しを迫るものであった。そして、2人の問題提起は単にカノンの問題にはとどまらず、デフォー研究に大幅な変更をもたらすものでもある。これまでデフォー作とされてきた作品群がカノンから外れるならば、それらを根拠としてきたデフォー像そのものが大きな変容をこうむるのは自然な成り行きだからだ。また、カノンの大幅な変更はその作家の伝記にも影響を与える。デフォーの生涯についての具体的事実は変わらないものの、カノンから外された作品群を踏まえて展開された、従来の伝記的記述を全面的に見直す必要が生じてくるからである。

　以上のような観点から、デフォー・カノンの問題を考えると、ファーバンクとオウエンズが *The Canonisation of Daniel Defoe* で指摘している問題は非常に射程の長い、極めて重要な問題であることがわかる。

> We are very far from having a satisfactory edition of Defoe, nor—with all the respect due to James Sutherland's valuable brief 'Life'—have we yet had a full and satisfactory biography of Defoe—and the cause is surely as plain as it is deep-seated? It is the anxiety that assails the editor or the biographer, both consciously and unconsciously, about the canon.
>
> (175, emphasis added)[11]

現状のデフォー研究においては「ジェイムズ・サザランドの有益ではあるが簡潔な『デフォー伝』を除くと、満足のいく本格的な伝記も未だ出版されていない」とファーバンクとオウエンズは述べ、その原因として「意識的であれ、無意識的であれ、デフォーの著作集や伝記を出版しようとする研究者を襲う、デフォー・カノンについての不安」を挙げている。

　2人の上記の主張は非常に大胆なものであった。というのも上記の主張がなされた時点では、デフォーの伝記や著作集が既にいくつも出版されてお

り、2人の主張は1980年代までのデフォー研究を真っ向から否定するものだったからである。もし、ファーバンクとオウエンズが The Canonisation of Daniel Defoe 1作しか出版せず、問題提起を行なうだけにとどまったならば、2人の主張は一過性のもので終わり、デフォー研究にそれほど大きな影響を及ぼさなかったであろう。しかし、2人はこの著作で提起したデフォー・カノンの再構築という難事に取り組み続けたのであった。

　第1作目で様々な物議を醸したファーバンクとオウエンズは、6年後の1994年に、第2作目にあたる Defoe: De-Attributions を出した。この中で2人はデフォー・カノン構築の3原則を提案するとともに、モアの A Checklist of the Writings of Daniel Defoe に載っている252作をデフォー作品ではないとし、これらの一つ一つに除外する理由を明記しつつ、デフォー・カノンの縮減を行なった。

　さらに4年後の1998年に、2人は新たな著作目録 A Critical Bibliography of Daniel Defoe を出版した。この2人の書誌では、デフォーの作品数は271となっており、モアの著作目録に比べるとカノン総数は大幅に減っている。また、モアのデフォー書誌とは異なり、個々の作品すべてにデフォー作とした根拠を明示しており、さらには巻末でカノン問題が未解決の作品も挙げている。

　ただデフォー研究者すべてが、ファーバンクとオウエンズの新カノンに賛同しているわけではない。例えば先述したノヴァクは、彼が出した大部のデフォー伝 Daniel Defoe: Master of Fictions においても、ファーバンクとオウエンズの試みを痛烈に批判している。

If some of the attributions of William Trent, John Robert Moore, and Frank Bastian appear to rest on doubtful notions of Defoe's style and his ideas, Furbank and Owens are motivated by their own biases — by the notion that fewer works by Defoe are better than more, that works of no real literary merit (in their minds) are best dumped, and by a biographical notion that Defoe did not contradict himself in his printed writings. (4-5, emphasis added)[12]

　ノヴァクはファーバンクとオウエンズによるカノン縮減を次のように批判する。ファーバンクとオウエンズの考えによると、デフォー研究の先人たちは、デフォーの文体や思想に対する誤った先入観に基づいて、別の人物の作品をデフォー作であると決め付けてしまったことになっているが、2人がデフォーの書誌学者たちに向けた一方的な非難は、そのまま2人にも当てはまるとノヴァクは強く批判している。ノヴァクが挙げる、彼ら2人が誤って抱いている先入観の1つ目は「デフォーの作品が少なければ少ないほど良いという考え」であり、2つ目は「彼らにとって文学的価値が低いと判断される作品は、カノンから排除されるのが最善であるという考え」であり、3つ目は「相反する内容をもつ複数の作品を、デフォーが出版することはあり得ないという考え」である。

　そして、ノヴァクは2人に投げ掛けた3つ目の批判を裏付ける証拠として、内容が全く逆転している2つの手紙を取り上げ、その両方をデフォーが執筆していることを指摘し、ファーバンクとオウエンズが採用した、カノン縮減の方法自体に問題があるのだと批判している。また、2人が作家固有の文体等を考慮しないことに関しても、「ファーバンクとオウエンズは、デフォーが用いる構文・文体・語彙・諺の使用・お気に入りの表現などに独自のものがあるという見解を全く無視している」[13]とノヴァクは強く非難している。

　デフォー研究者からの全面的な賛同を得ているとは言えないものの、こうしたデフォー・カノンの大幅な見直しの動きは、本章の第Ⅱ節で挙げた *The Oxford Companion of English Literature* にも取り入れられている。本事典の編纂をドラブルから引き継いだ、ダイナ・バーチ（Dinah Birch）の第7版はデフォーについて次のように記述している。

Defoe produced some 250 books pamphlets, and journals, almost all of them anonymously or pseudonymously, though bibliographic work by P.

N. Furbank and W. R. Owens（see their *Critical Bibliography of Daniel Defoe*, 1998）has substantially reduced the number of works attributed to him. See Maximillian E. Novak, *Daniel Defoe: Master of Fictions* （2001）. (282, emphasis added)[14]

デフォー・カノン問題への目配りを怠らないバーチは、相対立する両陣営の旗頭ともいえる、ファーバンクとオウエンズと、ノヴァクとの双方をバランスよく取り上げている。バーチは、ファーバンクとオウエンズが「デフォー作とされる作品数を大幅に減らした」と述べるとともに、代表的なデフォー伝としてノヴァクの著作を挙げているが、このようなバーチによる、慎重な取り扱いは偶然ではないであろう。バーチはデフォーの項目を変更するに当たり、事典の編纂者としての立場から、両陣営のバランスに配慮しているのである。

Ⅳ

　小説黎明期における重要な作家であり、経済社会史分野での巨人でもあるダニエル・デフォーの「本格的な」著作集が2008年まで、何度もアナウンスはされながらも実際には出版されなかったのは、ファーバンクとオウエンズが指摘した、「デフォー・カノンについての不安」が影響を与えていた可能性は大いにあると思われる。そして第1作目の *The Canonisation of Daniel Defoe*（1988）、第2作目の *Defoe: De-Attributions*（1994）、第3作目の *A Critical Bibliography of Daniel Defoe*（1998）と、従来のデフォー・カノンを否定する著作を出版し続けたファーバンクとオウエンズは、10年以上もの歳月をかけて新デフォー・カノンを取りまとめるという難事を達成する。彼ら2人を編集主幹とした、44巻に及ぶ本格的な『ダニエル・デフォー著作集』が2000年から2008年にかけて Pickering & Chatto 社から出版されたのであった。もちろん彼ら2人によるデフォー著作集が編纂される前にも、デフォー著作集は何度も出版されている。しかし、それらは本文校訂も行われず、また注釈も付けられていないものであった（直近の著作集は、1927年か

ら1928年にかけて出された14巻本 *The Shakespeare Head Edition of the Novels and Selected Writings of Daniel Defoe* である）。

　本シリーズ最初の配本となった第1巻でファーバンクとオウエンズは、デフォーの作品群を次の八つのカテゴリーにまとめている。

> Defoe's writings include the following. <u>Verse</u>: numerous lengthy satirical poems about City politics, contemporary poetry, the English national character.... <u>Political pamphlets</u>: a huge array of pamphlets on behalf of the Dissenters, on war and international relations.... <u>Histories</u>: a vast history of Church in Scotland. <u>Full-length treaties</u>: on 'projects', trade, discoveries, social reform, the history of writing.... <u>Fantasies and pseudo-biographies</u>: a lunar fantasy, hoaxes about second-sight and prophesy.... <u>Religious and family instruction</u>: voluminous dialogues concerned with the rearing of children, religious courtship, etc. <u>Periodicals</u>: as well as his famous *Review*, which ran for nine years and dealt with a wide variety of topics.... <u>Novels</u>: eight in all. 　　　　　　　　　　　　　　(2-3, emphasis added)[15]

2人はデフォーの膨大な作品群を、「詩」「政治小冊子」「歴史」「各種の提案書」「架空譚と架空自叙伝」「宗教・家庭指南書」「各種雑誌」「小説」という8つのカテゴリーに分類したのである。小説が大半を占める14巻本である *The Shakespeare Head Edition* と比較すると、新しいデフォー著作集が非常にバランスのとれた構成となっていることが分かるであろう。

　また44巻の著作集に加えて、デフォーの *Review* も新たに出版された[16]。この新しい18巻本が出版されるまでは、A. W. Secord が編纂したファクシミリ版22巻（出版された当時の紙面を縮小したもの）しかなかったが、新しい *Review* は編集主幹ジョン・マクヴィー（John McVeagh）のもと、十分な校訂を経て注釈をつけた形で出版されている。

　デフォーと同時代の作家であるジョナサン・スウィフト（Jonathan Swift）

と比較すると、デフォー著作集の遅れは際立っている。14巻の『ジョナサン・スウィフト散文著作集』がBlackwell社より1939年から出版され始めたのに対し（1956年に完結、Index巻を除く）、44巻の『ダニエル・デフォー著作集』の出版開始は約60年後の2000年であった。両作家は共に初期英国小説の代表的存在であるにもかかわらず、本格的な著作集出版に関し、両者に大きな差が生じることになったのは、デフォー・カノンの問題が長年にわたり論議の的となってきたことと関連があると思われる。

　ロビンソン・クルーソー誕生から290年以上もの時を経て、本格的な著作集と『レヴュー』全集の出版が完結したことは画期的であり、21世紀初頭になってやっとデフォー研究は新たな段階を迎えたと言えるだろう。一方、「満足のいく本格的な著作集も伝記も未だ出版されていない」[17]と断言したファーバンクとオウエンズに対抗するかのように、1989年から2005年にかけて、バックシャイダー、ノヴァク、リケッティがデフォーの伝記をそれぞれ出している[18]。

　それに対し、ファーバンクとオウエンズの方は、2006年に *A Political Biography of Daniel Defoe* を出した。しかし2人が著した伝記は、デフォーの代表作といえる小説群をより深く解明するという方向を目指してはいなかった。そのためファーバンクとオウエンズは、デフォーが『ロビンソン・クルーソー』を執筆した1719年をもって *A Political Biography* の記述を唐突に打ち切っている。そのため皮肉なことではあるが、2人が従来のデフォー研究を評する際に使った「満足のいく本格的な著作集も伝記も未だ出版されていない」[19]という言葉は、ファーバンクとオウエンズの2人にも当てはまってしまうと言えるだろう。そして残念なことにファーバンクは2014年に没しており、その結果、デフォー・カノンの再構築を断行したファーバンクとオウエンズが抱いていたデフォー像を十二分に描き出すようなデフォー伝が、2人の共著で出版される機会は失われてしまったのである。

　一方、本書の序で触れたように、海を隔てたアメリカではノヴァクが積極的に関わっている The Stoke Newington Daniel Defoe Edition が AMS 社より出版され始めている。ファーバンクとオウエンズ編の *The Works of*

*Daniel Defoe* と比較すると未だ数は少ないものの、現時点では以下の 5 作品が 刊 行 されている。*An Essay upon Projects*（1999）、*The Consolidator*（2001）、*The Political History of the Devil*（2002）、*An Essay on the History and Reality of Apparitions*（2007）、*The Family Instructor*（2012）である。またノヴァクによると更に 5 作品以上が進行中である[20]。また2014年にノヴァクは *Transformations, Ideology, and the Real in Defoe's Robinson Crusoe and Other Narratives* を出版しており、本著作の中で、ファーバンクやオウエンズのデフォー著作目録よりも、「より学術的で弁えのあるデフォー著作目録」（'a bibliography of Defoe that is more scholarly and less contentious'）[21] を新たに出版する計画が進行中であると述べている。

## V

　本章の最後で、デフォーの小説群とそれ以外の作品群との関係について簡単に触れておきたい。上述したように、カノン問題が提起され、44巻に及ぶ著作集が刊行された後のデフォー研究においては、小説群以外のデフォー作品を重視することが必要不可欠となっている。その結果、小説以外の作品群と小説との関係を等閑視するようなデフォー研究は成り立たなくなっており、従来のようにデフォーの小説群のみを偏重するという傾向は相当緩和されていると言えるだろう。

　以下にその具体例を幾つかあげる。スティーヴン・H・グレッグ（Stephen H. Gregg）の *Defoe's Writings and Manliness*[22] や、ロバート・ジェイムズ・メレット（Robert James Merrett）の *Daniel Defoe: Contrarian*[23] はデフォーの小説群だけでなく、それ以外の作品、とりわけコンダクト・ブックを詳しく論じている。またアイノ・マキカリ他編（Aino Makikalli）の *Positioning Daniel Defoe's Non-Fiction: Form, Function, Genre*[24] は、題名が示す通り、小説以外のデフォーの作品群を、小説との関係ではなく、それ自体に価値あるものとして詳しく分析したものである。またデフォー小説における語りと主体形成をめぐる問題を分析したエリザベス・R・ネイピア（Elizabeth R. Napier）の *Defoe's Major Fiction: Accounting for the Self*[25] は

*Family Instructor, Religious Courtship, Conjugal Lewdness* などのデフォー
の家庭指南書を重視している。

　文学研究とは専門領域を異にする研究者もデフォーの研究書を出し続けて
いる。例えば著名な経済思想研究者であるポーコック（John Greville Agard
Pocock）のもとで学んだ、キャスリン・クラーク（Katherine Clark）は
*Daniel Defoe: The Whole Frame of Nature, Time and Providence*[26) におい
て、ホイッグ進歩史観に基づく従来のデフォー像の見直しを迫っている。

# 注

1 ) Maximillian E. Novak, *Eighteenth-Century English Literature* （Macmillan,
　　1982）, 55.

2 ) Peter Earle, *The World of Defoe* （Weidenfeld and Nicolson, 1976）, 30.

3 ) Ibid., 44.

4 ) John Richetti, *The Life of Daniel Defoe: A Critical Biography* （Blackwell, 2005）,
　　188.

5 ) *The Oxford Companion of English Literature*, ed. Margaret Drabble （5th
　　edition, Oxford University Press, 1995）, 265.

6 ) *Eighteenth-Century English Literature*, 55.

7 ) Earle, vii-viii.

8 ) Ibid., viii.

9 ) Ibid., viii.

10) John Robert Moore, *A Checklist of the Writings of Daniel Defoe* （2nd edition,
　　Archon Books, 1971）.

11) P. N. Furbank and W. R. Owens, *The Canonisation of Daniel Defoe* （Yale
　　University Press, 1988）, 175.

12) Maximillian E. Novak, *Daniel Defoe: Master of Fictions* （Oxford University
　　Press, 2003）, 4-5.

13) Ibid., 5.

14) *The Oxford Companion of English Literature*, ed. Dinah Birch （7th edition,
　　Oxford University Press, 1995）, 282.

15) Daniel Defoe, *Constitutional Theory* in *The Works of Daniel Defoe*, ed. W. R.
　　Owens and P. N. Furbank （Pickering & Chatto, 2000）, 2-3.

16) Daniel Defoe, *Defoe's Review 1704-13*, ed. John McVeagh （Pickering & Chatto,
　　2003-2011） volume 1-9.

17) *The Canonisation of Daniel Defoe*, 175.

18) 本書の序を参照.

19) *The Canonisation of Daniel Defoe*, 175.

20) Maximillian E. Novak, *Transformations, Ideology, and the Real in Defoe's Robinson Crusoe and Other Narratives* (University of Delaware Press, 2014), 221-2.

21) Ibid., 13-4.

22) Stephen H. Gregg, *Defoe's Writings and Manliness* (Ashgate, 2009).

23) Robert James *Merrett, Daniel Defoe: Contrarian* (University of Toronto Press, 2013).

24) Aino Makikalli, et al., *Positioning Daniel Defoe's Non-Fiction: Form, Function, Genre* (Cambridge Scholars Publishing, 2011).

25) Elizabeth R. Napier, *Defoe's Major Fiction: Accounting for the Self* (University of Delaware Press, 2016).

26) Katherine Clark, *Daniel Defoe: The Whole Frame of Nature, Time and Providence* (Palgrave Macmillan, 2007).

# 第2章　デフォーのカノンについて(2)

## I

　ロビンソン・クルーソーという誰もが知る主人公を生み出したダニエル・デフォーは膨大な数の作品を残しているが、それらの作品群に著者名が明記されることは極めて稀であった。これはデフォーに限ったことではなく、例えば同時代人ジョナサン・スウィフトの『ガリヴァー旅行記』も同じく匿名で出版されている。当時は著者名を記すことが必ずしも一般的ではなく、逆に筆禍事件などを避けるため、作品はしばしば匿名とされたのである。その結果、作品数の膨大さという特殊事情も加わって、デフォー研究においては、作品を特定する書誌学的研究が非常に重要な役割を果たしてきた。本章ではデフォー研究におけるカノンの見直しと、そこからもたらされるデフォー観の変容について考える。

　『ジョンソン伝』には、作品の文体を手がかりにして、その作者を見分けることが可能かどうかをボズウェルがジョンソン博士に尋ねるエピソードがある。

　　We talked of the styles of different painters, and how certainly a connoisseur could distinguish them; I asked, if there was as clear a difference of styles in language as in painting, or even as in hand-writing, so that the composition of every individual may be distinguished? JOHNSON. 'Yes. Those who have a style of eminent excellence, such as Dryden and Milton, can always be distinguished.'

　　　　　　　　　　　　　　　　　　　　　　(939, emphasis added)[1]

「絵画や筆跡の場合」と同じように、「作者を見分けうる文体上の顕著な違いは存在するだろうか」との問いに、ジョンソン博士は「然り」と答える。確かに博士がいうように、「極めて優れた文体の持ち主であるドライデンやミルトン」の作品は特定できるであろう。ボズウェルも当然そうだと考える。

しかし、ボズウェルが訊きたいのはより一般的なケースであった。

> I had no doubt of this, but what I wanted to know was, <u>whether there was really a peculiar style to every man whatever</u>, as there is certainly a peculiar hand-writing, a peculiar countenance, not widely different in many, yet always enough to be distinctive: —
> '_____ _____ *facies non omnibus una,*
> *Nec diversa tamen.*' (938, emphasis added)[2]

ボズウェルが知りたいのは、明白な独自性があるとはいえないものの、余人とは明瞭に区別できるような、「その人特有の文体というものが万人に備わっているかどうか」であった。

同席していた主教はこの問いに対して、特定できないとの立場をとり、具体例としてドズリーの詩集を挙げる。

> The Bishop [Dr. Porteus] thought not; and said, he supposed that many pieces in Dodsley's collection of poems, though all very pretty, <u>had nothing appropriated in their style, and in that particular could not be at all distinguished</u>. (938-9, emphasis added)

チェスター主教によると、ドズリー詩集に収められた多くの詩は非常に美しいものだが、「文体には彼独自のものはなく、文体という点から作品を特定することはできない」と語っている。

一方、ジョンソン博士は主教と異なる見解を示した。博士は「すべての人は独自の文体を身につけている」から、そこから作者の特定は可能であると

いう立場をとる。

> JOHNSON. 'Why, Sir, I think every man whatever has a peculiar style, which may be discovered by nice examination and comparison with others: but a man must write a great deal to make his style obviously discernible. As logicians say, this appropriation of style is infinite in *potestate*, limited in *actu*."　　　　　　　　　　　(939, emphasis added)[3]

「ある作家が十分な分量の作品を著している」場合には、作品を「細かく検証し他と比較する」ことによって、「その作者を特定できる」というのがジョンソン博士の立場である。

　また、博士はデフォーの作品群について別の箇所で、次のように語っている。

> He told us, that he had given Mrs. Montagu a catalogue of all Daniel Defoe's works of imagination; most, if not all of which, as well as of his other works, he now enumerated, allowing a considerable share of merit to a man, who, bred a tradesman, had written so variously and so well. Indeed, his *Robinson Crusoe* is enough of itself to establish his reputation.　　　　　　　　　　　　　　　　(928, emphasis added)

「『ロビンソン・クルーソー』だけでも、作者であるデフォーの名声を確立するのに十分である」と述べているように、ジョンソン博士がデフォーの作品を高く評価しているのも興味深いが、デフォー研究者の興味を一層かき立てるのは、デフォーの作品カタログを博士が手にしていたという発言であろう。しかし彼がモンタギュー夫人に渡したとされる「デフォー小説を網羅した目録」は未だ発見されていない。おそらく、この目録はジョンソン博士が独自に作成した作品目録ではなく、博士以外の人によって既に作られていたものであろう。しかし、もし目録作成に博士が力を貸していたとすれば、博

士自身が上述の持論に基づき、文体からデフォーのものと判断した作品が本目録に含まれていたかもしれない。この目録が発見されていないことは実に残念なことである。

II

　第1章で述べたように、デフォー研究においては長らくJ・R・モアの *A Checklist of the Writings of Daniel Defoe* [4] がデフォーの著作目録決定版と見なされてきたが、ファーバンクとオウエンズの *The Canonisation of Daniel Defoe*（1988）を始めとする一連の著作は、既存のデフォー・カノンに見直しを迫るものであった。そして、「現状のデフォー研究においてはジェームズ・サザランドの有益ではあるが簡潔な『デフォー伝』」を除くと、満足のいく本格的な著作集も伝記も未だ出版されていない」[5] という、ファーバンクとオウエンズの断言は、非常に大きな波紋を投げ掛けた。20世紀の終わりから21世紀初頭にかけて、デフォー研究者たちの大部な著作が続いたのは2人の影響が大きかったといえるだろう。本書の序で触れたように、1989年にポーラ・バックシャイダー（Paula Backscheider）が600頁を超える *Daniel Defoe: His Life* を、2003年にノヴァク（Maximillian E. Novak）が750頁を超える *Daniel Defoe: Master of Fictions* を、2005年にジョン・リケッティ（John Richetti）が400頁を超える *The Life of Daniel Defoe* をそれぞれ出版している。これら3冊の大著は、1980年代までのデフォー研究をいわば全否定した、ファーバンクとオウエンズへの返答といっても過言ではないであろう。

　一方、ファーバンクとオウエンズは、デフォー・カノンの再構築という難事に取り組み続けた。以下では、まずファーバンクとオウエンズが採用した、新カノン構築の方法論を取り上げたい。次の引用は、デフォー・カノン関連の2作目 *Defoe: De-Attributions* と、3作目 *A Critical Bibliography of Daniel Defoe* において2人が挙げている、カノン構築に関する3原則である[6]。2つの著作における3原則の記述には少し相違があるので、ここでは最新版に当たる、後者の著作 *A Critical Bibliography of Daniel Defoe* で掲げられた3原則を取り上げる。

*20*

1. In arguing for an ascription, one should not 'forge chains' of attribution, that is to say base any part of one's argument on some earlier merely probable attribution, but should draw solely upon works indisputably by the author in question.

2. If adding a new ascription, one should always explain one's reasons.

3. One should not regard the fact that a new ascription seems plausible—i.e. compatible with the author's known style or interests, etc.—as in itself sufficient reason for making it; nor should one be tempted to include a work in the canon 'provisionally', i.e. until some better candidate for authorship appears. (The reason, in both cases, is that inclusion of a work in the canon causes a qualitative change in its status, transforming the way in which later scholars are expected to regard it. It is infinitely harder to get a work out of the canon than to put it there in the first place.) (xxv, emphasis added)[7]

2人が提唱した、カノン構築の3原則をまとめると以下のようになる。

1. 「ある作品を新しくカノンに加えるか否かを論ずる」ときには、「間違いなくデフォー作であるという作品群のみを根拠にする」こと。

2. 作品を新しくカノンに加えるときには「必ずその理由を示す」こと。

3. デフォーの「文体や関心事だけ」を根拠に作品をカノンに加えてはいけない。また「暫定的な形で」作品をカノンに加えてはいけない。というのも上記のような仕方でデフォー作品が増えていくと、作品群は「質的な変化」を起こしてしまうからである。さらには、ある作品をカノンに加える場合と、「カノンから除外する」場合を比較すると、後者が「圧倒的に困難」だからである。

以上のような3原則は当然の注意事項をまとめたもののように見えるが、

ファーバンクとオウエンズによると、長年デフォー・カノンを支えてきたモアの著作目録は、これらの原則を無視していたとされている。*The Canonisation of Daniel Defoe* の中で、ファーバンクとオウエンズは、モアに対し極めて批判的な立場をとっており、モアが粘り強い研究者であり、時には重要な発見をしたことを認めてはいるものの、モアには自分の誤りを決して認めないという重大な短所があったと2人は指摘する。2人はその具体例を挙げているが、もしそれが事実ならば、多くの研究者による自由な論議を経ることが不可欠な、デフォー・カノン構築という難事を押し進めて行く資質を、モアは欠いていたことになるだろう。

　1作目から6年後に出した、2作目 *Defoe: De-Attribution* (1994) において、ファーバンクとオウエンズは上記の3原則に則り、モアのデフォー著作目録から外すべきだと判断した作品群を、その理由を明記しつつまとめた。そして、その4年後に、2人は新たなデフォー著作目録となる *A Critical Bibliography of Daniel Defoe* (1998) を出している。この著作目録では、デフォー作として収録された作品数は270余であり（デフォー作と推定される作品、カノン確定が保留された作品も含む）、モアの著作目録と比較すると、デフォー作品の総数は半分に満たない数にまで削減されている。またファーバンクとオウエンズの新デフォー著作目録は、モアのデフォー著作目録とは異なり、収録した作品すべてについて、デフォー作と判断した根拠を載せている。さらには巻末に、デフォー作か否かを保留した作品も含めている。

　ただ既に述べているように、全てのデフォー研究者がファーバンクとオウエンズのカノン縮減に賛同しているわけではない。例えばノヴァクは、2人が出したデフォー・カノンの2作目である *Defoe: De-Attributions* に対する書評の中で、次のような鋭い批判を行っている。

　　Among the works that Chalmers ascribed to Defoe was _A True Relation of the Apparition of One Mrs. Veal_, published in 1705…. The unique mixture of realistic detail and the supernatural, which lends to the appearance of the apparition so much conviction, is certainly <u>typical</u> <u>of Defoe's method</u>. Yet not only did no one actually see Defoe writing the work, but also no one even associated it with Defoe before Chalmer's list appeared…. We accept it as Defoe's because it seems to show <u>signs of his style</u> and to reflect <u>his interests</u>, but there is certainly <u>no external evidence</u>…. In *Defoe De-Attributions*, P. N. Furbank and W. R. Owens do not delete *A True Relation* from the Defoe canon. This means that, along with <u>every other scholar who has worked on the</u> <u>Defoe canon</u>, they are relying on <u>principles of probability</u> rather than <u>absolute certainty</u>. (84, emphasis added)[8]

短編「ヴィール夫人の幽霊」は幽霊譚の選集に何度も採り上げられる名作であり、「詳しく書き込まれた現実的要素」と「超自然的な要素」との「独特の組み合わせ」という「デフォーが得意とする手法」により、読者に幽霊の存在感を強く感じさせる、巧みな短編である。ノヴァクはこの作品には、ファーバンクとオウエンズが頻りに強調する「外的証拠」(external evidence) がないことを指摘して、どうして「ヴィール夫人の幽霊」をデフォー・カノンから外さないのかと問うている。外的証拠がないのに本作品をカノンに入れるのは、ファーバンクとオウエンズが、先行する他の書誌学者と同じく、「デフォーの文体的特徴」や「デフォーの関心事」といった「蓋然性の原則」でデフォーの作品か否かを決めていることになると、ノヴァクは鋭く指摘しているのである。

　このようにデフォー・カノン問題で対峙するファーバンク・オウエンズ派とノヴァク派は、主として次の2点において見解を異にしている、①前者はデフォー・カノン縮減へと向かっており、後者はデフォー・カノンの極端な絞り込みに反対している、②前者は「外的証拠」(external evidence) を重視しており、後者は外的証拠がなくても「作家の文体的特徴」等の「内的証拠」(internal evidence) によって、デフォー・カノンに特定の作品を含めることは可能だと考えている。

本章の第Ⅰ節で取り上げたジョンソン博士に関するエピソードは、上述した②の問題と密接に関係しており、ジョンソン博士は「すべての人は独自の文体を身につけて」いるので、その作品を「細かく検証し他と比較する」ことによって、「その作者を特定できる」という立場をとっていることになる[9]。

　上述の①についても補足をしておきたい。英文学全体を対象に、或る作品の作者を特定するというカノン問題を眺めると、様々な作家についてカノン問題が起きていることがわかる。例えば英文学研究においては、シェイクスピアのカノン問題が最もよく知られたものであろう。そしてカノン問題を決するのに用いられる外的証拠と内的証拠の関係については、その両方を検討するケースが多いことに留意すべきである。さらには、単純に外的証拠が内的証拠に優先するとは限らないという点にも注意を払う必要がある。

　少々極端な例ではあるが、出版された初版のタイトルページに、その作家の名前が記されているという、明確な外的証拠がある場合でも、作家の文体的特徴といった内的証拠により、当該作家の作品ではないと判断されるケースもある。例えば『ペリクリーズ』（Pericles）は1609年の初版タイトルページに著者ウィリアム・シェイクスピアの名前が明記されているが、その文体的特徴から、本作品の一部は別の作家によって書かれたものであり、作品全部をシェイクスピア作と見なすことはできないと考えられている。

　『ペリクリーズ』は初版タイトルページにシェイクスピアの名前があるのだが、一方では「ファースト・フォリオ」（シェイクスピアの没後7年目である1623年に出版された最初の戯曲集）には収録されていない。そのため『ペリクリーズ』がシェイクスピア作か否かというカノン問題が長年議論の的となってきた。ロジャー・ウォーレン（Roger Warren）はこの問題を総括する中で、「ファースト・フォリオ」の編者であるジョン・ヘミングス（John Heminges）とヘンリー・コンデル（Henry Condell）が、『ペリクリーズ』を収録しなかった理由として、以下の3つを挙げている[10]。①2人は、本作品がシェイクスピアと別の人物による合作であると知っていた、②版権の関係で収録できなかった、③収録するに足る完全な元原稿が手に入らな

かった。

　ウォーレンは上記の3つの理由をすべて退けた後、今日では合作と見なされている、他の2作品『ヘンリー八世』と『アテネのタイモン』（これらは「ファースト・フォリオ」に収録されている）とは異なり、『ペリクリーズ』が合作であることが、上演当時から人々によく知られていたことが、「ファースト・フォリオ」に本作品が収録されなかった理由ではないかと指摘している。そしてウォーレンは、合作した相手として、最も有力な候補であるジョージ・ウィルキンズ（George Wilkins）を取り上げ、『ペリクリーズ』が合作であるという研究の変遷を手際よく纏めている。

　デフォーのカノン問題との関連で最も興味深いのは、マクドナルド・P・ジャクソン（MacDonald P. Jackson）による、コンピューターを用いた統計文体分析であろう（デフォー・カノンと統計文体分析の関連については本章の第Ⅳ節で触れる）。ジャクソンは「韻文化」（versification）、「押韻」（rhymes）、「機能語」（function words）、「文体の癖」（quirks of style）を中心に文体分析を行ない、『ペリクリーズ』の第1場から第9場を執筆したのはシェイクスピアではなく、ウィルキンズであると結論づけている[11]。

Ⅲ

　デフォー研究者の多くは、デフォーを多彩な才能を有する変幻自在の作家、単一像では捉えられない多面的な要素を持つ作家と見なしている。様々なテーマを扱う、デフォーの膨大な作品群を見渡すと、変幻自在のデフォーという解釈は概ね妥当なものといえるだろう。ただデフォーが備える多面性を強調するあまり、デフォーは矛盾に満ちた存在であったと考える研究者もいる。例えば、ローラ・アン・カーティス（Laura Ann Curtis）は *The Elusive Daniel Defoe* において、デフォーを次のように評している。

His insatiable intellectual activity inspired him with so <u>many kaleidoscopic perspectives</u> on any particular issue of politics, economics, religion, and ethics, that <u>probably even he didn't always know what he</u>

<u>really believed</u> and his hyperactivity frequently took the form of covert aggression against society.　　　　　　　　　(10, emphasis added)[12]

　カーティスは引用文の前半部分で、政治・経済・宗教・倫理といったあらゆる個別問題に対し、それぞれに応じた形で「万華鏡のように、自在に変化する観点」をデフォーはとることができたと述べている。このような彼女のデフォー観は、変幻自在のデフォーという、サザランド以来の伝統的なデフォー観に何とか収まっているといえるだろう[13]。

　しかし引用の後半部で述べている「おそらくデフォー自身にも自分が本当に信じていることが何なのかが、時にはわかっていなかったのであろう」という、カーティスの解釈に納得するデフォー研究者は少ないであろう。そして、カーティスが上述の非常に奇妙な解釈に嵌り込んでしまった元々の原因は、デフォーの作品間に見られる相矛盾する主張をそのまま受け入れてしまったことにある。そして最も留意すべきことは、カーティスがJ・R・モアの旧デフォー・カノンに従った結果、本来デフォーの作品ではないものを、デフォー作だと考えて、上で述べた主張をしている可能性が高いことだ。

　カーティスが編纂したデフォー選集 The Versatile Defoe には19作品が含まれているが、そのうち4作品はファーバンクとオウエンズによってデフォー作ではないと否定されている[14]。カーティスは既に没しているが、もし彼女が現時点で新デフォー・カノンをもとに、新たにデフォー像を構築したならば、上述のデフォー観とは、全く異なったデフォー像を創り上げた可能性が高いと思われる。

　このようにデフォーの全体像を捉えるという最重要テーマは、どの作品がデフォー作なのかというカノン問題と密接に繋がっているのであり、デフォー・カノンが今後どのように再構築されていくのかは、デフォー研究にとって喫緊の課題なのである。

　ファーバンクとオウエンズが1998年に出版した新たなデフォー著作目録 A Critical Bibliography of Daniel Defoe に対して、ジョン・マラン（John Mullan）は『タイムズ文芸付録』（Times Literary Supplement）の書評にお

*26*

いて、本著作が出版されたことで、今後「デフォー・カノンに関する議論を
さらに深めることが可能になった」と評している[15]。そしてマランが的確な
論評を出した翌年に、*RES* Essay Prize を受賞した論文がデフォー・カノン
に関する議論をさらに深化させたことは、この問題に対する関心が極めて高
いことを表しているといえるだろう。

　オクスフォード大学刊行の *The Review of English Studies* は2000年に
*RES* Essay Prize を設けたが、その初の受賞論文は、ジェイムズ・ケリー
（James Kelly）がデフォー・カノンをテーマとして執筆した論文であった[16]。
本論文において、ケリーは1705年にエジンバラで再版された（ロンドンでの
初版年をケリーは1704年と推測）、匿名の政治小冊子 *Observations Made in
England, on the Trial of Captain Green, and the Speech at his Death* を、デ
フォー・カノンに新たに入れるべきであると論じており、彼の論文はファー
バンクとオウエンズによるデフォー著作目録 *A Critical Bibliography of
Daniel Defoe*（1998）の出版後、デフォー・カノンを増やす初めての試みと
なった。この論文の中でケリーは、ファーバンクとオウエンズが提唱したカ
ノン構築の原則を用いたことに言及し、さらには、匿名の政治小冊子
*Observations Made in England, on the Trial of Captain Green, and the
Speech at his Death* がデフォー作であると判断するに至った外的証拠と内的
証拠の双方を挙げている[17]。

## Ⅳ

　最後に、デフォー・カノンに関する新たな動向と、今後のカノン問題への
展望についてまとめておきたい。最初に、ノヴァクが提案している「統計文
体分析」（stylometry）を取り上げる。ノヴァクは、ファーバンクとオウエ
ンズの初期の業績について触れた後、統計文体分析の話題に移り、将来的に
はコンピューターによる分析処理を用いて、デフォー作品の特定を行なうこ
とができるのではないかと述べている。

　After an excellent start with the making of concordances, Furbank and

Owens abandoned any notion that Defoe's syntax, style, vocabulary, and use of proverbs and popular phrases were unique. They ignored Defoe's allegiances to certain publishers and were willing to believe that works written in his style, on a subject that interested him, and issued by a publisher he patronized are by some unknown writer. They have proceeded their path despite the development of the *Eighteenth-Century Short Title Catalogue*, which for the first time gives us access to information about publishers' lists, and new ways of distinguishing Defoe's vocabulary and style from those of his contemporaries through computer analysis.　　　　　　　　　　　(5, emphasis added)[18]

　ノヴァクが指摘しているように、ファーバンクとオウエンズは *The Canonisation of Daniel Defoe* を出す前に『ロビンソン・クルーソー』の「コンコーダンス作成」に加わっていた。二人が執筆したのは *A KWIC Concordance to Daniel Defoe's Robinson Crusoe* であり、KWIC は key-word-in-context の略である。このようにファーバンクとオウエンズは、デフォー・カノンを問い直すという大胆な著作を出す前は、『ロビンソン・クルーソー』における、デフォーが用いる文体に関心を抱いていたのである。にもかかわらず、その後、二人が「デフォーの構文、文体、語彙、諺の使用、繰り返し用いる慣用句が独特なものである」という考えを放棄し、デフォーのカノン問題で外的証拠を重視することになったことを、ノヴァクは少々皮肉っぽく指摘しているのだ。

　そしてノヴァクは今後 *Eighteenth-Century Short Title Catalogue* が更に整備されれば、膨大なデータをコーパス化し、それをもとにコンピュータ分析を行なうことで、同時代人の語彙や文体とは異なる「デフォー独特の語彙や文体」を見分けることが可能になるだろうと述べ、統計文体分析を実践しつつある研究者としてアーヴィング・ロトマン（Irving Rothman）の名前を挙げている[19]。

　次に、デフォー・カノン問題に関する今後の展望について触れておきたい。

これまで述べてきたように、ファーバンクとオウエンズが大幅に削減したデフォー・カノンは、残念ながらデフォー研究者から全面的な賛同を得ているとは言い難い。そのためデフォー・カノン問題について、より豊かな成果を今後も生み出していくためには、本章の第II節で取り上げた、ファーバンクとオウエンズによるカノン構築に関する3原則を見直す必要があるだろう。具体的には、デフォーの文体や思想などの内的証拠だけを根拠に、作者不詳の作品をデフォー作と断定してはならないという3番目の項目を修正する必要があると考えられる。カノン問題における外的証拠と内的証拠のバランスという観点から見ると、ファーバンクとオウエンズが設定したカノン構築の原則は、外的証拠に重きを置き過ぎている。確たる根拠無く、増大したデフォー・カノンを正常化するための戦略として、おそらく2人は内的証拠しかない作品は極力デフォー・カノンから排し、外的証拠がある作品を優先的にデフォー・カノンに留めるという方針をとったのであろう。しかし、英文学全体という、もっと巨視的な観点から俯瞰するならば、常に外的証拠が内的証拠に優先する訳ではない。例えば、本章の第II節で触れたように、シェイクスピア作か否かが問題となった『ペリクリーズ』においては、内的証拠の方が外的証拠よりも重視されているのである。

　新デフォー・カノンの構築において、ファーバンクとオウエンズがデフォー研究にもたらした貢献は並外れたものであった。2人が厳しく指摘しているように、過去の書誌学者の中には、明確な根拠を示すことなく、デフォーの文体や思想に近似しているというだけの理由で、デフォー・カノンを拡大させてきた研究者もいた。このような厳密とはいえないデフォー・カノン構築を正すことができたのは、ファーバンクとオウエンズによる不断の努力の賜物である。またデフォー・カノン問題を、デフォー研究の最重要テーマへと引き上げたという意味でも、2人は非常に重要な役割を果たしたと言えるだろう。

　しかし、上述したように、今後は2人が設定した、外的証拠の優位と内的証拠の劣位という硬直化したアプローチではなく、カノン問題が起きている個々の作品ごとに、当時の様々な状況を勘案しながら、外的証拠と内的証拠

のバランスをとりつつ、デフォー・カノンの再構築を進める必要があるだろう。

　その意味では、長年デフォー研究を主導してきたノヴァクが紹介している、以下のような研究姿勢は大いに参考になると言えるだろう。

> I have not followed the *Checklist* of John Robert Moore in cases where I felt that there was not sufficient evidence for the ascription. I have added a number of works to the canon, from a holograph manuscript I found in the William Andrews Clark Memorial Library to pamphlets which to my mind reflect his style and thought. In each case I have published my reasons for believing these works were by Defoe, and I have not changed my mind about them. 　　　　　(5, emphasis added)[20]

ノヴァクは以前から、デフォー作であるとの「十分な証拠がない」場合は、J・R・モアのデフォー著作目録 *A Checklist of the Writings of Daniel Defoe* に従ってはいなかったと説明し、さらには「デフォーの文体や思想」を反映していると自身が考える作品については、学会誌への発表等を通して「その根拠を挙げつつ、デフォー作としてカノンに付け加えてきた」と述べている。

　また最新刊である *Transformations, Ideology, and the Real in Defoe's Robinson Crusoe and Other Narratives* において、自らの主張をより明確に打ち出し、本章の第Ⅱ節で取り上げた、ファーバンクとオウエンズによるカノン構築に関する原則を真っ向から否定するに至っている。本書においてノヴァクは、外的証拠を重視するというファーバンクとオウエンズが採用したカノン構築の原則に難があることを指摘している。そして少々アイロニカルに、もし2人のカノン原則を極めて厳格に用いたならば、デフォーの代表作である『モル・フランダーズ』や『ロクサーナ』ですら、デフォー・カノンから外れることになってしまうと批判している（もちろんファーバンクとオウエンズは上記の小説をデフォー・カノンから外すことはしていない）。

　さらにノヴァクは本書において、内的証拠である、デフォー独自の文体・

語彙・思想から、デフォー作品を特定することは可能であると論じ、今後も、長年デフォー作品に接してきた研究者として、内的証拠と外的証拠の双方を用い、取り上げる作品がデフォー作であるか否かを判断していくと述べている[21]。

　ファーバンクとオウエンズによって、デフォー・カノンが従来の半分未満に縮減された状況下では、2人が設定したカノン構築の3原則（本章の第Ⅱ節を参照）に対し、何らかの見直しを行なう必要があると思われる。具体的には、デフォー・カノン縮減のためにファーバンクとオウエンズが意図的にとった戦略である、デフォーの文体や思想などの内的証拠を重視しないというアプローチを改めるべき段階に来ていると言えるだろう。

# 注

1 ) James Boswell, *Life of Johnson*, The World's Classics (Oxford, 1980), 939. 英文引用は上記の文献に拠り，引用文最後の丸括弧内に頁数を記す．以下同様.

2 ) *Life of Johnson*, 938. ラテン語部分の英訳は以下の通りである．'features not the same in all, nor yet the difference great', Ovid, *Metamorphoses* ii. 13.

3 ) *Life of Johnson*, 938. ラテン語部分の英訳は以下の通りである．'potentially... actually'.

4 ) John Robert Moore, *A Checklist of the Writings of Daniel Defoe* (2nd edition, Archon Books, 1971).

5 ) P. N. Furbank and W. R. Owens, *The Canonisation of Daniel Defoe* (Yale University Press, 1988), 175.

6 ) P. N. Furbank & W. R. Owens, *Defoe: De-Attributions: A Critique of J. R. Moore's Checklist* (The Hambledon Press, 1994).

7 ) P. N. Furbank & W. R. Owens, *A Critical Bibliography of Daniel Defoe* (Pickering & Chatto, 1998), XXV.

8 ) Novak. "The Defoe Canon: Attribution and De-attribution." *The Huntington Library Quarterly* 59: 1 (1996), 84.

9 ) *Life of Johnson*, 939.

10) William Shakespeare and George Wilkins, *A Reconstructed Text of Pericles, Prince of Tyre*, ed. Roger Warren (Oxford University Press, 2003), 60-1.

11) Ibid., 62-71.

12) Laura Ann Curtis, *The Elusive Daniel Defoe* (Barnes and Noble, 1984), 10.

13) James Sutherland, *Defoe* (British Council and the National Book League, 1954), 11.

14) Laura Ann Curtis, *The Versatile Defoe: An Anthology of Uncollected Writings by Daniel Defoe* (George Prior Publishers, 1979).

15) John Mullan, "The Review of *A Critical Bibliography of Daniel Defoe*," *Times Literary Supplement*, May 21, 1999.

16) Kelly James, "*The Review of English Studies* prize essay: *The Worcester Affair*," *The Review of English Studies* 51 (2000), 1-23.

17) Ibid., 16-22.

18) Maximillian E. Novak, *Daniel Defoe: Master of Fictions* (Oxford University Press, 2003), 5.

19) Ibid., 5.

20) Ibid., 5.

21) Maximillian E. Novak, *Transformations, Ideology, and the Real in Defoe's Robinson Crusoe and Other Narratives* (University of Delaware Press, 2014), 13.

# 第3章　文学理論と作品解釈

## I

　ここ数十年にわたる文学理論の隆盛と浸透は文学研究の在り方を一変させ、文学研究をより豊かなものにしている。例えば、ロバート・イーグルストン（Robert Eaglestone）はこの変化を次のようにまとめている。

> If you go into a big enough library today, you will also find a section called 'literary theory', which simply wouldn't have been there twenty years ago. This section—containing books on feminism, post colonialism, and postmodernism and all sorts of other subjects—is about new ways of doing English that have been taken up and used in higher education.... Because of these new ideas, English as a subject has changed and become much more wide-ranging and exciting, and these changes have affected all of us who study or teach English.
>
> (2-3, emphasis added)[1]

彼が指摘しているように、「文学理論」は文学研究の対象を大きく広げ、これまで以上に文学研究を魅力的なものにしてきた（English という語は非常に広い意味をもち、イーグルストンのいう 'doing English' とは英文学研究一般を意味している）。

　またハンス・バートンズ（Hans Bertens）は、作品解釈と理論との関係を次のように説明している。

> There was a time when the interpretation of literary texts and

literary theory seemed two different and almost unrelated things.... In the last thirty years, however, interpretation and theory have moved closer and closer to each other. In fact, for many contemporary critics and theorists interpretation and theory cannot be separated at all. They would argue that when we interpret a text we always do so from a theoretical perspective, whether we are aware of it or not....

(ix, emphasis added)[2]

「意識的であれ無意識的であれ、すべての解釈は何らかの理論に基づいて行われる」という見方から更に歩を進めると、異なった理論的視点から作品にアプローチを行なうことで、異なった解釈が成り立つという見方にたどり着くことになる。本章の目的は、具体的作品を取り上げながら、以上のような理論的枠組みを確認していくことにある。

　伝統的な文学研究においては、作者・作品（テクスト）・読者が果たす役割は次のようなものであった。ロジャー・ウェブスター（Roger Webster）が挙げている図式を以下に引用する。

[図 1]

Author　→　Work/text　→　Reader
　　　　　←　　　　　←

This diagram represents a common sense and therefore seemingly obvious attitude to literature which is that authors produce works which are then read by readers; the production and transmission process is assumed to be from the author to the reader and the ideas or meanings communicated would seem to originate in the author's mind which are then relayed through the poem, novel or play to the reader. The reader is then able to go back along this axis to discover the author's intention and re-experience the author's experience.　(16, emphasis added)[3]

*34*

第 3 章　文学理論と作品解釈

　天賦の才を与えられた作者が自分の書きたいテーマを温め、最も適切な形
に彫琢して傑作を生み出す。読者はその作品をじっくり味わいつつ、作者の
伝えたい意図（intention）を理解し、作者の経験を自らのものとする。図 1
はそのような伝統的な見方を視覚化したものである。文学理論が登場するま
で、文学研究とは作者とその時代を知ることであったと言っても過言ではな
いだろう。作者を中心に据えた歴史的な枠組みの中で、作品を丹念に読み込
み、作者の意図を理解することが文学研究の主たる課題であった。

　もう一度、図 1 を眺め、「Author → Work/text → Reader」という右への
流れを見ていこう。この伝統的図式は次のような流れを示している。独自の
思想を備え、独特な体験をした作者が、それらを核に作品を構築する。読者
は出版物の形で流通した作品を受け取る。次は、右から左への流れ「Author
← Work/text ← Reader」である。読者は作品を味読しつつ、作者が伝えた
かった内容を確実に受け入れる。このプロセスの中で、読者は作者の言いた
かったこと（意図 intention）を見出し、作者の体験を我がものとするので
ある（追体験 re-experience）。

　以上のような伝統的な作品批評に則って、ヴィクトリア朝作家トマス・
ハーディの詩を実際に解釈してみよう。


## 'The Faithful Swallow'


When summer shone
Its sweetest on
An August day,
'Here evermore,'
I said, 'I'll stay;
Not go away
To another shore
As fickle they!'

December came:

'Twas not the same!
I did not know
Fidelity
Would serve me so.
Frost, hunger, snow;
And now, ah me,
Too late to go![4]

この作品の大意は、「仲間のように気まぐれ（fickle）に移動するのを嫌った一羽の燕（swallow）が、ある場所に忠実（faithful）に留まったため、最後には、その地に対する忠誠（fidelity）ゆえに、冬を越せなくなってしまう」というものである。内容面でも、構造面でも、第1連と第2連との間で明確な区切りがあり、夏と冬、明と暗、原因と結果という際立ったコントラストが存在している。

　次に、丸括弧で挙げたキーワードの語義を見て行こう。'fickle' は「愛情が気まぐれなこと」、'faithful' と 'fidelity' は「相手を裏切らないこと」を意味する。燕の擬人化や、上述の語義から、この詩は、何らかの裏切りによって破滅する人物を描いた詩と解釈できる。そして、裏切りの内容としては、婚姻上、恋人間、友人間の裏切りだけでなく、信仰や思想信条といった人間以外のものを想定することも可能である。

　伝統的な批評においては、作者やその時代を知ることが作品理解の基礎となる。ハーディについての伝記的事実（biographical facts）を二つの代表的な文学事典で確認してみよう。まず、『オクスフォード英文学必携』はハーディを次のように紹介している。

The Underlying theme of many of the novels, the short poems, and the epic drama *The Dynasts* is in Binyon's words, 'the implanted crookedness of things'; the struggle of man against the indifferent force that rules the world and inflicts on him the sufferings.

(439, emphasis added)[5]

『ウェブスター文学事典』には以下の記述がある。

From 1878 to 1985 Hardy published *The Return of the Native* (1878) ...
*Jude the Obscure* (1895). They all make plain Hardy's stoical pessimism
and his sense of the inevitable tragedy of human life.

(514-5, emphasis added)[6]

　ハーディは、世界には「内在的意志」(immanent will) が存在しており、人間はそれを変えることはできないという、決定論的な世界観を抱いていた。「世界を支配し、人に苦しみを課す冷淡な力」や、「ストイックな厭世観や、人生における不可避な悲劇という観念」といった、ハーディの人生観を重視する伝統的な批評に立てば、作者ハーディは、擬人化された燕の悲哀を描いていると解釈できるだろう。

　この詩で使われているキーワードが持つ語義に注目してみよう。'faithful' には「精神的または肉体的に相手を裏切らない」、「主義・信条に忠実」、「信心深い」などの意味があり、この詩は、特定の人・信条・信仰に心を捧げたものの、ても、最後に裏切られてしまう人物の悲哀が描かれている[7]。誠意を持って、いくら尽くしても、報われるとは限らない、これが世の常なのだ。'fickle'(気まぐれ)なものが多数を占める人間社会で、人を信じ過ぎることや、或る信条を唯ひたすら守ることは危険を招き寄せてしまう。'fidelity'(忠誠)を愚直に貫くことは、人に悲劇的結末をもたらすというペシミスティックな状況が描かれている。

　伝統批評においては、ハーディがどのような時代に生き、どのような人物であったかが決定的に重要であると考える。そして、この詩を解釈するに当たっては、彼の奉じていたペシミスティックな世界観を引き合いに出すことになるだろう。しかし、裏切られる対象が何であるか、また、ハーディが燕にどのような視線を注いでいるかについては、論者によって意見が分かれると考えられる。ある批評家は、'fidelity' には単に裏切りだけでなく、「男女間において相手を裏切っていない」[8] という意味が強く付与されているとい

う点に着目して、恋人や結婚相手に裏切られるという意味でハーディは使っていると主張するかもしれない。また、別の批評家は、裏切り一般を指しており、ハーディが信仰を失ったという伝記的事実に触れつつ、信仰や政治信条に裏切られるという意味が、より重要だと主張するだろう。

　では、ハーディは擬人化された燕にどのような姿勢を取っていたのだろうか。この点についても、批評家の意見は分かれるだろう。ある批評家は、ハーディは、人には見えぬ「内在的意志」に翻弄され、悲劇的結末を迎える燕に、同情的な視線を注いでいたと解するだろう。また、別の批評家は、'swallow' が「希望や勤勉」を表すシンボルではあるが、同時に、「すぐ信じてしまう人」という意味もあることを指摘しつつ、「純真かつ熱心に」人や信条に心を捧げても、最終的には裏切られてしまうという悲劇的状況をハーディはアイロニカルに描いており、詩人の燕に対する視線は批判的であると解するかもしれない。いずれにせよ、伝統批評においては、様々な伝記的事実から、ハーディの意図を探ることに力点が置かれるのである。

## II

　伝統批評においては、上述のウェブスターの図式を再現することに全力が注がれた。作家は自分の書きたいテーマを温め、最も適切な形に彫琢し、傑作を生み出す。読者はその作品をじっくり味わいつつ、作者の伝えたい意図（intention）を理解し、作者の経験を自らのものとする。作家とその時代という歴史的な枠組みの中に、作品を位置づけ、作者の意図を理解することが文学研究の主たる課題なのであった。実例に挙げた詩の場合も、ハーディの伝記的事実や、当時の社会思想（とりわけ社会ダーウィニズム）を重視しつつ、作品の意味を探っていくことになる。

　英国のI・A・リチャーズ（I. A. Richards）を始祖とする実践批評や、ウィリアム・K・ウィムザット（William K. Wimsatt）とモンロー・C・ビアズリー（Monroe C. Beardsley）によって理論化された米国のニュー・クリティシズムは、このような伝統批評の不備を厳しく指摘した。彼らが槍玉に挙げたのは、悪しき伝統批評が陥りがちな、作品自体の軽視と、恣意的な印象批評で

あった。

　確かに、伝統的アプローチをとる批評家の中には、文学作品それ自体を等閑視し、作家の伝記や歴史的背景のみを論ずる批評家もいる。極端な場合には、作者の隠された伝記的事実を掘り起こすことが文学研究であるかのような誤った印象を与える批評家もいた。ウィルフレッド・ゲーリン（Wilfred L. Guerin）が紹介している、次のようなケースがそうである。

> A professor of English in a prestigious American university... entered the classroom one day and announced that the poem under consideration for that hour was to be Andrew Marvell's "To His Coy Mistress." He then proceeded for the next fifty minutes to discuss Marvell's politics, religion, and career. He described Marvell's character, mentioned that he was respected by friend and foe alike, and speculated on whether he was married. At this point the bell rang, signaling the end of the class. The professor closed his sheaf of notes, looked up, smiling and concluded, "Damn' fine poem, men. Damn' fine."
>
> (16, emphasis added)[9]

マーヴェルの詩「はにかむ恋人に」を取り上げた教員が、作品自体を分析することなく、作家についての伝記的事実のみを講義するにとどまり、しかも最後に「諸君、なんと素晴らしい詩であろう」と授業を締めくくるという例は、まさに伝統批評のカリカチュアとなっている（しかも受講者への呼び掛けは 'men' となっている）。誇張された話であるにしても、伝統批評が方向を誤ると、伝記研究のみに取り組み、作品自体の研究を副次的なものにしてしまう悪弊が露わにされたエピソードである。

　一方、ニュー・クリティシズムの批評家たちは、作品構成や技法の効果といった面に力点を置き、アイロニーやパラドックスを重視した。

Special attention is paid to repetition, particularly of images or symbols, but also of sound effects and rhythms in poetry. <u>New critics especially appreciate the use of literary devices, such as irony and paradox, to achieve a balance or reconciliation between dissimilar, even conflicting, elements in a text</u>.　　　　　　　　　　　　（293, emphasis added）[10]

　作品自体を何度も繰り返し精読し、イメージやシンボルだけでなく、特に、互いに矛盾し合うような要素間の関係に統一性をもたらすアイロニーやパラドックスを重視した場合、ハーディの詩はどのように解釈できるであろうか。

　まず、第一連では以下のように脚韻が踏まれている。

| | |
|---|---|
| When summer sh<u>one</u> | a |
| Its sweetest <u>on</u> | a |
| An August d<u>ay</u>, | b |
| 'Here everm<u>ore</u>,' | c |
| I said, 'I'll st<u>ay</u>; | b |
| Not go aw<u>ay</u> | b |
| To another sh<u>ore</u> | c |
| As fickle th<u>ey</u>!' | b |

　この脚韻パターンは第２連においても踏襲されており、ａａｂｃｂｂｃｂという順となっている。さらに、頭韻も踏まれている。'When <u>s</u>ummer <u>s</u>hone / Its <u>s</u>weetest on' などがその例である。また、全体的に見ると、韻律は弱強二歩格となっており、第２連３行目の 'Fidelity' は、これ一語で弱強二歩格を成している。そして第１連の７行目 'To another shore' と、第２連の６行目 'Frost, hunger, snow' の２行は韻律を変えている。

　２行をそれぞれ「弱弱強格」（anapest）と「強強格」（spondee）に変えているのは、前者においては「別の岸へと去るものたちへの非難」を伝えるためであり、また後者においては「霜、飢餓、雪（死のシンボル）」の３つを併置することによって、燕の悲劇的結末を強調するためであろう。いずれ

*40*

の場合も、韻律の統一を破ることによって、込められた感情の烈しさを表すことに成功している。そして構造上も、第1連と第2連は対照的に創られており、時間の面では夏と冬、内容面では、明と暗や、原因と結果という際立ったコントラストが存在している（以上のような音韻面の分析はもちろん伝統批評においても行なわれる）。

　次に、シンボル、アイロニー、パラドックスに着目してみよう。まず、詩の題名はパラドックスを含んでいる。季節の移り変わりを的確に察知して、暖かい土地に移り住むべき渡り鳥である燕（swallow）が、同時に、仲間のように気まぐれ（fickle）に移動するのを嫌う（つまり、裏切らないという意味で 'faithful'）ということ自体が、まさにパラドックスである。燕が本来もつ本能が適切に働いていたならば、結末のように、雪（'snow' は死を意味するシンボル）の中で悲劇を迎えることはなかったであろう。また、'swallow' には、飲み込むという語義もあり、この意味では、'swallow' は「すぐ信じてしまう人」「何でも鵜呑みにする人」を意味するシンボルとしても機能する。そうすると、'The Faithful Swallow' という題名を、「（本来の在り方を忘れて、情勢判断を怠り）、特定の土地にしがみついた、信じやすい愚か者」と極めてアイロニックに解することが可能となる。

　このような解釈をとるならば、この詩は、本来の在り方に反して、不十分な状況判断を行なうと、大いなる災いがもたらされるというメッセージを含んでいると解することもできる。この詩の主人公である擬人化された燕の末路が示しているように、すべてが無常である人間社会で、愛・信仰・信条などを不用意に信じきってしまうことは危険極まりないことなのだ。危機管理を怠り、状況を的確に判断できないと、最後は悲劇に見舞われることになる。

　伝統批評が作者の意図を重要視するのに対し、ニュー・クリティシズムでは、作品の有機的統一性および、作中で作用しているアイロニーやパラドックスに着目する。そのため、伝統批評においては、詩人ハーディが燕に同情的であるという見方と、燕に批判的であるという見方とが相半ばするのではないだろうか。一方、ニュー・クリティシズム派の多くは、擬人化された燕に対しアイロニックな解釈を行なう可能性が高いと思われる。

# Ⅲ

　伝統批評やニュー・クリティシズムは、適切な解釈を行なえば、作品解釈は正しいものに収斂するという見方をとっている。まず、伝統批評においては、上述の図1（作家・作品・読者の図式）が示すように、読者は作者の言いたかったこと（意図 intention）を見出し、作者の体験を我がものとする（追体験 re-experience）とされており、伝統批評は、次の2つの主張を行っていることになる。

　　1．作品の意味とは、作家が作品に盛り込もうとした意味（作家の意図）
　　　　である。
　　2．作品には正しい意味・解釈が1つだけ存在する。

一方、伝統批評と異なり、ニュー・クリティシズムは主張1を否定したが、作品には正しい意味があるという主張2は否定しなかった。

　ニュー・クリティシズムが主張2を重視し、文学作品に対する客観的な手法を確立しようと格闘したのは、その時代思潮と大いに関連がある。本書の第4章で詳述しているように、20世紀前半はあらゆる学問が物理学的手法に範を求め、厳密の学を目指した時代であった[11]。ニュー・クリティシズムは、作家の意図に縛られた伝統批評と、読者によって評価の異なる印象批評の2つを否定することで、文学作品を客観的に分析する方法論を確立しようとした。

　伝統批評と印象批評に対抗する2つの原理が、ウィムザットとビアズレーによる論文が定式化した「意図の誤謬」と「感情の誤謬」であり、後者の論文「感情の誤謬」冒頭で2人は次のように述べている。

　　As the title of this essay ['The Affective Fallacy'] invites comparison
　　with that of our first ['The Intentional Fallacy'], it may be relevant to
　　assert at this point that we believe ourselves to be exploring two roads

第 3 章　文学理論と作品解釈

which have seemed to offer convenient detours around the
acknowledged and usually feared obstacles to objective criticism, both of
which, however, have actually led away from criticism and from poetry.

(345, emphasis added)[12]

　「意図の誤謬」に関するルート（作者の意図に拘泥すること）と、「感情の誤
謬」に関するルート（読者の感情に拘泥すること）という二つのルートは、
最終目的である「客観批評」に繋がることはない、それどころか逆に、これ
ら 2 つのルートは「文学批評および詩作品」から離れてしまう迷い道に過ぎ
ないと、ウィムザットとビアズレーは断じている。さらに 2 人は、意図の誤
謬は、作品とその「起源」（origin）とを混同した誤りであり、一方、感情
の誤謬は、作品とその「結果」（results）とを混同した誤りであると主張す
る[13]。

　まず、「意図の誤謬」論を取り上げる。ウィムザットとビアズレーは、作
品は作者個人のものではないとし、創作後に作品が作者の手を離れた後は、
作品は作者のコントロールを超えたものとなり、「作品は公的なものとなる」
と論じている[14]。また、伝統批評家のように、作者の意図を重視するという
行為そのものを否定している。「もし作家が言いたいことを盛り込むのに成
功していれば、作品それ自体がその意図を明らかにしているだろうし、もし
失敗していれば、批評家は、作中で効果的に表現されていない作者の意図を
求めて、作品以外のものから、その意図を探す必要が出てくる」と述べ、作
者の意図を知るために作品以外の資料に当たろうとする、伝統批評家の姿勢
を批判している[15]。

　ニュー・クリティシズムが提唱した意図の誤謬論は、発表当時、伝統批評
に対するアンチテーゼとして、非常に大きな役割を果たした。作品自体をな
おざりにし、伝記的事実のみに拘泥する批評家たちを批判し、作品それ自体、
とりわけ、その構造、技法、それらが生み出す効果を最重要視したからであ
る。しかし伝統批評の弊害を正す役割を果たしたものの、ニュー・クリティ
シズムは、様々な問題を孕んでいた。1 番目の問題は、最終目標としている

*43*

「客観批評」（objective criticism）自体が、そもそも到達不可能な目標であることだった。そして2番目の問題は、「意図の誤謬」と「感情の誤謬」という2つのテーゼがそれぞれ抱え込んでいる矛盾に関わるものである。まず、前者から検討して行きたい。

　ニュー・クリティシズムが科学的な文学批評を標榜した際に、模範として仰いだのは自然科学、とりわけ物理学であったと考えられる（本書の第4章を参照）。しかしながら、データの収集、仮説の構築、仮説の再検証による理論の精緻化という、自然科学の古典的プロセスを人文科学はとることができない。というのも、物質を対象とする分野においては、因果関係を基礎に据えることで、客観的な理論モデルを構築することが可能となるが、一方、人間が関わる分野においては、行為者にとっての意味や価値という要素が重要な役割を果たすことになり、その結果、万人に共通する普遍的な理論モデルを構築することは極めて困難だからである。

　例えば、上述のハーディの詩に関する解釈を用いて、上の内容を言い換えると、次のようになるであろう。作品解釈において客観批評が成立するためには、①読者が前提としている価値観（無意識的なものも含む）が一致する、②詩の内容（語義レベル）に関し、読者の意見が一致する、③詩のテーマ（作品全体のレベル）についても一致する、④優れた詩とは何かという基準（例えば、統一性と多様性のいずれをより優れたものとするかといった基準）に関して一致するといった具合に、様々な条件が満たされなければならない。しかし、当然のことながら、意味や価値を生み出す言語システムの存在が不可欠な分野において、このような条件が満たされることはあり得ない。つまり、文学批評において客観批評を打ち立てようとする、新批評家たちの想定自体に無理があるのだ。

　次に、意図の誤謬論が孕む問題点について考えてみたい。ウィムザットとビアズレーの指摘、つまり「意図の誤謬とは、作品とその起源とを混同した誤り」であるとの指摘は、当時極めて斬新なものであった。確かに、作者の意図が明らかではないケース、または、作者が意図しなかったことが、無意識のうちに作品に盛り込まれているケースは多い。以下にいくつかの具体例

第 3 章　文学理論と作品解釈

を挙げてみる。

1．作家が不明な場合には、そもそもその意図を知ることはできない。
2．たとえ作家が確定しているとしても、大抵は同時代人ではなく、そのため作家の意図についての判断は推測に過ぎない。
3．作家が読者と同時代人であり、作家からその意図を直接聞けたとしても、その意図以上に作品が優れた意味を有している場合もあるし、また逆に、その意図ほど作品の完成度が高くないという場合もある。
4．作家は作品を完全にコントロールできるわけではなく、作品の意味は、作品を紡ぎ出している個々の言葉が持つ多様な語義や、それらの語を含む豊かな言語システムを通して生まれてくるものである。
5．精神分析における知見が明らかにしているように、作家が抑圧している無意識的なものが作中に盛り込まれることは少なくない。

2人の論文においては、上述のような具体的ケースは検討されていない。2人の主たる目的は、伝統批評への批判と、客観批評の希求であり、彼らの主張は、作者の意図に拘泥すべきではないという一般論に留まっているからだ。

　ニュー・クリティシズムが追求した目標が客観批評であることを考えるならば、「作品は作者のものでもないし、批評家のものでもない。作品が生み出されて、作者の手を離れた後は、作者のコントロールを超えたものとなる」[16] と2人が強く主張する理由がより鮮明になってくる。

　この点をさらに明確にするため、2人が唱えた意図の誤謬論と、感情の誤謬論の2つを、上述の図1（作家・作品・読者の図式）に当てはめてみよう。

[図2]

作家　→　作品　→　読者
　　　A　　　　B

45

新批評家たちは、一方では、作家と作品との繋がり $\boxed{A}$ を、他方では、作品と読者との繋がり $\boxed{B}$ を強引に切り離して、作品のみを特権化し、この上に科学的な文学批評を構築しようとしたのである。意図の誤謬は前者 $\boxed{A}$ の切断を、また感情の誤謬は後者 $\boxed{B}$ の切断を目指したものであった。しかし、このような試みは無謀と言わざるを得ない。というのも、作品の意味は作品単独で発生するものではないからだ。①作家・作品・読者という三者、②使用された言語システム、③三者をとりまく様々なコン作品（時代・社会・文化・個性の相違などを含む、様々なコンテクスト）の中から、作品の意味は重層的に紡ぎ出されるものだからである。

　一定の留保が付くものの、ニュー・クリティシズムが唱えた「作品が生み出されて作者の手を離れた後は、作品は作者のコントロールを超えたものとなる」という主張は重要である。人と人とが互いに理解し合うためには、使用する言語が、必ず何らかの公共性を有しなければならないように、公共性を持つ言語で著された作品も、完全に私的なものではあり得ない（もし完全に私的な言語があるとすれば、それは他者に理解されない言語となるだろう）。言い換えれば、優れた作品が様々に解釈されるのは、それらの作品が作者の手を離れ、公的なものとなっているからである。

　一方、作品は公的なものであるという新批評の見方は、直ちに、作家の意図は常に排除すべきだという結論を導くことにはならない。例えば、諷刺作品のように、読者が作者の意図を十分承知していないと、その作品のトーンを読み誤るという場合は、とりわけそうだ。つまり、作品の公共性という概念は重要であるが、それは作者の意図を問わないということとは、別次元の問題なのである。以下、具体例を挙げてみたい。ここでは、ダニエル・デフォーの政治小冊子『非国教徒捷径』（*The Shortest Way with Dissenters,* 1702）を取り上げる。なお当時の政治情勢を説明することなく、この作品を論ずることは難しいので、少々長くなるが、伝記的事実に関わる説明をまずは行なう。

　『ロビンソン・クルーソー』の作家として名高いダニエル・デフォーが活躍した18世紀初頭は、宗派・党派の対立が極めて激しい時代であった。

チャールズ2世による王政復古がなったものの、国王の斬首にまで至った
ピューリタン革命による流血の記憶は未だ生々しく、国教徒・非国教徒・カ
トリックという各宗派の対立が続いていた。国教会が主導権を握った体制の
下で、様々な不利益を忍びながら、非国教徒としての信仰を貫いたデフォー
は、政治詩や政治小冊子を数多く書き、とりわけ、国王ウィリアム3世を擁
護した諷刺詩「生粋の英国人」により、文筆の才により国王の庇護を受ける
までになった。そして、ウィリアム3世の死後まもなく、非国教徒に不利な
法案が提出され、この法案の是非をめぐって議論が大いに沸騰した。この大
論争の直中、デフォーは「非国教徒捷径」を出版した。デフォーはこの中で、
反対派である国教会強硬派の口調を真似て、彼らの主張を極限まで推し進め
た。その結果、「非国教徒捷径」には、非国教徒の秘密集会に出て説教をし
たり聞いたりしたものは、縛り首や奴隷船送りにして、非国教徒を葬るべし
という激烈な提案が盛り込まれた。もちろん、非国教徒の徹底的弾圧を主張
する「非国教徒捷径」が、非国教徒であるデフォーの本心であるはずはない。
しかし、デフォーの諷刺に人々は欺かれ、当初この政治小冊子は国教会強硬
派の喝采を浴びた。だが、しばらくしてデフォーによる諷刺であることがわ
かると、反対派の激怒を招き、その結果、デフォーはニューゲイト監獄に入
れられ、晒し台にもかけられるという厳罰に処せられることになった。

　さて、新批評家の唱えるように、デフォーの『非国教徒捷径』に対しても、
作者の意図を考慮せずに、客観批評を標榜すべきだろうか。答えは否であろ
う。この種の作品は、同時代人スウィフトの「控えめな提案」等と同じく、
作者に関する伝記的事実や、当時の時代や社会をよく知ることなしには、妥
当な解釈にたどり着くことができないタイプの作品なのだ。この作品の10年
後に著した「政党の現状」という政治小冊子で明言されたデフォーの諷刺意
図を考慮することなく、新批評家が唱えるように、「非国教徒捷径」という
作品のみを取り上げて批評するとしたら、どういう結果が生じるだろうか。
おそらく、ほとんど総ての批評家は、この作品は国教徒によって書かれ、ま
た、非国教徒を攻撃するために著されたのだという結論に達し、まったく事
実に反する解釈を行なうであろう。

# IV

ウィムザットとビアズレーは、意図の誤謬は、作品とその起源とを混同した誤りであり、一方、感情の誤謬は、作品とその結果とを混同した誤りであると主張したあと、後者の誤謬について次のように説明している。

The affective fallacy is a confusion between the poem and its *results* (what it *is* and what it *does*) .... It begins by trying to derive the standard of criticism from the psychological effects of the poem and ends in impressionism and relativism.　　　(345, emphasis added)[17]

2人は、批評家が分析する作品は 'what it is' であり、作品が読者にもたらす結果は 'what it does' であると考える。文学作品が読者にもたらす心理的効果（2人は後の箇所で、実例として vivid images, intense feelings, heightened consciousness 等を挙げている）から、批評の基準を引き出そうとしてはいけない。そのような誤謬に陥れば、最後には、悪しき印象主義と相対主義（relativism）に堕してしまうことになると2人は批判する。以下、前節に引き続き、2つ目のテーゼである、感情の誤謬論の問題点を検討して行きたい。

まず、読者に与える心理的効果を度外視して、客観批評を行なうべきだという見方に2人は立つのだが、そもそも、このような批評は可能であろうか。遠く古代ギリシアの時代から、文学批評は作品が読者に与える効果を重視して議論を組み立ててきた。実例を挙げれば、アリストテレスのカタルシス論、ロンギノスの崇高論、ロシア・フォルマリズムの異化作用など、枚挙に暇がない。ニュー・クリティシズム強硬派のように、作品が読者に与える心理的効果を廃して、客観的批評を行なうことができるというのは、頑ななリゴリズムに過ぎない。

また客観批評を行なうことを目的としたテーゼである感情の誤謬論は、読者の相違は、解釈の相違をもたらすという見方を容認しない。科学的な文学

批評を目指したニュー・クリティシズムは、厳密な客観批評を行なうことで、作品ごとに正しい解釈が引き出せると見なしており、読者の相違によって生じる問題を、感情の誤謬というテーゼで否定してしまおうとしたのだ。

　伝統批評を乗り越えることを目指したものの、ニュー・クリティシズムは、伝統批評が当然視する2つの要素（①作者の意図を重視する、②単一の正しい解釈を引き出す）のうち、前者しか否定していない。そのため「ニュー」・クリティシズムという名前がついてはいるものの、②に関しては伝統批評を無批判に継承したままになっている。皮肉なことに、「ニュー」・クリティシズムは、単一の正しい解釈という「旧」批評の主張を、そのまま引き継いでいるのである。

　伝統批評やニュー・クリティシズムが抱える最大の難点は、読者の相違は解釈の相違をもたらすという非常に重要な問題を全く考慮に入れなかったことである。フェミニズム批評やポストコロニアル理論が厳しく指摘しているように、伝統批評やニュー・クリティシズムが暗黙のうちに仮定していた読者とは、教養のある白人男性であった。人種・性・力といった面で、弱い立場に置かれている少数派が読者の場合には、強者である白人男性の場合とは異なった解釈が生じてくるという可能性を、伝統批評やニュー・クリティシズムは想定しなかったのである。異なる解釈が生じる可能性を認めるという意味の、解釈における相対主義という概念が、カルチュラル・スタティーズやポストコロニアニル理論を始めとする現代の批評と、ニュー・クリティシズムという名の旧批評との間にある、大きな断絶を表すキーワードになるであろう。

　ロラン・バルト（Roland Barthes）の唱える「作者の死」（'The Death of the Author'）や「書きうるテクスト」（'scriptible text'）という概念によって、作者の権威が揺らぎ、読者側が意味の生成において益々重要な役割を果たすようになるとともに、解釈における相対性は当然視され、読者論は更に力を増しつつある。読者論を広義にとればギリシア以来の伝統をもつことになるし、また読者反応論に限っても、「含意された読者」（implied reader）概念を重視するドイツ派と、精神分析の知見を援用するアメリカ派の2つに大き

く分かれる。そして、どちらの読者論においても、意味が作品の中に込められていて、解読されるのを待っているという古典的図式が放棄されていることに着目すべきだ。

　読者論の核心は、ある特定の読者が、言語システムを含む、様々なコンテクストの中で、作品から意味をそれぞれ独自に紡ぎ出すという点にある。具体例として、上述のハーディの詩を挙げると、'swallow' という語から、この語が持つシンボルである「希望・勤勉」といった肯定的イメージを連想するのか、逆に、別の語義である「欺かれやすい人」という否定的イメージを連想するのかは、特定の読者の解釈に委ねられるということである。また、'faithful' や 'fidelity' といった語について、男女関係に焦点化して意味を捉えるのか、信仰や思想信条などに焦点化して意味を捉えるのかという点についても、読者によって相違が生じるであろう。そして、全く異なるタイプの作品、例えば、より読者間に論争をかき立てるような社会小説や思想小説を解釈する場合には、読者による解釈の相違がより一層大きくなることは明らかだろう。

　本章では、伝統批評、ニュー・クリティシズム、読者論のごく一部しか扱っていないので、暫定的なものにならざるを得ないが、仮のまとめを以下に簡単に記しておきたい。まず、文学理論に進化論的な見方を当てはめることは適切ではない（本書の第4章を参照）。伝統批評、ニュー・クリティシズム、読者論の順に、批評方法が改良されつつあると考えるような単純な見方は斥けられるべきだ。文学理論の総てを包摂するような、超理論や大理論に最後には到達するという進化論的な見方ではなく、クーンのパラダイム論を援用しつつ、文学批評の流れを理解するべきである。つまり、それぞれの時代の文化的枠組みが、その時代ごとの文学研究を左右してきたという見方の方が妥当であろう（具体的な文学アプローチの変遷については、本書の第4章を参照されたい）。

# 注

1 ) Robert Eaglestone, *Doing English : A Guide For Literature Students* (2nd edition, Routledge, 2002), 2-3.

2 ) Hans Bertens, *Literary Theory : The Basics* (London, Routledge, 2001), ix.

3 ) Roger Webster, *Studying Literary Theory : An Introduction* (2nd edition, Arnold, 1996), 16.

4 ) *The Complete Poetical Works of Thomas Hardy*, ed. Samuel Hynes (Oxford Clarendon Press, 1985), Vol. III, 73.

5 ) *The Oxford Companion to English Literature*, ed. Margaret Drabble (Oxford University Press, 1995), 439.

6 ) *Merriam-Webster's Encyclopedia of Literature* (Merriam–Webster, 1995), 514-5.

7 ) 『ジーニアス大英和辞典』、*Longman Dictionary of Contemporary English* に依る.

8 ) *Longman Dictionary of Contemporary English* に依る.

9 ) Wilfred L. Guerin et al., *A Handbook of Critical Approaches to Literature* (4th edition, Oxford University Press, 1999), 16.

10) *The Bedford Glossary of Critical and Literary Terms*, ed. Ross Murfin and Supryia Ray (2nd edition, Palgrave, 2003), 293.

11) 本書の第 4 章を参照.

12) 'The Affective Fallacy' in *20th Century Literary Criticism : A Reader*, ed. David Lodge (Longman, 1972), 345.

13) Ibid., 345.

14) 'The Intentional Fallacy' in *20th Century Literary Criticism : A Reader*, ed. David Lodge (Longman, 1972), 335.

15) Ibid., 334-5.

16) Ibid., 334.

17) 'The Affective Fallacy,' 345.

# 第4章　文学理論の源流

## I

『文学理論入門』(*Beginning Theory: An Introduction to Literary and Cultural Theory*) は既に4版を重ねており、作者のピーター・バリー (Peter Barry) が文学理論の分野で高い評価を得ていることがわかる。バリーはこの文学理論概説書 (初版) の序論で1980年代と1990年代における文学理論をめぐる動きを次のように総括している。

> The 1980s probably saw the high-water mark of literary theory. That decade was the 'moment' of theory, when the topic was fashionable and controversial. In the 1990s there has been a steady flow of books and articles with titles like *After Theory* (Thomas Docherty, 1990) or 'Post-Theory' (Nicolas Tredell, in *The Critical Decade*, 1993). As such tiles suggest, the 'moment of theory' has probably passed. So why another 'primer' of theory so late in the day?
>
> The simple answer is that after the moment of theory there comes, inevitably, the 'hour' of theory, when it ceases to be the exclusive concern of a dedicated minority and enters the intellectual bloodstream as a taken-for-granted aspect of the curriculum. (1, emphasis added)[1]

バリーは 'moment' と 'hour' を使い分けるという言葉遊びを通じて、80年代を理論全盛の10年、90年代を理論定着の10年としており、90年代半ばで既に、文学理論は「カリキュラムに組み込むのが当たり前のもの」になっていると述べている。

*53*

上述したように、理論の入門書として高い評価を得ているバリーの『文学理論入門』は版を重ね続け、その度に新しいタイプの理論を付け加えてきた。また、同じく優れた入門書であるテリー・イーグルトン（Terry Eagleton）の『文学理論入門』（*Literary Theory: An Introduction*）も同様であり、1983年の初版から始まり、1996年、2008年と版を重ねている。

　このように、文学研究においては数多くの文学理論が現れ、活発な議論がなされているのであるが、その目的や方法が異なる、様々な文学理論相互の関係をどのように把握すればいいのだろうか。また、そもそもなぜ文学研究において文学理論が斯くも隆盛するに至ったのだろうか。筆者はこのテーマに関心を抱くようになり、次の２つの変革を軸に据えることで、暫定的な形ではあれ、文学理論の興隆をもたらした原因をまとめることができるのではないかと考えるようになった。その変革の１番目は、すべての学問分野で、理論なき観察がありえないこと（観察の理論負荷性）が明確になったことである。２番目は、科学の発達と歩調を合わせてきた啓蒙主義的人間観や進歩的社会観が崩壊したことであり、さらに、その結果として、個人と文化との関係をどのようにとらえるべきかという難問が、最重要課題として浮上してきたことである。第１の論点からは、伝統批評が揺るがされるに至った背景が明らかになるとともに、文学研究において作者ではなく読者の側が、より重視されるようになった経緯が理解されるであろう。第２の論点からは、構造主義以降の様々な文学理論の登場を理解する鍵が得られると思われる。

Ⅱ

　西欧の近代科学史を専門とする村上陽一郎は、17世紀以降、科学が「自然に託された神の計画と意志」を明らかにするという役割を終え、「現実的な力として、人間の欲望充足のために、人為によって自然を支配し制御する目的のもとに機能し始め」、それは「人類の未来に対する一種の楽観主義」を生む契機となったと述べている[2]。そして、17世紀から現代に至る、科学観の変遷を次のように説明している。

第4章　文学理論の源流

　　ヨーロッパでは、18世紀の科学技術の実用的・世俗的傾向を反映し、
　また資本主義経済体制の成育とも関連して、ちょうどこのころから、産
　業革命が各国で伸長し時期的に遅速はあっても、19世紀前半までには、
　ほぼ全面的な収束を迎えようとしていた。つまり、この時代に、<u>科学技</u>
　<u>術</u>は、17世紀から18世紀前半までの間持続していた<u>真理としての神聖な</u>
　<u>輝き</u>を失って、世俗化されただけではなく、<u>人類の福祉に貢献し、限り</u>
　<u>なき未来への進歩を約束する「道具」</u>と見なされるに至った。

　　　　　　　　　　　　　　　　　　　　　（160-161，下線部筆者）[3]

科学の役割が神学的なものから世俗的なものへと変化していったとする村上
の指摘は的確であり、上記の引用では、啓蒙主義的人間観と相まって、科学
が未来に対する楽観主義を産み出して行く経緯がわかりやすくまとめられて
いる。

　一方、宗教の衰退を科学が補うという側面に着目すれば、科学が次第に物
神化し、真理を体現しているのは科学であるという素朴な科学信仰が広まっ
ていったともいえるだろう。もちろん科学への懐疑的な見方も併存している
現代においては、科学に対する手放しの礼賛はないにしても、科学的真理に
対する信仰は依然としてかなり強固なものと言えるだろう。

　バリー・バーンズ（Barry Barnes）は、こうした現代社会に広く見られる、
科学に対する信仰を「合理主義の神話」（the myth of rationalism）と呼んで
いる[4]。合理主義の神話においては、個人がそれぞれ持つ理性の力を働かせ
ることで、今日の科学の進歩が達成されてきたと考えられている。そして
「個々の科学者の努力により科学が進歩しつづけると、科学的知識が累積し
てゆき、最後には現実と一致するようになる」（'individual scientists
contribute to scientific progress, to the cumulative development of scientific
knowledge and its gradually increasing correspondence with the reality it
describes'）と想定されている点が重要である[5]。つまり、合理主義の神話
には、科学的知識を積み重ねていけば、科学は最後には真理に到達するとい
う楽観論が秘められているのである。

55

バーンズはこの合理主義の神話が、啓蒙主義的人間観や進歩的社会観と通底していることを指摘している。第1に、合理主義の神話を信奉する人々の素朴な見解は、科学哲学界だけでなく社会一般に広く受け入れられ、自由主義や民主主義を中心とした、現代社会の支配的価値観と分かちがたく結びついている。この神話においては、「法の下の平等と同じく、人は平等な存在として自然の前に立つ」（'It sets men before nature just as they stand before our law, as equals'）のであり、理性さえ備えていれば、総ての人が外界を観察することで、正しい知識を引き出せることになる[6]。第2に、バーンズによれば、合理主義の神話は「漸進的進化」（'gradual evolutionary change'）という自由主義の理想を反映したものであり、科学的進化は社会的進化の満足すべきアナロジーとなっているのである[7]。

　このような科学に対する合理主義の神話は、17世紀以来の個人を出発点とする啓蒙主義的人間観とともに主流を占めてきた。デカルトやニュートンは世界に神の御業を見たが、その後、人々はニュートン力学に基づく古典物理学を科学の手本とし、真理への漸進的接近を確信しながら、進歩主義的世界観を念入りに構築していった。

　外界から生のデータを集め、データ分析をもとにモデルを構築し、次にモデルがきちんと機能するかどうかを検証する。不十分な検証結果が出たときには、さらにデータを集め、モデルを精緻化して、外界との擦り合わせをしていく。このような漸進的精緻化を繰り返していくことで、いずれは完璧な認識、つまり真理が得られるという見方が主流を占めることになった。そして、この古典物理学が採用した方法が、次第に人文、社会、自然を問わずあらゆる学問分野において、望ましい客観化された学問モデルとして仰がれるようになっていった。

　しかし、20世紀も半ばに入ると、このようなアプローチの限界が意識されるようになってくる。対象を要素に還元し、原因と結果という因果系列によって、全体と要素、または要素同士の関係を捉え、最後に再び要素を統合するという古典的手法が大きな壁にぶつかっていることを、ルートヴィヒ・フォン・ベルタランフィ（Ludwig von Bertalanffy）が指摘している[8]。

ベルタランフィは様々な学問分野で、古典物理学を手本とした科学モデルが限界に突き当たり、新しいモデルが模索されていると指摘した。彼が最初に挙げたのは、当の物理学の分野である。古典物理学とは異なり、現代物理学の様々な分野においては、要素還元主義的な手法とは異なるアプローチが必要となっており、対象全体を捉えなければ解けない問題や、要素間で動的な組織化が起きるという問題が現れてきている[9]。

　さらにベルタランフィは、心理学や社会学においても古典モデルからの離脱が始まっていると指摘している。彼は、心理学においては要素還元主義に抗するものとしてゲシュタルト心理学を、社会学においてはデュルケム流の社会実在論的アプローチを挙げている[10]。

Ⅲ

　このように20世紀半ばには、古典物理学に範を仰いだ科学観の限界が露呈し始めており、1960年代に入ると、合理主義の神話を粉砕するトマス・S・クーン（Thomas S. Kuhn）のパラダイム論が登場する。クーンのパラダイム論がもたらした衝撃は非常に大きく、自然科学の分野だけでなく、あらゆる学問分野に甚大な影響を与えることになった。『平凡社世界大百科事典』はパラダイムについて次のような説明を与えている。

　　クーンの〈パラダイム〉は、科学の歴史や構造を説明するために持ち込まれた概念で、ある科学領域の専門的科学者の共同体 scientific community を支配し、その成員たちの間に共有される、(1) ものの見方、(2) 問題の立て方、(3) 問題の解き方、の総体であると定義できよう。クーンの議論に従えば、ある時代ある社会の科学者の共同体（それが明確に形成されない場合もあり、その場合は、パラダイムも明確な形では存在しないことになる）は、1つのパラダイムに基づいて、自然探究の営みを行う。そこでは、認識論的にも、自然のなかに何を見出し、そこからどのような問題を引き出すか、という点がそのパラダイムによって暗黙のうちに、あるいは明確な形で規定され、その問題をどのように解

き、結果をどのように受け入れさせるかについても、社会制度的にパラダイムによって規定されている。したがって、パラダイムは、認識論的側面と社会学的側面の双方を兼備した概念といえる。　（下線部筆者）[11]

クーンは『科学革命の構造』（*The Structure of Scientific Revolutions*, 1962）において、合理主義の神話に根本的な疑問を突きつけたのであり、彼のパラダイム論においては次の3点が重要だと思われる。

1．クーンは豊富な歴史的実例を挙げながら、科学は累積的に真理に向かって進歩しているとは断定できないと主張した（第9章、第13章）。
2．科学的な知識が累積することによって、理論的必然としてパラダイム・チェンジが生じるのではなく、パラダイム・チェンジを左右する最終的な基準は、専門的科学者の共同体内における合意にあると説明した（第9章）。
3．自然をあるがままに観察することは不可能であり、パラダイムが与える理論的枠組みが事前に組み込まれていない観測や実験というものはそもそも有り得ないということを示した（第10章）。

上記の百科事典の説明にあるように、パラダイムは「自然のなかに何を見出し、そこからどのような問題を引き出すか、という点」を「暗黙のうちに、あるいは明確な形で規定」している。その結果、パラダイム・チェンジによって、「科学者たちは同じ器具を使っていながら、以前に見た場所に、全く異なる新しいものを見出すのである」（'scientists see new and different things when looking with familiar instruments in places they had looked before'）[12]。

このように、パラダイムが異なると、外界は一変してしまうことになる。そして、クーンは同書の第10章で、その時代に支配的なパラダイムが規定する理論的枠組みを抜きにしては、そもそもデータを集めることすらできない

ことを、豊富な実例を引きつつ論証している。つまり、外界に直接向き合って、生のデータを集めるとか、虚心坦懐に観察するといった行為が実際には有り得ないことを、彼は明らかにしたのである。

## Ⅳ

そのまま把握するには自然現象は複雑すぎるので、古典力学は次のような還元主義を採った。①全体を要素に分解することで分析を容易にする、②全体と要素、または、要素間の関係を見出し法則化する、③要素同士を機械的に結合し直して、全体像を再構築するという、3つの連続した手順がそれである。この要素還元という方法が大成功を収めたことで、ニュートン力学が誕生し、還元主義的手法が理想的な科学モデルとされるようになった。

しかし、古典物理学には、このような還元主義が問題なく当てはまったとしても、それが他分野でも有効な方法であるとは限らない。それどころか、還元主義が有効な分野の方が少ないというべきだろう。というのも、①研究対象を要素に分割した後でも、全体の機能が損なわれない、②要素間の関係や、全体と要素との関係を単純な因果系列で説明できる、といった条件を満たさなければ、還元主義は有効ではないからである。

例えば、生命現象を解明するのに要素還元主義を採れるだろうか。生物を要素に分割した途端に、生命現象それ自体が失われてしまうのは言うまでもないし、また、要素間の関係や、全体と要素との関係は、簡単な因果律には収まらない、ずっと複雑なものとなるであろう。

それでは物理的存在を研究対象とする自然科学ではなく、人間・言語・文化・社会を研究対象とする人文科学や社会科学の場合には、要素還元主義は理想的なモデルとなり得るのだろうか。この問題を明らかにする前に、還元主義に抗するものとして、ベルタランフィが挙げている、ゲシュタルト心理学を先に取り上げたい。

心理現象の本質はその力動的全体性にあり、原子論的な分析では究明しえないとする心理学説。…（中略）…その主張の第1は、心理現象が<u>要</u>

素の機械的結合から成るという〈無意味な加算的総和〉の否定である。心理現象は要素の総和からは説明しえない全体性を持つと同時に構造化されているとして、このような性質を〈ゲシュタルト Gestalt〉と呼んだ。そして構造化される法則〈ゲシュタルト法則〉を見出した。各要素はその全体性の中で説明されるのであって（部分の全体依存性）、その逆ではない。第2に刺激と知覚との1対1の対応関係（恒常仮定）を否定し、刺激は全体的構造の枠内で相互の力動的関係の上から知覚されると主張する。　　　　　　　　　　　　　　　　　　　（下線部筆者)[13]

上述のゲシュタルト心理学が重視する「部分の全体依存性」概念に基づくと、言語というシンボルを操り、各個人が目的を持ち、創造性を発揮する人間を対象とする人文科学や社会科学の場合には、要素還元主義は理想的なモデルとは到底なり得ないことがわかる。これらの研究対象はそもそも「要素の機械的結合から成る」〈無意味な加算的総和〉からは説明できないものであり、「要素の総和から説明し得ない全体性を持つ」ものだからである。

　次に、ゲシュタルト転換の具体例を見てみよう。下の図はチャーマーズが挙げているものである[14]。

[図1]

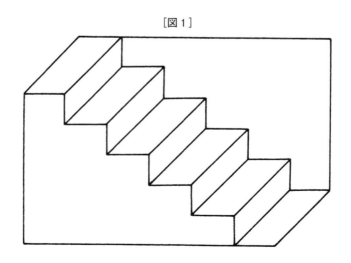

一般的にはこの図は階段として認識されるだろう。そして、しばらく眺めていると、逆さまになった階段にも見えるのではないだろうか。

　上述のゲシュタルト心理学の知見を踏まえつつ、図１で見える正位置と逆位置にある２タイプの階段について考えてみよう。まず、階段の図それ自体は、実は黒い点の集合であり、その刺激が眼から視神経を通して、脳に伝わることによって、われわれはそれが階段であると認識する。図１を眺めると、正位置と逆位置の階段が見えるが、眼に対する物理的刺激だけを考えれば、正逆という２タイプの階段がわれわれに与える刺激は全く同一のものである。

　では、なぜ像が切り替わり、２つの階段に見えるのだろうか。階段の図を認識するという「心理現象の本質はその力動的全体性にあり、原子論的な分析では究明し得ない」ものである。そして、網膜に映った黒い点という、個々の刺激である「各要素」は、「その全体性の中で説明されるのであって（部分の全体依存性）」、正位置と受け取るのか、または逆位置と受け取るのかという全体像との関係で、各要素は意味を持つことになるのだ。

　チャーマーズがこの図の後に加えた説明は、より一層興味をかき立てるものである。

　　　However, the results of experiments on members of a number of African tribes whose culture does not include the custom of depicting three–dimensional objects by two–dimensional perspective drawings indicate that the member of those tribes would not have seen Figure 1 as a staircase but as a two–dimensional array of lines....

　　　What an observer sees, that is, the visual experience that an observer has when viewing an object, depends in part on his past experience, his knowledge and his expectations....　　　　　　　　（25, emphasis added）[15]

「立体を平面に描く透視画法」が存在しない文化で育った人々は、この図を「階段」ではなく、「矢の形が並んだ平面図」として見ると、チャーマーズは

述べている。この例から明らかなように、何の偏見もなく、無心に見るということはそもそも不可能なのであり、「何が見えるか」という、普通は自明と考えられる、最も基本的な観察行為でさえ、「その観察者がそれまでに培った経験・知識・予測」に左右されることになるのである。

　さらに、チャーマーズは純粋に客観的な観察というものはなく、総ての観察にはセオリー（認識や判断の枠組み）が既に織り込み済みであると指摘している。また、観察を行なうのに言語を介することによって、その観察はますますセオリーを前提としたものになることを明らかにしている。

　　Observation statements must be made in the language of some theory, however vague.... When an early riser in urgent need of coffee complains, 'The gas won't light,' it is assumed that there are substances in the world that can be grouped under the concept 'gas,' and that some of them, at least, ignite. It is also to the point to note that the concept 'gas' has not always been available.　　(29, emphasis added)[16]

早起きの人がコーヒーを入れようとしたところ「ガスが点火しない」という具体的な例を挙げ、この事態の観察報告において「ガス」という言葉を使った場合、「この言葉が既に或るセオリーを前提としている」と指摘している。チャーマーズが述べるように、'The gas won't light' という表現は、'gas' が可燃ガスという意味で用いられることで、初めて意味を持つものなのである。

V

　あらゆる観察は何らかのセオリーを前提としているという主張を、そもそも事実を客観的に観察することが可能かどうかという方向に向けると、事実の「理論負荷性」（theory-ladenness）という概念が出てくる。この概念を、『平凡社世界百科事典』は次のように定義している。

第 4 章　文学理論の源流

　極端な場合、茎を折った水藻の折れ口から、水中で立ちのぼる気泡を見たネアンデルタール人は、〈酸素を発見した〉といえるであろうか。何ごとか（事実にせよ、理論にせよ）を〈見いだす〉ということは、決して、単に〈見る〉ことではない。ハンソン N. R. Hanson（1924-67）は《科学理論はいかにして生まれるか Patterns of Discovery》（1958）において、事実の〈理論負荷性 theory-ladenness〉を提案し、この点を強力に主張した。ある理論を前提にしてものを見るとき、初めて、ある事実が〈見える〉のであり、したがって、理論的前提が変化したとき（ハンソンはそれを心理学のゲシュタルト変換に模した）、同じものを〈見て〉いても、〈見え方〉が変わって新しい事実が〈発見〉される、という側面が強調されたのである。　　　　　　　　　　（下線部筆者）[17]


　理論なき観察がありえないこと（観察の理論負荷性）を明らかにした、これまでの議論は、以下のように要約することができる。科学は客観的真理を漸進的に追求しているとの素朴な科学観は、近代を支えてきた啓蒙主義的人間観とともに「合理主義の神話」を形成していた。この神話においては、研究対象を分割し、要素ごとに外界から生のデータを集め、要素間のデータ分析をもとにしたモデルを構築し、次にそのモデルがきちんと機能するかどうかを検証するというプロセスを繰り返すことで、いずれは客観的真理へ辿りつけると考えられていた。

　そして、古典物理学に範を仰いだ、このような還元主義的手法が、人文科学・社会科学・自然科学を問わず、あらゆる学問分野において、望ましい科学的手法として仰がれるようになった。しかし、20世紀も半ばに入ると、このようなアプローチの限界が様々な分野で指摘されるようになってきた。

　さらに、要素還元主義を否定したゲシュタルト心理学や、累積的進歩という概念を葬ったクーンのパラダイム論などが痛烈な批判を行った結果、セオリー（認識や判断の枠組み）を持たない観察は有り得ないことが確認され、また、いずれは真理に辿り着くという漸進的進歩観も放棄されるに至った。

　この合理主義の神話の崩壊は、古典物理学に範を仰ぎ、科学的客観性の獲

*63*

得を目指していた、多くの学問分野に非常に大きな衝撃をもたらした。それは人間・文化・社会・自然の捉え方を一変させるとともに、啓蒙主義的人間観や進歩的社会観にも疑問を突きつけることとなった。

合理主義の神話が崩壊したことによる、文学研究へのインパクトは、次のような形で現れたと言えるだろう。第1に、外界を対象とする観察でさえ一定のセオリーが前提とされているのであるから、外界とは比べものにならないほど複雑な文学作品を対象とする場合には、当然何らかのセオリーが前提とされていることになる。この結果、読者が前提としているセオリーを解明することが重視されるようになり、作者側ではなく読者側を重視する理論の隆盛をもたらすことになった。

第2に、これまで伝統批評が暗黙の前提としていたセオリーは、一体何であったのかが問われるとともに、それが自民族中心主義的なもの（ethnocentrism）、また、現状肯定的なものであることが明らかになってきた。こうした状況のもと、啓蒙主義的人間観の放棄とも相まって、レヴィ・ストロースを始祖とする構造主義が、進歩主義的社会観や自民族中心主義を乗り越えるべく登場することになった。

第3に、研究を入念に積み上げていけば、最後には作品の真の意味に到達し得るという考え方が疑問視されるに至った。もちろん、複数の読みが有り得るという見方は、以前から広く認められていたが、認識や判断の枠組み（セオリー）が異なると、作品から現れるゲシュタルト像（特定の解釈）も当然変化するという突き詰めがなされたことは、文学研究に大転換をもたらしたと言えるだろう。

# 注

1）Peter Barry, *Beginning Theory: An Introduction to Literary and Cultural Theory* (Manchester University Press, 1995), 1.

2）村上陽一郎『近代科学を超えて』（講談社，1986），156-7.

3）Ibid., 160-161.

4）Barry Barnes, "Thomas Kuhn" in *The Return of Grand Theory in the Human*

*Sciences*, ed. Quentin Skinner (Cambridge University Press, 1985), 85.

5 ) Ibid., 85.

6 ) Ibid., 86.

7 ) Ibid., 86.

8 ) Ludwig von Bertalanffy, *General System Theory: Foundation, Development, Application* (George Braziller, 1968), 30.

9 ) Ibid., 30-31.

10) Ibid., 32.

11)『平凡社世界大百科事典』CD-ROM 版，パラダイムの項目.

12) Thomas S. Kuhn, *The Structure of Scientific Revolutions* (2nd edition, The University of Chicago Press, 1970), 111.

13)『平凡社世界大百科事典』CD-ROM 版，ゲシュタルトの項目.

14) A. F. Chalmers, *What Is This Thing Called Science?: An Assessment of the Nature and Status of Science and its Methods* (2nd edition, Open University Press, 1980), 24.

15) Ibid., 25.

16) Ibid., 29.

17)『平凡社世界大百科事典』CD-ROM 版，発見の項目.

# 第 2 部

# デフォー作品の多様性

# 第5章　『ロビンソン・クルーソー』解釈の多様性

## I

　ダニエル・デフォーの小説群は次のような特徴を持っている。①自叙伝形式をとることにより、一人称の語りが用いられている、②一つひとつの文は相当長いものの、総じて平明な文体であり、アングロ・サクソン系の語彙が多用されている、③非常に詳細な描写を積み上げることで、作品に「真実性」（verisimilitude）を付与している[1]。本章で取り上げる『ロビンソン・クルーソー』も同様であり、これらの特徴から窺えるように、様々な小説技法を用いた近現代の作品と比較するならば、デフォーの代表作は複雑な構成を備えた作品であるとは到底いえない。にもかかわらず、『ロビンソン・クルーソー』に対してはこれまで実に様々な解釈が行われてきた。

　百花繚乱とさえ言えるようなクルーソー批評の多様性はデフォー研究者を活気づけるものではあるが、一方では少々戸惑いを起こさせるものでもある。というのも、近現代の作品のように、フラッシュバックを多用した複雑なプロット、意図的に盛り込まれた不確定箇所や空所、意識の流れ、信頼できない語り手、開かれた結末などが用いられている場合には、解釈の振れ幅が大きくなることは納得できるのだが、『ロビンソン・クルーソー』はそのような作品ではないからである。固定された一人称視点が採用され、時系列に沿った筋を持つ本作品に対する批評が、斯くも多種多様なのは、何故なのだろうか。本章の目的は、文学理論を援用しながらクルーソー批評の多様性という疑問を解き明かすことにある。

　クルーソー批評の変遷については、パット・ロジャーズ（Pat Rogers）の『批評の伝統』（*The Critical Heritage*）や、『ロビンソン・クルーソー』（*Robinson Crusoe*，アンウィン批評書シリーズの一冊）が詳しい[2]。ポスト

コロニアリズムの論客ピーター・ヒューム（Peter Hulme）もクルーソー批評を総括しており、また、近年ではジョン・スウィーム（John Thieme）が厳密な分類ではないものの、8通りの読みを提示している[3]。これらを参考にしながら、重要と思われる解釈を4つ挙げる。

　まず1番目は、クルーソー批評の「参照基準」（reference point）の役割を果たしてきた『小説の勃興』（*The Rise of the Novel*, 1957）の中で、イアン・ワット（Ian Watt）が唱えた、クルーソーを「経済人として捉える読み」（economic reading）である[4]。2番目は、ワットに対するアンチテーゼとなった、クルーソーを「宗教人として捉える読み」（spiritual reading）であり、G・A・スター（G. A. Starr）やポール・J・ハンター（Paul J. Hunter）らによって展開された[5]。3番目は、デフォー作品の主人公たちはアイロニカルに造形されていると解する見方であり、ドロシー・ヴァン・ゲント（Dorothy Van Ghent）やハワード・L・クーンス（Haward L. Koonce）によって『モル・フランダーズ』がアイロニーの傑作とされた。クルーソー批評においては、イアン・ベル（Ian Bell）がアイロニーの存在を重視している。最後に4番目として、マーティン・バージェス・グリーン（Martin Burgess Green）やヒュームを始めとする、ポストコロニアル理論に基づく読みを取り上げる[6]。

　多彩な著作活動を行った小説黎明期の作家ダニエル・デフォーに関心を持ち、代表作『ロビンソン・クルーソー』を研究しようとする者は、以上のような先行研究の現状にとまどいを覚えざるを得ない。容易には並立しがたい様々な解釈が行われ、それに伴い相異なる作者像が提示されているクルーソー批評を、デフォー研究家はどのように理解すべきなのだろうか。

　クルーソー批評を的確にまとめているロジャーズやヒュームらも、なぜ複数の解釈が並立するのかという問題には触れていない。もし、研究者たちが暗黙のうちに想定していることを敢えて明示するならば、作品に対する着眼点が論者によって異なるからであるといった考えが出てくるであろう。しかしながら、この問題はもっと原理的に問い直すことが重要なのではないだろうか。本章においては、まず『ロビンソン・クルーソー』に対する4つの解

第 5 章　『ロビンソン・クルーソー』解釈の多様性

釈を検討し、その後に解釈の多様性という問題を取り上げる。

## II

クルーソーは孤島に漂着して24年目に次のような述懐をする。

> I have been, in all my Circumstances, a *Memento* to those who are touched with the general Plague of Mankind, whence, for ought I know, one half of their Miseries flow; I mean, that of <u>not being satisfy'ed [sic] with the Station wherein God and Nature has plac'd them</u>; for not to look back upon my primitive Condition, and the excellent Advice of my Father, the Opposition to which, was, *as I may call it*, <u>my ORIGINAL SIN</u>....　　　　　　　　　(164, emphasis added)[7]

引用部分は一見、宗教的要素が極めて強いように見える。長い間、孤島に閉じ込められたクルーソーはこれまでの人生を宗教的見地から振り返り、自分の人生は、「神や自然が定めた身分」（ミドルクラスのこと）に満足しない人々への「警告」（Memento）なのだと述べ、生まれ故郷の英国に留まらず、父の命に背いたことが、自分の「原罪」（Original Sin）であったと反省している（本書の94頁で説明しているように、上記引用の 'Station' は 'the middle Station' を意味している）。

　しかし、上記引用のすぐ後に続く箇所からは、クルーソーの反省は本当に真摯なものと言えるのだろうかという疑問が湧いてくる。

> ...for had <u>that Providence</u>, which so happily seated me at the Brasils [sic], as a planter, bless'd me with confin'd Desires, and <u>I could have been contented to have gone on gradually</u>, I might have been by this Time; *I mean in the time of my being in this Island*, <u>one of the most considerable Planters in the Brasils</u>....　　　(164, emphasis added)

*71*

自分は原罪を犯したのだという厳しい自己批判を行った直後であるにも拘らず、クルーソーが「物事を徐々に運ぶことに満足していたならば……今頃はブラジル屈指の農園主となっていたであろう」と未練たっぷりに語っている箇所を読むと、読者はクルーソーが最も残念に思っていることは、神や父の命に背いたことではなく、経済的利益を掴み損なったことではないのかという疑いを持たざるを得ない。

　さらにクルーソーは、黒人奴隷の私的売買に手を染めず、ブラジルで堅実にプランテーション経営を行なっていたら、どれほど財を積み上げられたであろうと残念がる。

> I am perswaded [sic], that by the Improvements I had made, in that little Time I liv'd there, and the Encrease [sic] I should probably have made, if I had stay'd, I might have been worth a hundred thousand *Moydors*; and what Business had I to leave a settled Fortune, a well stock'd Plantation, improving and encreasing, to turn *Super-Cargo* to *Guinea* to fetch Negroes; when Patience and Time would have so encreas'd our Stock at Home, that we could have bought them [Negroes] at our own Door, from those whose Business it was to fetch them; and though it had cost us something more, yet the Difference of that Price was by no Means worth saving, at so great a Hazard.
>
> (164, emphasis added)

まずクルーソーは、ブラジルの農園で様々な改良を手掛けたことを語り、そのまま農園主として経営を続けていれば「今頃は10万モイドールの資産家になっていただろう」（モイドールは当時ポルトガルやブラジルで流通していた金貨）と具体的な数字を挙げ、蓄財に失敗したことを嘆いている。

　さらに、最後の箇所においても、自分自身が船に乗って黒人奴隷を調達するコストと、奴隷商人を通して黒人を買うコストとの差額を比較し、ブラジルに残って富を蓄積する方が、ずっと経済的には合理的な行動であったと総

括している。ワットはこの箇所を取り上げていないが、クルーソーが「経済的個人主義を体現した人物」[8] であることが、この箇所でもはっきりと示されている。また、ワットの言うように、この箇所においても、デフォーの主人公は、「現在お金や品物をどれぐらい持っているかということ」[9] を極めて克明な形で、我々読者に明かし続けるのである。

Ⅲ

　次に、『ロビンソン・クルーソー』に対する宗教的解釈を取り上げる。近代クルーソー批評の出発点となった『小説の勃興』において、ワットはミドルクラスを中心とする読者層の拡大が、新ジャンルである小説の勃興を促したと論じた。そしてデフォーに対しては、彼自身が新興ミドルクラスの代弁者であるがゆえに、極めて有利な形で、小説という新たな文学形式の創始者の1人になることが可能であったと述べた。また、ワットは新ジャンル小説が持つ最小限の共通項を形式的リアリズムと名付け、この形式的リアリズムが「特定の時間と空間に設定された、個人の経験をより直接的に描き出すこと」を可能にしたと指摘している[10]。『ロビンソン・クルーソー』は、「形式的リアリズムのすべての要素を最初に具現化した重要な物語」なのである[11]。

　ミドルクラスの隆盛と、新ジャンルの興隆に焦点を当てることは、伝統の継承ではなく、伝統からの切断を重視することになる。その結果、ウェーバーやトーニーに依拠しつつ、ワットは『ロビンソン・クルーソー』の中に存する、近代社会をもたらす鍵となった経済的個人主義（economic individualism）を強調するとともに、デフォーの人生と作品群の中に存在する宗教的要素については「日曜宗教がもつ弱点を免れなかった」と極めて低い評価を下すに至った[12]。

　『小説の勃興』以降、デフォー研究はワット論への賛同や、その乗り越えという形で展開していった。その中で最も影響力を持った解釈の1つが、2番目に取り上げている、宗教的解釈である。スターやハンターは霊的自叙伝（spiritual autobiography）の系譜がデフォーの作品に及ぼした影響を綿密に

分析し、回心へと至るパターンを『ロビンソン・クルーソー』の中に見出した。この回心へと至るパターンの、最初の段階に当たる、クルーソーの原罪は、彼が神の定めた境遇に満足しなかったこと、そして中庸の徳に満ちたミドルクラスの生活を切々と説いた父の助言に背いて船乗りになったことにある[13]。その後も罪を自覚し悔い改めをすることがなかったため、クルーソーは神罰を受け、孤島へと閉じ込められてしまう。回心へ至るパターンにおいて鍵となる大切な部分は、孤島に漂着したあと病に倒れた際に、聖書を開いて読み始めるところであり、とりわけ重要なのは、その5日後に、「本当の意味で初めて神に祈った」（'in the true Sense of the Words...I pray'd', 83）という箇所である。これは島に着いて、ほぼ10ヵ月が経った頃であった。

　宗教的解釈がクルーソー批評において大きな影響力を有している理由の1つとして、この解釈が『ロビンソン・クルーソー』にまとまりを与え、作品に強い求心力をもたらすという利点を挙げることができるだろう。つまり、主人公が回心へと至るパターンを、作品の中心テーマに据えることで、作品解釈の統一性は飛躍的に高まり、それと同時に、作者デフォーへの芸術的評価や、デフォーの宗教に対する真摯な姿勢も保証されることになるのである。

Ⅳ

　3番目に『ロビンソン・クルーソー』にアイロニーを見出す解釈を取り上げる。デフォーの伝記的事実と彼が著した浩瀚な著作群から、デフォーの全体像を捉えようとすると、相矛盾するデフォー像が浮かび上がってくる。アールはこれを「デフォーの二重性」（dualism）と呼び、次のようにまとめている[14]。デフォーが活躍した時代は、理性というキーワードで表される近代的側面と、神の啓示というキーワードで表される保守的側面との相克が最も激しい時代であり、その直中を生き抜いたデフォーの著作の中に「常にこれら2つの考え方の衝突や軋轢が生じるのは無理からぬことであり、この二重性は、実はデフォー自身の性格の中にも存在しているのであった」[15]。リケッティも同様の立場をとっており、クルーソーの物語は「内面における宗

74

教的変容と、現実的な自己保存および外面的な成功とが混在しているため」、この二重性が読者に絶えずディレンマを与え続けると述べている[16]。

クルーソーを経済人として捉える読みは、ミドルクラスの興隆やミドルクラスの代弁者としてのデフォーの側面に焦点を当てており、一方、宗教人として捉える読みは、デフォーが受けた宗教教育や当時の霊的自叙伝の系譜に焦点を当てている。その結果、これら2つの読みは全く異なるデフォー像を提示しているのだが、解釈の方法論という観点からすると、両者には共通点が多い。実のところ、2つの解釈はともに、デフォーの伝記的事実や、彼が活躍した時代を重視するという伝統的な批評方法を用いているのである。

一方、3番目の読みに当たる、『ロビンソン・クルーソー』にアイロニーを見出す解釈は、作者とその時代ではなく、テクストだけに焦点を絞るニュー・クリティシズムに則った方法に依拠している。『ベドフォード文学批評用語辞典』が的確にまとめているように、ニュー・クリティシズムの論者たちは「作品における相矛盾する要素を並び立たせるため、アイロニーやパラドックスといった文学的手法に着目することをとりわけ重視した」[17] のであり、本書の71頁の引用箇所においても、相矛盾する要素が幾つも見られる。

例えば、71頁の1番目の引用における、「自らの原罪」（'my ORIGINAL SIN,' 164）を回想する宗教的要素が濃厚な部分と、71頁の2番目の引用における、「今頃はブラジル屈指の農園主となっていたであろう」（'one of the most considerable Planters in the Brasils,' 164）と述べる計算高い後悔との間には、アイロニカルな齟齬がある。

また、本引用の後に続くエピソードにおいても、同様の矛盾が見出せる。深く悔悟したクルーソーは孤島から無事助け出された後、ポルトガルのリスボンに滞在したまま、ブラジルに残した財産を取り戻すことに成功する。その後、クルーソーはブラジル移住を検討するのだが、彼がブラジル行きを躊躇う主たる理由は、ブラジルがカトリック国であるという宗教問題ではなく、安心して財産を任せられる人物がリスボンにいないという経済的事由なのである。このように、本エピソードにおいても、クルーソーが抱える矛盾

75

は際立っている。

　以上のように、ニュー・クリティシズムに範をとる研究者は、『ロビンソン・クルーソー』のアイロニカルな側面に着目し、主人公の極めて実利的な行動と、彼が差し挟む教訓的な回想との間に、皮肉なギャップを見出すのである（本作品に見られる最大のアイロニーは、神意に背く形で、家を飛び出したことが、主人公の最終的な成功につながるという作品構造にあるのだが、この問題については次節で扱う）。

V

　次に４番目に当たる、ポストコロニアル理論に基づく解釈を取り上げる。本書71頁の２番目の引用にあるように、ブラジルでの農園経営を着実に続けたならば、クルーソーは「屈指の農園主になっていたにちがいなかった」と語っているが、何故これほど莫大な富を短期間に蓄積することが可能なのだろうか。それは、奴隷を含む商品売買を繰り返しつつ、西欧、西アフリカ、南アメリカ・西インド諸島の植民地という３地域を約１年かけて廻った、悪名高い三角貿易が、巨額の富を生むからであった。これら３航路の中で最も問題なのは、中間航路といわれる西アフリカから植民地への奴隷輸送であり、『ロビンソン・クルーソー』にも、中間航路を用いた交易に関する記述が見られる。

> I had frequently given them an Account of my two Voyages to the Coast of Guinea, the manner of Trading with the Negroes there, and how easy it was to purchase upon the Coast for Trifles, such as Beads, Toys, Knives, Scissors, Hatchets, bits of Glass, and the like; not only Gold Dust, Guinea Grains, Elephants Teeth, &c. but Negroes for the Service of the Brasils [sic], in great Numbers.　　　　　　　（34, emphasis added）

三角貿易では、「数珠玉、玩具、ナイフ、鋏、手斧、硝子片」などの安価なものと交換に、西アフリカで「黒人」を買い込み、その黒人奴隷を船に満載

して南アメリカ・西インド諸島の植民地に送り込む。植民地に着くと、農園
経営に必要な奴隷を売り、代わりにタバコ・砂糖・綿花など買って、再び西
欧に戻っていく。最初に西欧で仕入れた非常に安価なものが、三角貿易の最
終段階では非常に高く売れるタバコ・砂糖・綿花などに変わるわけで、貿易
によって得られる利益は莫大なものとなった。

　篠原が『帆船の社会史―イギリス船員の証言』で記しているように、奴隷
を満載した船底における致死率は極めて高かった[18]。この作品において、ク
ルーソーを始めとするブラジル農園主たちは、何とか生き延びた奴隷たちを
植民地農園で搾取することにより、法外な利益をあげるという方法により、
巨額の財産を築いたのである。このような西欧による非西洋世界の植民地化
という歴史的状況下で、クルーソーが自身の行ないを振り返りながら、後悔
することは、奴隷の売買や搾取という倫理的な面ではない。「少し割高に
なったかもしれないが」（'though it had cost us something more,' 164）、奴
隷商人から黒人を買うべきだったのだと語るクルーソーが気にかけているの
は、奴隷を使役したり、自らが奴隷貿易に加担したりすることではなく、彼
が被った経済的不利益である。そのことは、クルーソーが「その差額は自分
が犯した、あのように大きな危険には決して見合わない節約であった」
（'Difference of that Price was by no Means worth saving, at so great a
Hazard' 164）と慨嘆していることからも明らかである。

　また、クルーソーは奴隷を搾取して莫大な富を築いたために神罰が下り、
孤島に閉じ込められたのではないかなどと疑ったりすることは全くなく、難
破する前の人生については、「神の摂理によって、私はブラジルの農園主と
して幸福に暮らしていた」（'Providence...so happily seated me at the
Brasils [sic],' 164）としか考えないのである。もちろん、18世紀初頭の英国
においては、黒人奴隷の売買や搾取を弾劾する者は少数派ではあったが、
パット・ロジャーズが指摘しているように、同時代のチャールズ・ギルドン
（Charles Gildon）は、クルーソーが奴隷貿易に手を染めたことを手厳しく批
判しているのである[19]。

　さらに、クルーソーが最終的に莫大な富を手に入れるのは、勤勉なる経済

人として孤島で労働に励んだからではない。彼の富はギニア貿易による利益と、その一部を活用したブラジルでの農園経営（孤島で生活していた不在時も含む）によってもたらされたものなのである。その富の蓄積が黒人搾取に大きく依存しているという意味でも、クルーソーは植民者として優れた存在なのだ。

この4番目の解釈は、作品自体が文化的生産物として流通し、人々の世界観に影響を与えることを重視している。グリーンが述べているように、『ロビンソン・クルーソー』という冒険物語は「拡大を続ける帝国主義の推進力を文学的に表したもの」、「その推進力を鼓舞・強化・伝達したもの」であり、西洋による帝国形成にあたり、この冒険譚は非常に大きな力を発揮してきたのである[20]。次節では、上述のクルーソー批評の活況と、文学理論の隆盛との関連について考察する。

## Ⅵ

文学研究における理論の隆盛と浸透は、他の学問分野における変革と関連が深く、とりわけトマス・クーンが提唱したパラダイム論との関連が重要である。この問題については本書の第4章で既に検討を行っているので、本章に関連の深い部分のみを再掲する。

自然科学の領域において、絶対的真理への漸進的到達が放棄され、パラダイム転換という概念が導入されたこと、また、理論上の準拠枠がない観察事実はないという理論負荷性が明らかにされたことは、文学理論の隆盛と浸透いう形をとって、文学研究へも大きなインパクトを与えることになったと考えられる。とりわけ次の2点が重要であろう。

第1に、外界を対象とする観察でさえ一定の理論に基づく準拠枠が存するとされているのであるから、外界の観察とは比べものにならないほど複雑な文学作品を対象とする場合には、当然何らかの準拠枠が前提とされていることになる。この結果、20世紀前半に主流であった伝記批評やニュー・クリティシズム、また現代の様々なアプローチが前提としている準拠枠はそれぞれどのようなものであるのかが意識的に問い直されることになった。そし

て、準拠枠を問うと同時に、用いている準拠枠（認識の枠組み）が異なると、作品の意味がどのように異なって解釈されるのかも問われることになった。この考えは一見、虚無的な相対論に見えるかもしれないが、実はそうではない。文学研究において以前より認められてきた、複数の読みという考え方に理論的根拠を与えるものなのである。

　作品の意味とは、作中にあって取り出されるのを待っている実体ではなく、どのような準拠枠でアプローチするかにより、読者それぞれが作中から生み出していくものである（読者はどのような解釈をすることも可能だということには当然ならない）。もちろん、複数の読みが有り得るということは以前から広く認められていたが、認識や判断の準拠枠（用いる理論）が異なると、作品から現れるゲシュタルト像（特定の読み）も当然変化するという突き詰めがなされたことは、文学研究に大転換をもたらしたといえる。

　第2に、パラダイム理論が明らかにしているように、伝記批評、ニュー・クリティシズム、現代批評の順に批評方法が漸進的に改善しているという見方が斥けられたことである。そのような進化論的な見方ではなく、パラダイム転換が不連続に続くという見方から、文学批評の流れを理解すべきであろう。つまり、それぞれの時代の文化的枠組みが、ときどきの文学研究を左右してきたという見方が最も適切である。

　具体的には以下のようになろう。まず、伝記批評を支えたものは、文学作品は天才的作家によって生み出されたものであるという、作者を特権化するパラダイムであった。したがって、伝記批評においては、作者の意図が最も強調されたのである。次に、ニュー・クリティシズムについて考えてみよう。このアプローチを支えたのは、物理学に範を仰いだ、客観性を究極目標とするパラダイムであった。本書の第4章で述べたように、客観批評を標榜した当時のパラダイムのもとで、新批評家たちは単一の正しい解釈を導き出そうとしたのであり、ビアズレーとウィムザットが唱えた「意図の誤謬」や「感情の誤謬」は作品だけを特権化し、作家・読者の2者を作品から切り離そうとした試みであったと言えるだろう[21]。

　そして新批評以後の文学批評は、性・人種・権力におけるマイノリティー

に焦点を当てるというパラダイムのもとにある。例えば、人種におけるマイノリティという観点から『ロビンソン・クルーソー』を俯瞰的に解釈することによって、読者の普遍性という虚構（現実には西洋の白人男性読者を想定していた）があぶり出されるとともに、本作品が帝国の形成や維持という面で非常に大きな力を揮っていることが明らかになるのである。

　以上のように、4つの解釈が依って立つ背景がそれぞれ大きく異なることがわかると、本章の冒頭で問うた、複数解釈の並立という問題に対しても、解決への道筋が見えてくるであろう。本章の第Ⅰ節で述べた「作品に対する着眼点が論者によって異なる」という見方は、論者によって関心事が異なるというレベルにとどまることなく、それぞれの批評方法が前提としている準拠枠が異なるというレベルで考えるべきなのである。このような観点から、もう1度4つの解釈を見直してみよう。

Ⅶ

　まず、4つの解釈を短くまとめてみよう。①小説とミドルクラスとの関連を軸に、主人公クルーソーの経済的個人主義を重視する、②霊的自叙伝に着目し、作品に有機的統一を与えている「回心へと至るパターン」を重視する、③主人公の世俗的側面と宗教的側面との間の乖離や葛藤に着目し、アイロニカルに作品を解釈する、④帝国主義を拡大再生産していく原テクストとして作品を解する。

　第1の読みは、階級のせめぎ合いというコンフリクト理論をもとにした社会学的な準拠枠を用いている。この読みにおいては、小説という新ジャンルの勃興がミドルクラスの台頭と結びつけられる。ワットによれば、近代社会を創りあげる原動力となったミドルクラスは、自分たちに相応しい文学形式を求めており、デフォーは新ジャンルである小説の創始者であった。そのため、デフォーは「ミドルクラスのロンドン商人として、新文学の形式や内容についての、自分の内なる基準に照らすだけで、自作品が多数の聴衆の心に訴えかけるかどうかを確かめることができたのである」[22]。

　第2の読みは、デフォーが受けた宗教教育、様々な不利益を忍びながらも

非国教徒であり続けたという伝記的事実、当時の宗教的伝統の重要性など
を、解釈上の準拠枠としている。第1の読みと同じく、作者とその時代を重
視する伝統的なアプローチをとっているのだが、ワットとの違いは、過去の
伝統との切断ではなく、過去の遺産との連続に焦点を当てたことである。こ
の読みにおいては、いわゆるデフォーの二重性のうち、進歩ではなく伝統に、
合理主義ではなく宗教に力点を置く。特に、ハンターは「神への不服従・神
罰・悔恨・罪からの救済」[23]という伝統的パターンを『ロビンソン・クルー
ソー』に見出し、作品に象徴的統一性を与えることになった。

　第3の読みは、作者とその時代という歴史的コンテクストを意図的に排
し、テクスト分析に専心することを解釈上の準拠枠としている。批評実践と
しては、ニュー・クリティシズムが重視したアイロニーやパラドックスとい
う文学上の技巧に焦点を当てることになった。もし一貫したアイロニーが存
在するならば、作中に存在する、互いに反発し合う2要素を包摂しつつ、作
品の統一性を確保することができる。具体的には、回想する語り手でもあ
る、行動する主人公の倫理的矛盾を、作者はアイロニカルに眺めていると解
釈することになる。つまり作者デフォーは、主人公クルーソーの様々な問題
点を十分把握しつつ、意図的に「信頼できない語り手」(unreliable narrator)
を作り出したのだと解釈することになり、その結果、功利主義的なクルー
ソーと、神の摂理を説くクルーソーとの乖離を解決する、解釈上の枠組みを
読者に与えることになる。逆に、デフォーはクルーソーが抱え込んでいる
様々な矛盾を把握していないという解釈も可能である。その場合は、たとえ
作者がそのような意図を持っていなかったとしても、読者がその作品をアイ
ロニカルに解することは可能であるという方法論(作者よりテクストを優
先)に立脚することになる。

　第4の読みは、文学作品が文化によって形作られると同時に、文化を形作
る生産物でもあるという認識を準拠枠としている。従来の解釈との相違点と
して、第1に、空間的コンテクストを重視していることが挙げられる。これ
は、サイードが「地理学的研究」[24]という言葉で表しているものである。サ
イードが「芸術をグローバルな地理学上のコンテクストにおかなければなら

ない」[25] と述べているように、作品の舞台であるカリブ海、とりわけ、悪名高い三角貿易を含む、地政学的コンテクストに焦点を当てることによって、『ロビンソン・クルーソー』を「文化と帝国をめぐる関係の一部として」[26] 解釈することが可能になる。第2の相違点として、読者間の相違をあぶり出したことが挙げられる。具体的には、これまで暗黙のうちに想定されてきた、普遍的読者である白人男性ではなく、非白人に、つまり帝国に搾取され続けている側に目を向ける。このように、西欧による非西洋世界の植民地化というコンテクストから『ロビンソン・クルーソー』を解することで、本作品がもつ非西洋世界の搾取という側面が暴き出されることになる。

　本章ではクルーソー解釈の多様性という問題に取り組み、文学理論を援用しつつ、4つの相異なる読みが前提としている準拠枠を明示するという試みを行なったが、もちろん準拠枠がすべてではない。当然のことながら、異なる準拠枠を用いれば、どのような作品に対しても自由に様々な解釈が行なえるというわけではないからである。まずは、研究対象となる作品が様々な主題を含み、多面性を持っていることが必須である。その意味では、クルーソー解釈の多様性という問題は、この作品がデフォーの代表作であるからこそ生じているともいえる。例えば、デフォーの作品群が持つ豊穣さについて、経済史家アールは「18世紀初頭の英国社会研究をダニエル・デフォーの著作集のみで行うことが可能である」[27] と述べている。このように、多種多様な分野において、膨大な数の作品を著したデフォーが、様々な要素を『ロビンソン・クルーソー』に盛り込んでいるからこそ、この作品は複数の魅力的な解釈に向かって開かれているのである。

## 注

1 ) Ian Watt, *The Rise of the Novel: Studies in Defoe, Richardson and Fielding* (2nd edition, Peregrine Books, 1963), 114.

2 ) Pat Rogers, *Daniel Defoe: The Critical Heritage* (Routledge and Keegan Paul, 1972). Pat Rogers, *Robinson Crusoe* (Allen and Unwin, 1979).

3 ) Peter Hulme, *Colonial Encounters: Europe and the Native Caribbean*

第5章 『ロビンソン・クルーソー』解釈の多様性

*1492-1797*（Methuen, 1986）. John Thieme, *Postcolonial Con-texts: Writing Back to the Canon*（Continuum, 2001）.

4 ）Hulme, 176-9.

5 ）Hulme, 179.

6 ）Dorothy Van Ghent, *The English Novel: Form and Function*（Holt Rinehart and Winston, 1953）. Haward L. Koonce, "Moll's muddle: Defoe's use of irony in *Moll Flanders*" *ELH* 30（1963）, 277-88, 390-91. Ian Bell, *Defoe's Fiction*（Croom Helm, 1985）. Martin Burgess Green, *The Robinson Crusoe Story*（Pennsylvania UP, 1990）.

7 ）Daniel Defoe, *Robinson Crusoe*（2nd edition, World's Classics, 2007）, 164. 英文引用は上記の文献に拠り，引用文最後の丸括弧内に頁数を記す．以下同様．

8 ）*The Rise of the Novel*, 69.

9 ）Ibid., 70.

10）Ibid., 35-6.

11）Ibid., 116.

12）Ibid., 90.

13）G. A. Starr, *Defoe and Spiritual Autobiography*（Princeton UP, 1965）, 111.

14）Peter Earle, *The World of Defoe*（Weidenfeld and Nicolson, 1976）, 30.

15）Ibid., 44.

16）John Richetti, *The Life of Daniel Defoe*（Blackwell, 2005）, 188.

17）*The Bedford Glossary of Critical and Literary Terms*, ed. Ross Murfin and Supryia Ray（2nd edition, Palgrave, 2003）, 293.

18）篠原陽一『帆船の社会史——イギリス船員の証言』（高文堂出版社，1983），第 5 章．

19）Pat Rogers, *Robinson Crusoe*, 42.

20）Martin Burgess Green, *The Robinson Crusoe Story*.（Pennsylvania UP, 1990）, 1-2.

21）Monroe Beardsley and W. K. Wimsatt, "The Affective Fallacy" in *20th Century Literary Criticism: A Reader*, ed. David Lodge（Longman, 1972）, 345-358.

22）*The Rise of the Novel*, 65.

23）Paul J. Hunter, *The Reluctant Pilgrim: Defoe's Emblematic Method*（Johns Hopkins University Press, 1966）, 19.

24）Edward Said, *Culture and Imperialism*（Vintage, 1994）, 7.

25）Ibid., 7.

26）Ibid., xxii.

27）*The World of Defoe*, viii.

# 第6章 『ロビンソン・クルーソー』と ポストコロニアル理論 (1)

## I

　前章では『ロビンソン・クルーソー』に対する 4 つのアプローチを紹介するとともに、どのアプローチを用いるかによって、作品への見方が変わり、異なる解釈が生み出されてくることを示した。本章では、代表的な『ロビンソン・クルーソー』論であるワットの形式的リアリズム論、スターとハンターの宗教的解釈の 2 つをより詳しく分析した後に、これらの 2 つのデフォー論をポストコロニアル理論の観点から再検討する。

　20世紀半ばにデフォー再評価の気運が高まったが、その嚆矢を放ったのはイアン・ワットであった。彼はミドルクラスの興隆と、新ジャンルである小説の勃興との間に深い関連があることを指摘し、小説という新ジャンルの成立をめぐる様々な議論に先鞭をつけることになった。ワットは『小説の勃興』において、『ロビンソン・クルーソー』は経済的個人主義という面が際立つ作品であり、形式的リアリズム（formal realism）が達成された最初期の作品であると論じた。ワットは形式的リアリズムについて、「どのような登場人物が、いつ何処で何をしたのかという詳細が、現実に起きても不思議ではない書き方で、明確に表現されていること」であると説明している[1]。

　極めて大きな影響力を持った『小説の勃興』が出た後、デフォー研究はワット論の精緻化、または、その乗り越えという形で展開していった。中でもスターとハンターらによる宗教的要素に着目したアプローチがその代表的なものとなった。彼らは、ピューリタンによって書き継がれた霊的自叙伝（spiritual autobiography）の系譜が、『ロビンソン・クルーソー』の中に脈々と受け継がれていると指摘するとともに、デフォーの小説には「回心へと至るパターン」が存在すると論じた[2]。現在のロビンソン・クルーソー研究は

*85*

多岐にわたるものの、今でも上述の2つの解釈は依然として大きな影響力を保っている。

　本書の第3章で詳しく論じたように、作品解釈と文学理論は実は不可分なものであり、作品を虚心坦懐に読み解くという行為は存在しないことが明確になった。つまり解釈を行なう場合は、常に何らかの理論が前提とされているのであり、これは「観察の理論負荷性」と呼ばれている[3]。それでは上述の2タイプの解釈はそれぞれどのような理論を前提としているのであろうか。以下では前章で論じた問題をさらに詳しく検討する。

　第1に、ワットの経済的個人主義を重視する解釈は、近代社会の誕生と小説の勃興とをリンクさせる歴史社会学的アプローチを用いているといえる。クルーソーの原罪とは「資本主義それ自体が持つダイナミックな傾向」[4] そのものであるとワットが主張するとき、彼は、資本主義の発達がミドルクラス興隆を促し、さらにミドルクラス読者層の増大が、新たな文学ジャンルである小説の勃興をもたらしたという社会観をその理論的バックボーンにしている。ワットが用いた歴史社会学的アプローチから見ると、主人公クルーソーはミドルクラスの資質を体現しており、その結果、主人公は現状維持でなく、絶えざる現状変革を行なうように定められた存在となる。そのため、クルーソーは父の諫めを素直に聞き入れ、父と母のもとに留まるという選択を行なうことができない。スターやハンターらの宗教的解釈から見ると、クルーソーの原罪とは、父の助言に従わず、神意に背くことなのであるが、ワットの見方からすると、クルーソーが家を飛び出し貿易商人となることは、彼がミドルクラスとしての資質を十二分に発揮することなのである。

　ワットの代表作『小説の勃興』は、ニュー・クリティシズムが大きな影響力を及ぼしていた20世紀半ばに出版されている。しかし、ワットの小説観はニュー・クリティシズムとは対照的であり、歴史社会学的な研究手法に基づくものであった。だが、ワットの小説観はニュー・クリティシズムが拠って立つ文学観と共通する部分もあった。後述するように、ワットもまたニュー・クリティシズム派と同様に、作品が持つ有機的統一性を重視していたのである。

第6章 『ロビンソン・クルーソー』とポストコロニアル理論(1)

　有機的統一性という基準と、上述した形式的リアリズムという基準（新ジャンル小説と、それ以前の文学形式とを分かつ基準）を用いて、ワットは小説の創始者たちに対し、次のような評価を下した。まず、ワットに拠れば、デフォー小説における最大の欠点は、フィクションとしての有機的統一性を欠くことにある。デフォー小説が備えている真実性（verisimilitude）は、近代以前のロマンスからの断絶という点からは、非常に望ましい特徴なのであるが、逆に、その特徴がデフォー小説を現実世界に近すぎる作品にしてしまい、全体のまとまりを欠いた、エピソディックなものにしているとワットは考える。また、ヘンリー・フィールディングの作品に対しても、何度も作者の介入が起きることや、偶然としか言えない出来事が頻繁に起きることが難点になると述べ、小説の創始者として、サミュエル・リチャードソンを最も高く評価するという結論に至っている。しかし、ワットの見方は、小説というジャンルに対する進化論的な眼差しが強すぎると言えるだろう。また、小説の創始者として、女性作家を一人も取り上げず、文学における男性優位を固定化し、現状維持的な文学カノンを強化する役割を果たしてしまった。

　第2に、スターやハンターらを始めとする宗教的解釈を行なう批評家は、どのような理論を前提としているかについて考えてみよう。2人は、『ロビンソン・クルーソー』が、ピューリタンによって書き継がれた霊的自叙伝の系譜につながる作品であると指摘しており、歴史主義的アプローチを用いている。そして、ワットと宗教的解釈を行なう批評家が、有機的統一性という同一の基準を重視しているにも拘わらず、両者が全く異なる結論を下していることは興味深い。ワットは、デフォーの小説は統一性を欠き、エピソディックな作品となっていると批判的に論じている。一方、スターやハンターは、『ロビンソン・クルーソー』の中に、主人公が回心へと至るパターンを見出し、本作には宗教的テーマに基づく一貫性が存在すると解しているのである。

*87*

## II

　従来の人間観や世界観を一変させるような思想家たちが現れると、全く新たな視座から作品が眺められ、新たな解釈が生み出される。クーンのパラダイム論を用いて敷衍するならば、新たなパラダイムが打ち立てられた後、周りの世界は一変し、これまで問われたことのない、新しい問題群が立ち現れるのである[5]。20世紀半ばの例となってしまうが、その一例として精神分析を用いたクルーソー研究を挙げることができるだろう。ホーマー・ブラウン（Homer Brown）は、なぜクルーソーは孤島での砦作りにあれほど異常な熱意を持って取り組むのかという問題を提起し、極めて鋭い、説得力のある議論を展開したが、ブラウンの解釈は、フロイト自身の『グラディーヴァ』分析なしには生まれなかったであろう[6]。

　同様な例として、エドワード・サイード（Edward Said）のポストコロニアル理論を挙げることができる。

> A great deal of recent criticism has concentrated on narrative fiction, yet very little attention has been paid to its position in the history and world of empire.... The main battle in imperialism is over land, of course; but when it came to who owned the land, who had the right to settle, and work on it, who kept it going, who won it back, and who now plans its future—these issues were reflected, contested, and even for a time decided in narrative.　　　　　(xii–xiii, emphasis added)[7]

文学批評において、帝国の問題は等閑視されてきたというサイードの指摘は鋭い。帝国と植民地にされた側との闘いは、当該の植民地自体の物理的支配をめぐるものではあるが、言説上の闘いもまた、物理的支配を超えるぐらい重要なものである。「その地を手にし住み続けるのは誰であるべきか、土地を奪い返す権利を持つのは誰か、その地の将来図を書くのは誰か」といった問題を決めていくのは、植民地をめぐる言説なのである。

*88*

構造主義、ポスト構造主義以降の理論は、言語をめぐるアポリアに力を注ぐあまり、外的コンテクストを捨象してしまう傾向が強かった。その結果、これらの理論は、現実世界に対し現状追認的な効果をもたらしてしまう。「我々は芸術をグローバルなコンテクストのもとに置かねばならない」と論じるサイードが最も重視しているのは、植民地解放後も依然として続いている、欧米による発展途上国に対する経済的文化的収奪に着目することである[8]。欧米のヘゲモニーが、その言説によってどのように創り出されているのかという新たなアプローチが生み出されたことによって、これまで全く行われなかった新たな解釈が登場している。

　例えば、ポストコロニアル理論が登場しなければ、『マンスフィールド・パーク』の中の、カリブ海域アンティグアをめぐる短いエピソードに焦点が当てられ、典雅な英国上流社会を描き出すジェーン・オースティンの作品世界を支えているのは「奴隷貿易、砂糖、植民地の農園主階級」と深いつながりをもつ植民地支配なのだという解釈は生まれてこなかったであろう[9]。このように、新たなパラダイムへの移行後は、これまで問われたことのない新しい問題群が立ち現れるのである。ポストコロニアル理論の登場により、同様のことが『ロビンソン・クルーソー』に対しても起こっている。

　もちろんポストコロニアル理論が登場する以前から、『ロビンソン・クルーソー』と大英帝国とを結びつけた解釈はなされてきた[10]。しかし、サイードが主張するような観点から、つまり、帝国を構築する側と、植民地化された側との闘いにとって、最も重要なのは言説上の闘争なのだという観点から、作品が分析されたことはなかった。ポストコロニアル理論の導入により、ヨーロッパ人がカリブ海の先住民を支配するためのディスコースとして、『ロビンソン・クルーソー』が機能してきたことを、初めて議論の俎上に載せることが可能になったのである。

　ポストコロニアル理論という新たな視座から見ると、これまで展開されてきた経済的個人主義を重視する解釈と、宗教的解釈とがともに『ロビンソン・クルーソー』に含まれる、帝国形成を促す力を看過するだけでなく、さらには、その力を不可視なものとする方向にも向いていることがわかる。

## Ⅲ

　次にポストコロニアル理論の観点から、経済的個人主義に基づくアプロー
チを再検討してみよう。このアプローチを採るワットは、クルーソーについ
て次のようにまとめている。

　　That Robinson Crusoe, like Defoe's other main characters, Moll
　　Flanders, Roxana, Colonel Jacque, and Captain Singleton, is <u>an</u>
　　<u>embodiment of economic individualism</u> hardly needs demonstration. All
　　Defoe's heroes pursue money, which he characteristically called 'the
　　general denominating article in the world'; and they pursue it very
　　methodically according to the profit and loss book-keeping which Max
　　Weber considered to be the distinctive technical feature of modern
　　capitalism. Defoe's heroes, we observe, have no need to learn this
　　technique; whatever the circumstances of their birth and education,
　　they have it in their blood, and <u>keep us more fully informed of their</u>
　　<u>present stocks of money and commodities</u> than any other characters in
　　fiction. 　　　　　　　　　　　　　　　　(69-70, emphasis added)[11]

ワットが指摘するように、主人公クルーソーは「経済的個人主義」を体現し
ており、常に自分の経済状態を読者に報告し続ける。最初にクルーソーが具
体的金額を出すのは2度目に船に乗った時で、ギニア貿易船の船長と知り
合ったクルーソーは船長の指示で40ポンド相当の雑貨類をロンドンで仕入れ
る。ギニアに着くとそれらを売りさばき、その代金で5ポンド9オンスの砂
金を買い、帰国後ロンドンでその砂金を売って300ポンドを得る。
　元手を7.5倍にするという大成功を皮切りに、クルーソーは克明に「金銭
や財の現状」を読者に伝え続けるのであり、クルーソーが「経済的個人主義
を具現化した存在」であるというワットの指摘は極めて的確である。また、
元手となった40ポンドの入手経過が詳しく述べられることにより、デフォー

小説の特徴としてしばしば挙げられる「真実らしさ」（verisimilitude）が付与されている。

　ギニアへの最初の航海で300ポンドを稼いだクルーソーは、その３分の２にあたる200ポンドを、恩人である船長の未亡人に預けておく（船長は帰国後直ぐに亡くなっている）。クルーソーのギニア商人としての２度目の航海は不運に見舞われる。トルコの海賊船に船は拿捕され、クルーソーはムーア人の奴隷となり、船に持ち込んだ３分の１にあたる100ポンドは失われる。ムーア人のもとから何とか逃げ出したクルーソーは、海上でさまよっているところをポルトガル船の船長に救出され、逃げ出すときに使った船などを買い取ってもらった結果、220スペイン・ドルを手にする。クルーソーは上陸したブラジルで、この220スペイン・ドルを元手に砂糖農園を始める。

　一方、ロンドンに残された200ポンドが無駄になることはない。ポルトガル船長の勧めにより、その半分をブラジルでの農園経営に必要な品にロンドンで換えてもらい、ロンドンからリスボンに送られた商品を、ポストガル船長にブラジルへ船で持ち帰ってもらうことによって、クルーソーは元手の100ポンドに対して「４倍以上の利益」をあげる。そのおかげで、クルーソーは黒人奴隷とヨーロッパ人の召使いを手に入れることができたのである。

　この後、同じように農園を営む３名の仲間たちに依頼され、クルーソーは私的に黒人奴隷を入手するため、再度ギニア貿易を行なうことを決める。当時、奴隷の入手はスペイン王やポルトガル王の特別許可（アシェント）を得たものが独占していたのであるが、こうした正式な手続きを経ずに、クルーソーらは黒人奴隷を私的に入手しようとしたのであった。この航海でクルーソーの乗った船は難破し、彼のみが生き残って孤島に漂着し、28年に及ぶ孤島生活が幕を開ける。

　クルーソーの財政状態に着目すると、彼が失踪していた長い年月は、彼にとって極めて有利に働いていることがわかる。ブラジルを離れる際に、周到な指示を与えておいたこともあり、クルーソーが不在の間も、砂糖プランテーションは極めて順調に利益を上げ、作品の最後でクルーソーが自分の農園を売ろうとした時には33000スペイン・ドルもの価値をもつに至っている。

Accordingly I agreed, gave him Order to offer it to them, and he did so; and in about 8 Months more, the Ship being then return'd, he sent me Account, that they had accepted the Offer, and had remitted 33000 Pieces of Eight, to a Correspondence of theirs at Lisbon, to pay for it.

In Return, I sign'd the Instrument of Sale in the Form which they sent from Lisbon, and sent it my old Man, who sent me Bills of Exchange for 32800 Pieces of Eight to me, for the Estate; reserving the Payment of 100 Moidores a Year to him, the old Man, during his Life, and 50 Moidores afterwards to his Son for his Life, which I had promised them, which the Plantation was to make good as a Rent-Charge.

(255-6, emphasis added)[12]

引用の下線部が示しているように、売却金額33000スペイン・ドルが、何の説明もなく、為替手形の額面である32800スペイン・ドルになっている。これは商業活動に通暁していたデフォーが、為替手形の手数料として200スペイン・ドルを引いたためであり、こうした細部の積み重ねが、デフォー作品のもつ「真実らしさ」を生み出しているといえるだろう。このように奴隷として使役されていたムーア人のもとから逃げ出したときに得た220スペイン・ドルと、ロンドンに残したお金の半分である100ポンドとが、最終的には33000スペイン・ドルという巨額の財産に変わるのである。

　ホイッグ史観（本書の第10章第Ⅱ節を参照）に立ち、クルーソーをミドルクラスの代弁者と解する論者は、『ロビンソン・クルーソー』に見られる主人公の冒険者らしからぬ勤勉さ、たゆまぬ労働を礼賛する傾向があるが、これまで見てきたようにクルーソーが最終的に築き上げた莫大な富は、ミドルクラス倫理に則った行動によってもたらされたものではないことに留意すべきである。クルーソーが人生の総決算として得る巨富は、クルーソーが不在地主という立場にあった30年弱という期間に、砂糖プランテーションという、アフリカの人的資源とアメリカの物的資源の搾取によって築き上げられた富なのだ。つまり、ポストコロニアル理論の観点から作品全体を俯瞰する

と、経済的個人主義の観点から詳しく眺めてみた、クルーソーによる財の蓄積というプロセスは、ギニア航路を用いたアフリカの収奪という問題や、植民地維持に欠かせない三角貿易の一端をクルーソー自身が担っているという問題と深くつながっているのである。

Ⅳ

「前景化」（foregrounding）という手法をロシア・フォルマリズムは重視したが、どのようなアプローチの場合も、整合性をもつ解釈を作品から生み出す際に、作中の特定部分を前景化することが多い。これは逆に言うと、作中の特定部分を「後景化」（backgrounding）、「周辺化」（marginalizing）していることになる。クルーソー批評に大きな影響力をもつ宗教的解釈においても同様のことが起きている。以下では宗教的解釈を丹念にたどりながら、この解釈が周辺化しているポストコロニアル的な見方をすくい上げてみたい。

まず、宗教的読解の代表的論者であるハンターの解釈を引用する。

> *Robinson Crusoe* clearly is more like contemporary adventure stories than like the travel books… But more important, *Robinson Crusoe* has a larger coherence than that produced by the narrative sequence—a coherence which ultimately separates *Robinson Crusoe* from both travel literature and adventure stories… *Robinson Crusoe* is structured on the basis of a familiar Christian pattern of disobedience-punishment-repentance-deliverance, a pattern set up in the first few pages of the book. Crusoe sees each event of his life in terms of the conflict between man's sinful natural propensity, which leads him into one difficulty after another, and a watchful providence, which ultimately delivers man from himself.　　　　　　　　　　　　(18-9, emphasis added)[13]

ハンターは、出来事の配列という「物語の順序によって形作られる一貫性よ

りも、もっと大きな一貫性を『ロビンソン・クルーソー』は備えている」と
指摘し、それは「神への不服従・神罰・悔恨・罪からの救済という、キリス
ト教において、よく目にするパターン」なのであると説明している。確かに、
ハンターの論じるように、『ロビンソン・クルーソー』における宗教的要素
は濃厚であり、回心へと至るパターンが、本作品に統一性を付与してはいる
のだが、宗教的読解がもつ最大の難点は、父の命に背くことで、結果的にク
ルーソーが大成功を収めるという、本作品がもつ捻れ構造にある。

　もちろん孤島に28年間閉じ込められるという罰を受け、回心に至ったから
こそクルーソーの成功はもたらされたのだと解することも可能だが、宗教的
解釈が生み出される際に周辺化された部分を丁寧に見ていくと、ハンターら
の宗教的解釈を掘り崩しかねない記述が各所に存在していることがわかる。

　まず、父がミドルクラスを礼賛し、クルーソーの放浪癖をたしなめる場面
を詳しく見てみよう。

> He bid me observe it, and I should always find … that the middle Station
> of Life was calculated for all kind of Vertues [sic] and all kinds of
> Enjoyments; that Peace and Plenty were the Hand-maids of a middle
> Fortune; that Temperance, Moderation, Quietness, Health, Society, all
> agreeable Diversions, and all desirable Pleasures, were the Blessings
> attending the middle Station of Life; that this Way Men went silently
> and smoothly through the World, and comfortably out of it….
>
> (6, emphasis added)

クルーソーの父親は「中程度の身分」(the middle Station) にあるものが、
どれほど幸せに暮らせるかを切々とクルーソーに説く。上流階級のように悪
習に染まった享楽的生活に苦しむこともなければ、下層階級のように過酷な
労働に耐えながら日々の糧にも困るといった苦痛を味わうこともないと述
べ、ミドルクラスがどれほど恵まれているかを滔々と語る。

　父は自分たちが属する社会階層が最も幸福に満ちており、「節制、中庸、

平穏、健康、社交といった素晴らしい楽しみや喜び」があると、クルーソーに言って聞かせる。しかしながら、作品冒頭から、このよく知られた箇所に至るまでの部分を詳しく見てみると、父自身は自らの言葉を必ずしも実践してこなかったことが明らかになる。そもそもクルーソーの父は英国人ではなく、ドイツ人である。故郷ブレーメンを離れ、英国の港町ハルにおいて貿易で成功を収め、ヨークに落ち着いた人物という設定になっている。

　このような人物が、自分と同じように故郷を離れて、運試しをしようとしている息子に、重々しく教訓を与えるという構図は少々アイロニカルである。また、父の後を継ぐべき長男は父の諫めを聞かず、軍人となって戦死しており、次男も行方がわからないままとなっている。三男であるクルーソーも、両親の願いを聞き入れず船乗りになってしまうことからすると、クルーソーがもつ「単なる放浪癖」（a mere wandering Inclination）は、クルーソー自身の罪というよりは、父方から受け継いだ気質なのではないかという疑念さえ生じてくる。

　また父はクルーソーを法律家にするつもりだったようだが、それならば「お金の掛からない地方の学校」（'a Country Free-School'）に通わせるだけでは全く不十分であり、大学へ行かせる必要があったろう[14]。このように、中くらいの身分の素晴らしさを息子に教え諭すという、よく知られた場面にたどり着くまでに、父の訓戒自体を疑問視させるような要素がいくつも存在している。宗教的解釈においては、父の訓戒に従わず、神命に背くということがクルーソーの原罪を形作るのであるから、以上のように、父の訓戒自体に対し、強い疑いが生じることは、実は宗教的解釈の根幹を揺るがす重大事なのである。

　作品の終わりでクルーソーが、首尾良くブラジルの砂糖農園を売却した後、彼は自分の人生を次のように要約する。

And thus I have given the first Part of a Life of Fortune and Adventure, a Life of Providence's Checquer-Work, and of a Variety which the World will seldom be able to show the like of: Beginning foolishly, but closing much more happily than any Part of it ever gave me Leave so much as to hope for. (303-4, emphasis added)

「故郷を捨てるという愚行で始まったものの、これ以上望むべくはないという程の幸福な結末を迎えること」になった原因を突き詰めるならば、それは父の願いを聞かず、神意に背いたからなのであり、ここでも、宗教的解釈には収まりきらない捻れ現象が起きている。

　このように、宗教的解釈が最も「周辺化」したいことは、クルーソーが原罪を犯した結果、彼に与えられるのが懲罰ではなく、莫大な報酬であるというパラドックスである。神意に背いた主人公がギニア貿易商人として荒稼ぎをすることや、最終的には植民地農園経営者として大成功を収めるというパラドックスは、ハンターらの宗教的解釈を無効にするような背理なのである。

　宗教的読解を重視するアプローチをとるならば、『ロビンソン・クルーソー』は確かに回心へと至るパターンを備えていると言えるだろう。だが同時に、別のパターンも存在しているのだ。ギニア貿易商人としての大成功を読者に語ったり、植民地における農園経営がもたらす莫大な富を誇示したりすることにより、読者に海外進出熱を引き起こすというパターン、つまり大英帝国の形成を促すというパターンも『ロビンソン・クルーソー』は内包しているのである。

## 注

1 ) Ian Watt, *The Rise of the Novel: Studies in Defoe, Richardson and Fielding* (2nd edition, Peregrine Books, 1963), 35.
2 ) G. A. Starr, *Defoe and Spiritual Biography* (Princeton UP, 1965). J. Paul. Hunter, *The Reluctant Pilgrim: Defoe's Emblematic Method* (Johns Hopkins University Press, 1966).
3 ) 第 4 章を参照.
4 ) *The Rise of the Novel*, 72.

5）第4章を参照.

6）Homer O. Brown, "The Displaced Self in the Novels of Daniel Defoe" in *Journal of English Literary History* 38 (1972): 562-90.

7）Edward Said, *Culture and Imperialism* (Vintage, 1994), xii-iii.

8）Ibid., 7.

9）Ibid., 94.

10）Pat Rogers, *Robinson Crusoe* (Allen and Unwin, 1979) を参照.

11）*The Rise of the Novel*, 69-70.

12）Daniel Defoe, *Robinson Crusoe* (2nd edition, World's Classics, 2007), 255-6. 英文引用は上記の文献に拠り，引用文最後の丸括弧内に頁数を記す．以下同様.

13）Paul J. Hunter, *The Reluctant Pilgrim: Defoe's Emblematic Method* (Johns Hopkins University Press, 1966), 18-9.

14）本書の第11章を参照.

# 第7章 『ロビンソン・クルーソー』と ポストコロニアル理論(2)

## I

　様々な分野で活躍し、膨大な著作を残したデフォーの作品は緻密さに欠けると評されることがある。しかし、ポストコロニアル理論の観点から『ロビンソン・クルーソー』を詳しく見ていくと、孤島に閉じ込められるエピソードは非常に巧みに創られていることがわかる。本章では、以下の2つの点でデフォーが様々な工夫を凝らしていることを明らかにしたい。1番目は、非常に有利な条件下で、英国人がカリブ海域の先住民と遭遇できるように、作品が創られていることである。2番目は、英国人による帝国建設を正当化するという方向に沿って、各種のエピソードが配置されていることである。

　まず、英国人クルーソーとカリブ人との最初の接触というエピソードを創作するにあたって、デフォーが念入りに構想したと思われる項目を列挙してみよう。

1. 白人がカリブ人よりも優位に立つこと、さらに英国人がスペイン人よりも優位に立つこと。
2. 具体的にはクルーソーがカリブ人を支配下に置くこと、かつ可能な限り主従関係を強制することなく、読者の共感を維持すること。
3. 主人公クルーソーが残虐であるという印象を読者に与えることなく、先住民のカリブ人を多数殺害するという、冒険物語が必要とする劇的場面を創り上げること。

本章では、『ロビンソン・クルーソー』において、デフォーが以上の3点を巧みに達成していることについて考えていきたい。

まず第 1 に、白人優位を確立するという創作目的について見ていく。16世紀の大航海時代はスペインとポルトガルが世界の海を支配し、17世紀以降はオランダ、フランス、イギリスが台頭するというように、主役となる国の顔ぶれは変わっていったものの、一貫して西欧が、アジア、アフリカ、アメリカよりもずっと優位に立っていた[1]。このような西欧優位・白人優位を『ロビンソン・クルーソー』においても確立するため、デフォーは周到にいくつも布石を打っている。まず、主人公の乗った船が座礁し、孤島に 1 人たどり着くという状況を設定しているが、貿易船を岸からそれほど遠くない場所に座礁させ、クルーソーが筏を使って道具類を孤島に運び込めるようにしている。その中には火薬や銃器類が含まれており、これらは後のカリブ人と遭遇するエピソードで極めて重要な役割を果たす。

　次に、たどり着いた場所は無人島という設定になっており、既に先住民がいる島に漂着し、先住民のカリブ人に助けられるといったプロットにはしていない。白人優位を確立するためには、クルーソーは恩義を受ける側に立ってはいけないのであり、作品後半でカリブ人と遭遇する前に、現地のカリブ人を凌ぐ生活様式を確立し、自給自足体制をまずは打ち立てておかなければならないのである。一方、英国人ではないスペイン人の場合は扱いが全く異なる。後半部で恩人クルーソーのもとで働くことになるスペイン人の方は、英国人クルーソーとは違い、カリブ人に助けられ、食物を与えられていたという設定になっている。

　デフォーの考えに拠れば、新教徒側の英国人は世界の海を支配し、様々な土地で植民者として益々成功を収めていき、一方、旧教徒側のスペイン人は、先住民への残虐行為等により植民地経営に失敗していくのだ。このようにデフォーは、前者を代表するクルーソーと、後者を代表するスペイン人との間に大きな格差をはっきりと設定している。優秀な英国人と、格下であるべきスペイン人との相違は、デフォーによって周到に用意されたものであり、カニバリズムの犠牲になりかけたスペイン人をクルーソーが助けることにより、英国人の優位はさらに強調されることになる。

*100*

## II

　第2に、白人優位を明確にしながら、カリブ人の1人をクルーソーの側に
つけるという状況を創り出す際に、デフォーはカリブ人が自発的にクルー
ソーに仕えるというプロットを用意している。以下の引用は、後にフライデ
イと名づけられるカリブ人が、敵対するカリブ人2人に追われている場面で
あり、またクルーソーが初めてカリブ人を殺害する場面でもある。

> It came now very warmly upon my Thoughts, and indeed irresistibly,
> that now was my Time to get me a Servant, and perhaps a Companion,
> or Assistant; and that I was call'd by Providence to save this poor
> Creature's Life; I immediately run down the Ladders with all possible
> Expedition, fetches my two Guns...I cross'd toward the Sea; and
> having a very short Cut, and all down Hill, clapp'd my self [sic] in the
> way, between the Pursuers and Pursu'd; hallowing aloud to him that
> fled, who looking back, was at first perhaps as much terrified at me, as at
> them; but I beckon'd with my Hand to him, to come back, in the mean
> time, I slowly advanc'd towards the two that follow'd; then rushing at
> once upon the foremost, I knock'd him down with the stock of my Piece;
> I was loath to fire, because I would not have the rest hear, though at that
> distance, it would not have been easily heard... Having knock'd this
> Fellow down, the other who pursu'd with him stopp'd, as if he had been
> frighted; and I advanc'd a-pace towards him, but as I came nearer, I
> perceiv'd presently, he had a Bow and Arrow, and was fitting it to shoot
> at me; so I was then necessitated to shoot at him first, which I did, and
> kill'd him at the first Shoot.　　　　　(171, emphasis added)[2]

上述の場面で、「2丁の銃」を手にしているクルーソーは、先住民カリブ人
に対して、圧倒的に有利な立場にある。彼は、何とか逃げ出してきたカリブ

人捕虜を自分に仕えさせようと考える。下線部からわかるように、クルーソーは直ぐに「仲間」（Companion）や「従者」（Assistant）と言い換えてはいるものの、最初は、白人である自分自身の「奴隷」（Servant）として、先住民を仕えさせようと考えたのである。

　また、この場面でクルーソーは初めて先住民を殺害するのだが、この際、残虐であるという印象を与えないように、作者デフォーは様々な注意を払っている。まず、フライデイを追ってきた最初のカリブ人に対して、クルーソーは「ピストルの銃床で、彼を殴り倒す」にとどめるのだ。そして、フライデイを追ってきた2人目のカリブ人に対しては、正当防衛という体裁をとっている。クルーソーは「自分に対して矢を放とうとしていたので、先に銃を撃つしかなかったのだ」と述べているが、もちろん、銃を持つクルーソーは圧倒的な優位にあり、彼を即死させるのではなく、傷を負わせるにとどめることもできたであろう。さらに、デフォーは、意識を取り戻した最初のカリブ人を殺す役割を、クルーソーではなくフライデイに割り振っている。このように、デフォーは、英国人クルーソーはスペイン人のような悪行は働かないのだと強調しているのである。

　この後、命を助けられたカリブ人は「自分の頭の上に、恩人クルーソーの足を置き」、心からの忠誠を誓う。

> I smil'd at him, and look'd pleasantly, and beckon'd to him to come still nearer; at length he came close to me, and then he kneel'd down again, kiss'd the Ground, and laid his Head upon the Ground, and taking me by the Foot, set my Foot upon his Head; this it seems was in token of swearing to be my Slave for ever .... (172, emphasis added)

この行為は命の恩人に対する忠誠を表す個人的な行為なのだが、同時に、先住民カリブ人が自発的に英国人クルーソーに服従を誓っているというシンボリックな行為として捉えることも可能である。このように旧教徒スペイン人のような残虐行為を行なうことなく、新教徒である良き英国人は先住民から

自発的に服従を勝ち取るのである。

## Ⅲ

　第3に、多数のカリブ人を殺害するという最も劇的な場面でも、読者に嫌悪感を抱かせないように、デフォーはいくつかの段階を踏んでいる。まず、クルーソーが激怒する対象である、敵役のカリブ人は今まさに同族を喰らおうとしているという状況下にあり、クルーソーが彼らを殺害しても、白人がカリブ人の残虐な悪習を是正しようとしているのだという名目が一応は立つようになっている。さらにデフォーは、クルーソーを沈着冷静な人物として造形し、非人間的な悪行に対する嫌悪に駆られて、突発的行動を起こすといった筋立てにはしていない。

　カリブ人が行なおうとしている残虐な行為について、フライデイから報告を受けたクルーソーは怒りに身を震わせ、一旦は彼らを皆殺しにしてやろうと考えるのであるが、何とか心を落ち着け、彼らを殺害することは果たして正当なことなのだろうかと自らに問うという冷静さを見せる。その結果、一時的ではあれ、クルーソーはカリブ人たちの行動に干渉をせず、彼らのやりたいようにさせておこうと考えるのである。神がカリブ人たちを見捨てているのは確かであるが、クルーソー自身が神に代わって裁きを行なうべきではないと考える。

　クルーソーのこのような行動に対し、読者は沈着冷静という英国的美徳を主人公に見出すだろう。作者デフォーは、このような英国人気質こそが、残虐な植民者であるスペイン人との違いであると強調したいのだ。実際、この場面の、少し前の箇所で、クルーソーはフライデイからスペイン人の残虐行為を知らされ、「彼はスペイン人のことを言っているのだ、アメリカ大陸における、スペイン人の残虐さは全世界に伝わり、総ての国で父から息子へと伝えられ、記憶されている」（'he meant the Spaniards, whose Cruelties in America had been spread over the whole Countries, and was remember'd by all the Nations from Father to Son,' 182）とクルーソーは述べ、植民地におけるスペイン人の残虐行為と、英国人の慎重さや穏やかさを対比している。

そして、冷静さを取り戻したクルーソーは、カリブ人が犯しているカニバリズムという民族全体の罪に対しては、時が満ちれば、神はご自身の手でもって「カリブ民族の罪に対し、民族への罰を下すであろう」（'punish them as a People, for national Crimes,' 196）と考える。このように作者デフォーは、罪深いカリブ人国家が英国人によって打ち倒されても、それは聖なる裁きの結果なのだという、帝国主義にとって実に都合のよいメッセージを作中にしっかりと込めているのである。

　カリブ人を皆殺しにするという行動を1度は思いとどまったクルーソーではあったが、物語はいくつかの条件を積み重ねることで、カリブ人殺戮を正当化するという道筋をたどる。1つ目は、目の前でカニバリズムが行われ始めたことである。

I bad [sic] him [Friday] go to the Tree, and bring me Word if he could see there plainly what they were doing; he did so, and came immediately back to me, and told me they might be plainly view'd there; that they were all about their fire, eating the Flesh of one of their Prisoners...he told me it was not one of their Nation; but one of the bearded Men, who he had told me of, that came to their Country in the Boat: I was fill'd with Horror at the very naming of the white-bearded Man, and going to the Tree, I saw plainly by my Glass, a white Man who lay upon the Beach of the Sea, with his Hands and his Feet ty'd with Flags, or Things like Rushes; and that he was an European, and had Clothes on.... I had now not a Moment to loose [sic], for nineteen of the dreadful Wretches sat upon the Ground, all close huddled together, and had just sent the other two to butcher the poor Christian... I set down one of the Muskets, and the Fowling-Piece, upon the Ground, and Friday did the like by his, and with the other Musket, I took my aim at the Savages, bidding him to do the like; then asking him, If he was ready? He said, yes, then fire at them, said I; and at the same moment I fir'd also.

*104*

（196-7, emphasis added）

既にカリブ人たちは「捕虜の人肉を喰らう」という凄惨な行為に及んでいる。さらに、カリブ人殺戮を正当化するために、2つ目に用意されている条件は、「キリスト教徒」である「白人」が、カニバリズムの犠牲にされようとしていることである。ここに至っては「一刻の猶予」もならぬ状況に立ち至り、クルーソーとフライデイはその場にいたカリブ人全員を殺害することになる。このように多数の原住民を殺害するという壮絶な出来事が起きるのだが、デフォーが事前にいくつもの保険を掛けているため、クルーソーは読者からの強い反発を免れることになるのだ。

## IV

『ロビンソン・クルーソー』をデフォーが書くにあたって、インスピレーションを得たと思われる実際の事件が存在していたことはよく知られている。船乗りアレグザンダー・セルカーク（Alexander Selkirk）が船上での争いの結果、1人で船を下りて孤島に残り、5年後に別の船によって助け出されたという実話である。ただ、セルカークの実話をフィクションにすれば、直ちに『ロビンソン・クルーソー』が出来上がるということはない。

重要な相違点をいくつか挙げてみよう。まず、セルカークの実話においては、ヨーロッパ人がカリブ人と出会うというエピソードはない。クルーソーとカリブ人との接触はデフォーの創作なのだが、本章で詳しく述べてきたように、カリブ人との遭遇に関し、デフォーは緻密に作品を創り上げている。その結果、英国人とカリブ人との遭遇を、ヨーロッパ側にとって圧倒的に有利な形で描いたディスコースである『ロビンソン・クルーソー』は、単なる冒険小説にとどまらず、大英帝国建設を正当化し礼賛する言説として重要な役割を果たしてきたのである。

またデフォーが自らの持論に従って、孤島の位置をチリ沖合から、ベネズエラ沖合に変更していることも重要である。元々セルカークが残された孤島であるファン・フェルナンデス島（現在は名称変更しロビンソン・クルー

ソー島）は南アメリカ南西部チリの沖合400マイルほどの地点にあるのだが、作中のクルーソー島は、デフォーが英国にとって戦略的に重要な地域であると考えた、南アメリカ北部であるベネズエラ沖合に設定し直されている。現代からすると極めて長い『ロビンソン・クルーソー』の原題には「大河オリノコ河の河口近く、アメリカ大陸沖合の無人島に28年間たった一人で過ごした船乗り」という記述が含まれている。そして、この長い題名には、南アメリカ北部に対する英国人の興味をかき立てようという、デフォーの帝国主義的目論見が潜んでいるのであった。

　以下では、作中のクルーソー島で起こった出来事が、大英帝国建設のシンボルとして働いていることを見ていきたい。

> My island was now peopled, and I thought myself very rich in Subjects; and it was a merry Reflection, which I frequently made, How like a King I look'd. First of all, the whole Country was my own meer [sic] Property; so that I had an undoubted Right of Dominion. Secondly, My People were perfectly subjected: I was absolutely Lord and Law-giver; they all owed their Lives to me, and were ready to lay down their Lives, *if there had been occasion of it*, for me. It was remarkable too, we had but three Subjects, and they were of three different Religions. My Man Friday was a Protestant, his Father was a Pagan and a Cannibal, and the Spaniard was a Papist: However, I allow'd Liberty of Conscience throughout my Dominions: But this is by the Way.
>
> (203, emphasis added)

フライデイ、彼の父、スペイン人の3人しかいないにも拘わらず、「我が臣民は大いに増えた」とクルーソーが考えたり、自力で脱出できない孤島について「総ては我が領土である」と述べたりしている箇所に、読者は苦笑を浮かべるであろう。確かに、この箇所にはユーモアが漂っているのだが、それだけではなく同時にデフォーの願望やスペインに対する見方も表れている。

第7章 『ロビンソン・クルーソー』とポストコロニアル理論(2)

　まず第1に、伝統的な解釈から見ると、無人島を自分のものとし、広大な土地を手にするという上述のエピソードには、デフォーの強い願望が投影されているといえるだろう。本書の第9章で詳述したように、デフォーは生涯をかけてジェントルマンとして認められるべく苦闘を続けており、クルーソー島で大所領を手にし、Country House を得ることは、彼が最も叶えたかった願望そのものである（孤島とは違い、英国本土では Country House はジェントルマン階級が地方の大所領に建てた御屋敷を意味する）。

　第2に、ポストコロニアル理論の観点から見ると、この引用箇所には、英国が今後とるべき、対スペイン戦略について、デフォーが抱いていた構想がシンボリックな形で表れているといえるだろう。まず、このエピソードにある、クルーソーに忠誠を誓う者たちの中では、カニバリズムを克服し、英国国教徒となったフライデイが最も神の救いに近い。本章で述べてきたように、デフォーはカニバリズムという悪習により神から見捨てられたカリブ人が、より優れた白人に支配されるのは当然であると考えており、英国人が帝国を築き、彼らを導いて英国国教徒にすることは正に神意に則った行ないなのである。

　次に、カトリック教徒であるスペイン人が、英国人クルーソーのもとで忠誠を誓っているという構図はどのような意味をもつのであろうか。『ロビンソン・クルーソー』においては、この部分以外にも、スペイン人に対し、英国人が優位に立つというエピソードが繰り返されているが、これこそが対スペイン戦略を睨んだ、デフォーの創作意図であったといえるだろう。以下、詳述する。

　パット・ロジャーズが的確にまとめているように、デフォーが『ロビンソン・クルーソー』を著した頃は、ポルトガルの影響下にあったブラジルを除けば、アメリカ大陸は北から南に至るまで、スペインの支配下にあった[3]。しかし、18世紀初頭になると、スペインが16世紀から17世紀にかけて保持していた勢いは失われつつあり、植民地に対するスペインの支配力は少しずつ低下していた。デフォーの持論は、英国はスペインに対抗し、南アメリカ大陸北部に植民地拠点を確保すべきであり、英国はそれを行なう力量を十分備

*107*

えているというものであった[4]。

　そのため英国にとって、南アメリカ北部は極めて重要な拠点になると考えていたデフォーは、『ロビンソン・クルーソー』における孤島の位置を、南アメリカ北部に設定したのである。このように、ポストコロニアル理論の観点から見ると、クルーソーが漂着する孤島が、セルカークが5年を過ごしたチリの沖合ではなく、オリノコ河口の北に位置することは大きな意味を持つ。デフォーは海洋帝国としての覇権をめぐる、スペインとの争いを念頭に置きつつ、地理学的戦略性を十分意識して、『ロビンソン・クルーソー』を書いたのであった。

　以上のような植民地をめぐる当時の状況を勘案すると、『ロビンソン・クルーソー』において、スペイン人に対する英国人の優位が繰り返し語られるのは偶然ではない。デフォーは、植民地で残虐非道な行為を行なっているスペイン人の植民地支配はいずれ凋落し、帝国形成において、勤勉で思いやりの深い英国人がいずれスペイン人を凌ぐようになるとのメッセージを潜ませているのである（もちろんクルーソーが喧伝する、植民地支配において英国人がスペイン人とは全く異なる行動をとったという言説を、文字通り受け取ることは難しい）。

　この観点からすると、クルーソー島の臣下の1人がスペイン人であるのは極めてシンボリックである。当時、南アメリカ大陸に対し、圧倒的な支配力を持っていたスペイン人（カトリック）を、いずれは英国が凌ぐことになる、それはより神に愛されている英国人（新教徒）としては当然のことであるとデフォーは言いたいのである。また、大航海時代に冒険を繰り返し、植民地収奪に走ったスペイン人の姿と、孤島において非冒険的な日常を倦むことなく繰り返し、神を敬いつつ労働に勤しむという英国的美徳との対比も『ロビンソン・クルーソー』には明確に描かれている。最後に勝つのは、旧教徒スペイン人ではなく、新教徒英国人なのであり、カニバリズムや冒涜的な信仰といったカリブの悪習を打破するという美名のもとに、英国人によるカリブ海域の支配が正当化されるのである。

第7章 『ロビンソン・クルーソー』とポストコロニアル理論(2)

## V

　最後に、デフォーの死後、英国とフランスとがしのぎを削った帝国主義の時代に、『ロビンソン・クルーソー』がどのような役割を西欧で担っていたかを、デイヴィット・ブルーウェット（David Blewett）の *The Illustration of Robinson Crusoe 1719-1920* を用いて紹介したい。19世紀には植民地建設をめぐる英国の最大のライバルは、スペインからフランスに変わっていた。そのライバル国フランスにおいてさえも、仏訳された『ロビンソン・クルーソー』が、西欧による植民地帝国建設を推進する原動力として重要な役割を果たしていたことは注目に値する。デフォー研究家ブルーウェットは『ロビンソン・クルーソー』出版から200年の間に出された、膨大な翻訳やリトールド版に含まれる挿絵を丹念に読み解きつつ、クルーソー像の変容を詳細にたどった労作を出している。

[図1]

109頁の挿絵は1877年のフランス語翻訳にジュール・フェスケが口絵として描いたものである。ブルーウェットはこの挿絵について次のように説明している。

> The frontispiece portrait of Crusoe, in which he stands with his foot on the head of a supine Indian, shows Crusoe with the regular attributes of Hercules, consisting of the lion's skin head-dress, the paws knotted in front, and a club or, as in this case, a sword. Also traditional in the iconography of Hercules, the prototype of masculine strength, are the nude muscular body, short hair, and beard. To this powerful image Fesquet has added an orb, the ancient symbol of the cosmos, deprived from the Romans, by whom it was associated with Jupiter and with the emperor, his earthly representative. Surmounted by a cross, the orb later became the symbol of Christian majesty, of royal power vested in the monarch. (126, emphasis added)[5]

109頁の挿絵では「クルーソーは先住民の頭を踏んでいる」が、ブルーウェットが指摘するように、原作にはこの挿絵で描かれているエピソードはない。これはフライデイが恩人クルーソーに服従を誓う場面でもないし、本章の第Ⅱ節で取り上げた、フライデイを救出する際に2人のカリブ人を殺す場面でもない。これは挿絵画家フェスケが、独自の判断で描いた場面である。

そして、この挿絵を図像学的に分析すると、ブルーウェットが述べているように極めて興味深いことがわかってくる。まず、「隆々たる肉体、短い髪、顎髭」、そして「ライオンの毛皮を頭にまとった姿」から、クルーソーがヘラクレスに擬せられていることがわかる。さらに重要なのは、左手に「宝珠」を持っていることであり、この宝珠はクルーソーが「最高神ユピテル」や「神より王権を授けられた国王」に結びつけられていることを示している。そして、この挿絵にある宝珠には十字架はついていないが、十字架つきの宝珠はキリスト教の権威、及び「キリスト教による王権神授のシンボル」となって

*110*

いくのである。

　この挿絵ひとつをとってみても、19世紀ヨーロッパにおいて、クルーソーがどれほど神格化されていたのかがわかる（『ロビンソン・クルーソー』は18世紀初頭に出版されている）。宝珠と剣を持つクルーソーは、非西洋社会の異教徒たちを改宗させる天命を受けた「気高きキリスト教者」（宝珠が象徴）であり、カニバリズムなどの悪習に染まる先住民を馴致する「気高き英雄」（ヘラクレスやユピテルが象徴）として西欧社会に浸透し、西欧による植民地帝国建設を強力に推進するイコンとなったのである。

## 注

1 ) Pat Rogers, *Robinson Crusoe* (Allen and Unwin, 1979), 39-42.
2 ) Daniel Defoe, *Robinson Crusoe* (World's Classics, 1972), 202-203. 英文引用は上記の文献に拠り，引用文最後の丸括弧内に頁数を記す．以下同様．
3 ) Pat Rogers, *Robinson Crusoe*, 39-40.
4 ) Ibid., 40.
5 ) David Blewett, *The Illustration of Robinson Crusoe, 1719-1920* (Colin Smythe Publication, 1996), 126.

# 第8章　ジャンルを超えた共通性
## ─ デフォー作品における政治・歴史・文学 ─

### I

　本章を含む一連の論考では、政治小冊子と小説という異なるジャンルを対象に、デフォー作品がもつ共通点について考察していく。デフォーの政治小冊子3作品（具体的な作品名はⅡ節で示す）と、女性を主人公にした2つの小説（『モル・フランダーズ』と『ロクサーナ』）を取り上げ、①語り手の設定の仕方、②アイロニーの技法、③史実の用い方という3つの観点から、デフォー作品がもつ特徴について論じる。本章では1713年に出版された3つの政治小冊子のうち、第1冊子に当たる『ハノーヴァー家の王位継承に反対する理由』[1]（*Reasons against the Succession of the House of Hanover*）を詳しく分析していくが、その前に本作品を理解するうえで不可欠な、当時の最大の懸案であった王位継承問題に触れておきたい。

　名誉革命により王位に就いたウィリアム3世には世継ぎがなく、義妹であるアンが女王となった後は、アンと夫ジョージの間に生まれた子が、アン女王の後を継いで次代の王となることが期待されていた。しかしながら、アンとジョージとの間に生まれた子は不運にも全員が他界してしまった。そのため、血統のみで判断するならば、名誉革命により王位を追われたジェームズ2世の息子であり、アンの異母弟でもある「老僭王」ジェームズ（Old Pretender）が王位を継ぐ可能性が出てきたのである。

　しかしながら、フランスの庇護のもとカトリック教を奉じている老僭王が英国の王位を継ぐならば、1688年の名誉革命それ自体が否定され、また英国国教会も存続の危機に晒されることになる。そのため、老僭王の即位を阻むべく、1701年に「王位継承法」（Act of Settlement）が制定された。英国の王位継承者はプロテスタントでなければならないという条件が課された、こ

*113*

の法律に則れば、僭王ジェームズは英国王にはなれず、ハノーヴァー選帝侯ジョージが王位を継ぐはずであった（本書ではドイツ語発音のハノーファーではなく、ハノーヴァーを用いることにする）。

　後の時代から見ると、僭王ジェームズの即位を阻む手立ては、十二分に講じられていると思われがちだが、当時の政治情勢は非常に流動的なものであった。当時、政権を担当していたロバート・ハーレーが率いるトーリー党は、ホイッグ党とは異なり、ジェームズ2世の血統を継ぐ、アン女王の異母弟である僭王ジェームズに対し同情的な姿勢をとっていた。一方、ハーレーの前に、アン女王の信任を得ていたホイッグ党は、フランス王ルイ14世の庇護下にある僭王ジェームズを断固として拒否する姿勢をとっていた。

　当時の不穏な状況についてファーバンクは次のように述べている。

> A Tory ministry led by Robert Harley had by this time been in power for some three years, and rumours were rife that, though it still paid lip-service to the Act of Settlement and the Hanoverian succession, it [=a Tory ministry] was intending a sell-out to France, with whom in secret it had for some time been in friendly relations, and to the Pretender.　The danger seemed all the more real in that it was known that Queen Anne, no friend to the Hanoverians, would in her heart had preferred her Stuart brother to succeed.　Thus it was becoming an urgent question whether, if the Queen were to die, the Act of Settlement would in fact be upheld.　　　　　　(29-30, emphasis added)[2]

ハーレー内閣は「王位継承法」（Act of Settlement）と、「ハノーヴァー選帝侯ジョージの王位継承」（the Hanoverian succession）に上辺は賛成のふりをしているもの、実際は「英国を裏切り、フランスおよび老僭王ジェームズと通じているという噂」が盛んに飛び交っていた。そして、この噂は全く根拠がないとは言えないものだった。実際、トーリー党を率いていたハーリーは、同党内のライバルであったボーリングブルック子爵が、僭王ジェームズ

*114*

を強く支持するのを阻止することができず、王位継承問題で曖昧な態度を
とっていたのである。

また上記引用の後半部でファーバンクが指摘しているように、「アン女王
自身も内心ではハノーヴァー選定侯よりも、異母弟ジェームズ（her Stuart
brother）に王位を継いでもらいたいと考えている」ことが周りに知られる
ようになると、王位継承をめぐる混迷はさらに深まっていった。

アン女王が崩御した後に、カトリック教徒である僭王ジェームズが王位に
就くことは、王位継承法で阻止されるはずであった。しかしながら、上述し
たように、当時の状況は予断を許さず、フランスの庇護下にあるジェームズ
が、次の英国王になる可能性は消えていなかったといえるだろう。デフォー
はこの王位継承という当時の大問題に対し、一貫してハノーヴァー家による
王位継承を支持していたが、英国内には、名誉革命によって追放された
ジェームズ2世の息子である僭主（Pretender）を王位につけようとする動
きも根強く残っていた。このジェームズ支持派は、名誉革命以降も「引き続
きジェームズ2世と、その直系の子孫を、正統な君主として支持した人々」
であり、「ジェームズのラテン語形 Jacobus に因んで、ジャコバイト[3]
（Jacobite）」と呼ばれていた。

僭主ジェイムズが即位し、名誉革命以降の体制を覆す可能性が存在する以
上、ウィリアム3世を理想の王と称えていたデフォーが、僭王ジェームズの
即位を何としても阻止したいと考えたのは自然な成り行きであった。当時の
状況について、『デフォー伝』を著したサザランドは、「プロテスタントによ
る王位継承は法で確定しているのに、なぜ人々はあれほど神経質になってい
たのだろうか」[4] と疑問を呈している。

しかしノヴァクが指摘しているように、サザランドの上記のような解釈
は、王位継承問題の結末を知っているものが抱く解釈であり、当時の不安定
な情勢を的確に把握しているとは言えないだろう。ノヴァクは、次のように
述べている。

<u>Hindsight may suggest that the Jacobites never had a chance</u>, but

throughout most of the eighteenth century the Whigs live in continual fear of a successful counter-revolution by the Jacobites.... William had to dodge three attempts at assassination during his reign. For someone like Defoe, who grew up with the terror of the possible eradication of Protestantism by Louis XIV, confidence in the permanence of the Glorious Revolution was impossible.　　　　　　(104, emphasis added)[5]

　ノヴァクは「ジャコバイト派が勝つ見込みはなかったと、後の時代からは見えるだろう」と述べると同時に、18世紀のほぼ全期間を通して、ホイッグ派が「名誉革命の成果が否定されるかもしれないという絶えざる不安」を抱いていたことも、また事実であったと指摘している。その根拠の1つとして、ノヴァクは、ウィリアム3世が生涯に「3度も暗殺の危機」に晒されたという歴史的事実を挙げている。そして、「ルイ14世の介入により、英国における新教主義が根絶やしにされるかもしれないという恐怖のもとで育ったデフォー」にとっては、ルイ14世の後ろ盾を得て、フランスで英国の王位を継ぐ機会を窺っている僭王ジェームズは、最も警戒すべき存在であった。ノヴァクが述べているように、「名誉革命が否定されることはないという確信」を、デフォーは持つことができなかったのである。

Ⅱ

　デフォーが最初にニューゲイトに投獄されたのは1703年である。前年に出した『非国教徒捷径』（*The Shortest Way with the Dissenters*）をめぐる筆禍事件によって、彼はニューゲイト獄に入れられたのであった。それから10年が経ち、デフォーはまたしても危険な政治論争に自ら身を投じ、最終的には再びニューゲイトに投獄されてしまう。もしデフォーが1702年の筆禍事件に懲り、王位継承問題から身を引いておくことができたならば、不幸な結果はもたらされなかっただろう。しかし、自らが信奉するウィリアム3世が打ち立てた政治体制を守るため、デフォーは自身が持つ世論への影響力を、今こそ揮う必要があると考えたのであろう。

サザランドは、王位継承問題に対するデフォーの姿勢を次のように語っている。

> If Defoe was now prepared, after almost ten years of political work behind the scenes, to compromise on almost every political principles that he had ever held, there was <u>one about which he never wavered to the slightest degree</u>: he was <u>a determined upholder of the Protestant succession</u> [the Hanoverian succession]. So firmly did he believe in it, indeed, that the merest suggestion of bringing back the exiled Stuarts [the Old Pretender] horrified him. The return of the Stuarts meant to a man like Defoe reaction, prosecution, and commercial disaster. <u>All that had been gained under that best of monarchs, King William, would be thrown away</u>.... (192-3, emphasis added)[6]

ホイッグとトーリー両派に仕えたことにより、変節を疑われるデフォーではあったが、「選帝侯ジョージが王位を継ぐべきであるという点」に関しては、デフォーの信念は「決して揺らぐことはなかった」とサザランドは述べている。デフォーにとってウィリアム3世は理想の王であり、万一、僭王ジェームズが王位に就くようなことがあれば、「最も偉大な王であるウィリアム3世のもとで英国が築き上げたすべてが打ち捨てられてしまう」とデフォーは危惧していたのである。

　一方、ノヴァクはサザランドとは異なる解釈も付け加えている。1713年に筆禍事件を招きかねない政治小冊子を立て続けに出すという、デフォーの無謀な行動は、彼の性格を反映したものでもあると、ノヴァクは考えている。自らの政治信条ゆえに、デフォーが行動したという面もあるものの、「政治諷刺の絶好の機会が与えられている以上、デフォーは政治論争に首を突っ込まずにはおれなかった」[7]とノヴァクは評している。

　1713年の2月から4月にかけて、デフォーはひと月ごとに3つの政治小冊子を出した。①『ハノーヴァー家の王位継承に反対する理由』（*Reasons against the Succession of the House of Hanover*, 1713)、②『僭王が王位に就くとどうなるのか？または、僭王が英国王位に就くことによって生じる利点と、実際に起きる結果に関する諸考察』（*And What if the Pretender should Come? Or some Considerations of the Advantages and real Consequences of the Pretender's Possessing the Crown of Great Britain*, 1713)、③『誰も考えようとしなかった問い、すなわち、女王が亡くなるとどうなるのかという問いへの答え』（*An Answer to a Question That No Body thinks of, viz. What if the Queen should die?*, 1713) の 3 冊子である[8]。

　11年前に出した『非国教徒捷径』と同様に、デフォーはこれら 3 作品も匿名で出版している。しかし匿名で出したとはいえ、彼がつけた 3 つの題名は余りに挑発的なものであった。第 1 冊子の題名である「ハノーヴァー家の王位継承に反対する理由」は、プロテスタントの王を望む人々にとって衝撃的なものであり、一方、王位継承法を敵視するジャコバイト派にとっては、自派を勇気づける題名であった。僭王ジェームズ支持派は、喜び勇んで第 1 冊子を買い求めたことであろう。もっとも後述するように、この第 1 冊子の題名は、その内容とは一致しておらず、デフォーがジャコバイト派を説得して、ハノーヴァー派に鞍替えさせることを狙った作品（またはデフォーがジャコバイト派を揶揄した作品）となっている。

　また、第 2 冊子の題名である「僭王が王位に就くとどうなるか？または、僭王が英国王位に就くことによって生じる利点と、実際に起きる結果に関する諸考察」も、僭王ジェームズが即位した場合の「利点」を強調しており、題名だけを見た読者は、この第 2 冊子の作者は、フランスの庇護下にある僭王ジェームズを支持していると考えるであろう。しかし、この第 2 冊子の場合も、第 1 冊子と同じく、作品の題名と内容とが一致していないのである。

　さらに第 3 冊子の題名である「誰も考えようとしなかった問い、すなわち、女王が亡くなるとどうなるのかという問いへの答え」も、同じく物議を醸す題名であった。というのも、女王の死を話題にすること自体が、女王への敬意を欠くものであり、さらに出版当時、アン女王が健康を害していたことを考えると、不敬の度合いはさらに強くなっていたといえるだろう。また女王

の死を表す言葉が「崩御する」（demise）ではなく「死ぬ」（die）という表現であることも、人々の批判を招くものであった（作者デフォーによる意図的な表現であると考えられる）。

Ⅲ

　デフォーが最初の筆禍事件に巻き込まれる原因となった『非国教徒捷径』は、イアン・ワット（Ian Watt）を始め、多くの研究者たちが論じてきた。一方、『ハノーヴァー家の王位継承に反対する理由』（以下では『王位継承に反対する理由』と略す）に始まる3作品の方は、デフォーの2度目のニューゲイト投獄を引き起こす原因となった作品なので、主要なデフォー伝の中で、必ず言及はされてきたものの、本格的な研究は今まで行なわれていない。これら3作品に関しては、デフォーの真意が読者に明確に伝わったかどうかという問題に、簡単に触れるという段階にとどまっている。

　20世紀の終りから21世紀初頭にかけて、デフォーについての本格的な伝記が3冊出ており、以下ではこれらの3研究を紹介する。まずバックシャイダーは *Daniel Defoe: His Life*（1989）において、「『王位継承に反対する理由』は『非国教徒捷径』と異なり、国教会高教派の言葉遣いを真似ようとは試みておらず」[9]、本作品におけるアイロニーは誰の目にも明らかだと評している。ノヴァクも同様に *Daniel Defoe: Master of Fictions*（2003）の中で、「『王位継承に反対する理由』という題名は、ハノーヴァー家の王位継承に反対するように見せかけてはいるが、少し作品を読み進めるならば、実際には反対派のジャコバイトを嘲笑することを目的としたアイロニカルな作品であることは明白だ」[10] と述べている。

　一方、*The Life of Daniel Defoe: A Critical Biography*（2005）を著したリケッティは、上述の二人とは異なり、デフォーの3作品をある程度丁寧に論じている。『王位継承に反対する理由』に関するリケッティの議論で、最も注目に値するのは次の2点である。①バックシャイダーとノヴァクが『非国教徒捷径』と比較しつつ、アイロニーの有無に議論の焦点を絞っているのに対し、リケッティはアイロニーだけでなく、本作品には「帰謬法」（reductio ad absurdum）も用いられていると述べている。②『王位継承に反対する理由』はアイロニカルな作品であると単純には断定できない。逆にデフォーは、自らが反対している「ジャコバイト派の主張に力を与えすぎ、一定程度の妥当性を付与してしまう傾向がある」[11]とリケッティは述べている。

　作者デフォーが創り出した語り手が、作者のコントロールを離れて、大いに活躍してしまうため、全体的効果が損なわれてしまうというリケッティの議論は非常に興味深い。というのも、リケッティの指摘は、伝統的なデフォー観、つまり自らの持論とは相容れない反対派も含め、あらゆる人物に成りきり、変幻自在な語り手として筆を揮うことができる作家というデフォー観につながるからである。

　デフォーが最も得意とする、特定の人物に成りきる手法に関して、サザランドは次のように説明している。

> It is worth noticing, too, that in *The Shortest Way* Defoe had already perfected a technique which was to serve him again and again when he took to writing his fictitious narratives late in life: <u>the technique of putting himself in someone else's shoes and proceeding to write consistently from that person's point of view</u>.... That, at any rate, was Defoe's habitual method of writing prose fiction; it is <u>a developed form of 'make-believe'</u>.　　　　　　　　　　　(11, emphasis added)[12]

「自分以外の、他の誰かに成りきり、その人物の視点から一貫して語り続ける」という、デフォーが得意とした手法を、サザランドは「架空の人物に成りきる」（'make-believe'）手法と名づけている。そして実際に、デフォーは彼の小説において、この手法を駆使しているのである。

　小説だけでなく、1713年出版の3作品においても、デフォーは「架空の人物に成りきる」という手法を用いている。これら3作品は同年2月からひと月ごとに3回連続という短期間に出版されているが、最も注目に値することは、デフォーが作品ごとに、全く異なるタイプの語り手を設定していること

*120*

である。

　以下では 3 作品の冒頭部分を比較することによって、3 人の語り手が用いている語彙レベル・英文構造・語りのトーンがそれぞれ相異なることを示す（なお、3 人の語り手が主張している内容や論理展開などを含めた上での、語り手に対する総合的評価は本章では扱わず、別の機会に譲ることとする）。

　まず、1 番目の作品である『王位継承に反対する理由』の冒頭部分を以下に引用する。

> What <u>Strife</u> is here among you all？ And what a <u>Noise</u> about who shall or shall not be King, the *Lord knows when*？ Is it not a strange thing we cannot be quiet with the Queen we have, but we must all fall into <u>Confusion and Combustions</u> about who shall come after？
>
> （167, emphasis added）

冒頭の 3 文の語数はそれぞれ 7 語、16 語、29 語となっている。3 つとも疑問文であり、読者に対し問いを重ねることで、読者の注意を引こうとしている点が特徴的である。また、最初の 2 文は非常に短く、かつ平易な英文となっており、第 1 文で最も長い語が Strife で 6 文字、第 2 文で最も長い語は Noise などの 5 文字となっており、いずれも単文である。3 番目の文は、疑問文と平叙文をつなげた重文となり、文の後半部に初めて、頭韻を用いた技巧的な表現が現れる（Confusion and Combustions「混乱と騒動」）。冒頭部分を構成する 3 つの疑問文からは、読者を議論に引き込もうと試みる語り手が浮かび上がってくる。しかし、逆に、「諸君らはそもそも何を騒ぎ立てているのか？」という語り口からは、読者を突き放すような姿勢や、少々読者を揶揄する姿勢も読み取ることができるだろう。

　次に、2 番目の作品である『僭王が王位に就くとどうなるか』の冒頭部分を引用する。

> <u>If</u> the Danger of the Pretender is really <u>so</u> great <u>as</u> the Noise which

some make about it seems to suppose, if the Hopes of his coming are so well grounded, as some of his Friends seem to boast, it behoves [sic] us who are to be the Subjects of the Approaching Revolution, which his Success must necessarily bring with it, to apply ourselves seriously to examine what our Part will be in the Play, that so we may prepare ourselves to act as becomes us, both with Respect to the Government we are now under, and with Respect to the Government we may be under, when the Success he promises himself shall (if ever it shall) answer his Expectation.               (187, emphasis added)

第1冊子とは全く異なる冒頭文となっている。第1冊子では、7語、16語、29語から成る3文を合計しても52語であり、第2冊子冒頭文の119語の半分にも満たない。しかも、単に文が長いだけの英文ではなく、文全体が緊密で、シンメトリカルな構成となっている。まず、so, as, some, seems to を繰り返すことで、巧みに対を成す、二つの従属節である if 節が先行する。ここまでが文全体の3分の1弱であり、残りの3分の2を、主文である it behoves ... to が受け、次に the Government we ... under を連続して用いながら、with respect to を二つ従える that ... may 節につなげるという形をとっている。

　さらに丸括弧を用いた ‘(if ever it shall)’ という譲歩節を付加することにより、語り手は、論じている対象を冷静に捉えているという印象を、読者に与えることに成功している。2つの冊子の語り手を比較するならば、第1冊子の語り手が、自らの感情を表に出し、市井の人々の騒ぎを軽侮するタイプの語り手であるのに対し、第2冊子の語り手は、王位継承問題への、冷静で論理的な対処を重視するタイプの語り手として設定されている。

　最後に、3番目の作品である、『誰も考えようとしなかった問い、すなわち、女王が亡くなるとどうなるのかという問いへの答え』の冒頭部分を引用する。

第 8 章　ジャンルを超えた共通性

That we are to have a Peace, or that the Peace is made, What sort of
Peace（is made）[13], or How it has been brought about; these are
Questions the World begins to have done with, they have been so much,
so often, and to so little Purpose banded about, and tossed like a
Shuttlecock, from one Party to another; the Parties themselves begin to
want Breath to rail and throw Scandal.　　　　　（209, emphasis added）

冒頭文は70語[14] から成る。第 1 冊子の冒頭文 7 語、第 2 冊子の冒頭文119語
と比較すると、文の長さは両者の中間に位置するが、それでもかなりの長文
と言えるだろう。しかし、第 2 冊子の冒頭文のような緻密な構成ではなく、
2 つのセミコロンによって、24語、34語、12語となる、 3 つの部分を並べた
形になっている。第 1 部分は 4 つの節を並べる形で構成され（但し、 3 番目
の疑問詞に導かれる名詞節では動詞が省略されている）、次の第 2 部分は、
上の 4 つの節を、主文の主語 these で受けて、引き継いでいる。最後の第 3
部分は、不定詞の名詞的用法等が用いられているが、それ程凝った文とは言
えない。このように、第 3 冊子の冒頭部分は、第 1 冊子と第 2 冊子の中間に
位置する難易度をもつと言えるだろう。

　第 3 冊子の語り手は、王位継承問題に関する両派の遣り取りを、交互に行
き交うバドミントンの羽根に喩えつつ、自らはその騒動から身を引いてい
る。本作品の語り手は、英国を二分する論争を外から冷静に眺める語り手と
して設定されているのである。

　このように冒頭部分を比較するだけでも、デフォーが 3 作品の語り手をそ
れぞれ全く異なるタイプとして設定していることが分かる。サザランドが指
摘したように、特定の人物像を創り上げ、彼または彼女に「成りきって」語
るというデフォーの得意とする手法が、これら 3 作品においても用いられて
いるのだ。

*123*

# IV

　次に、第 1 冊子で設定された語り手の特徴に関して、さらに詳しく見て行こう（アイロニーの手法、デフォーによる歴史的事実の用い方については、別の機会に譲ることとする）。まずは、繰り返しになるが、『王位継承に反対する理由』の冒頭部分を再度引用する。

　　What Strife is here among you all? And what a Noise about who shall or shall not be King, *the Lord knows when*? Is it not a strange thing we cannot be quiet with the Queen we have, but we must all fall into Confusion and Combustions about who shall come after? Why, pray folks, How old is the Queen, and when is she to Die, that here is this Pother made about it? I have heard wise People say the Queen is not Fifty Years Old, that she has no Distemper but the Gout, that is a Long–life Disease, which generally holds People out Twenty, or Thirty, or Forty years; and let it go how it will, the Queen may well enough linger out Twenty or Thirty years, and not be a Huge Old Wife neither.

　　　　　　　　　　　　　　　　　　　　　(167, emphasis added)

本章の第Ⅲ節で述べたように、第 1 冊子でデフォーが設定した語り手は、冒頭から 4 つの疑問文を読者に連続して投げ掛ける。①諸君らはそもそも「何を騒ぎ立てているのか？」、②騒ぎの内容は「次の王に誰がなるのか」というものだが、「そもそも次の王位継承が、いつ起きるのかは、誰にも分からないのではないのか？」、③今アン女王が英国を治めているのに、それに満足せず、次の王は誰になるのかと問うて「混乱と騒動」を引き起こすのは余りに「奇妙ではないのか？」、④アン女王の今後の在位年数もわからないのに、一体どうして「このような大騒ぎ」をするのか？　語り手は以上のような問いを読者に投げ掛けている。

　それでは、以上のような第 1 冊子の冒頭部分からは、どのようなタイプの

語り手が浮かび上がってくるであろうか。まず、出来るだけ好意的に解釈するならば、平易な問いを重ねることで読者の注意を引きつけ、読者に続けてページを捲らせるような語り手として設定されていると言えるだろう。

しかし、上記引用の後半部分を読み、さらに作品を読み進めていくと、本冊子の語り手は、かなり特異な、問題含みの語り手であることが分かってくる。まず、語り手は高みから見下すように、この問題を議論する人々をからかっている。最近の大騒ぎには困ったものだという砕けた口調から、読者は語り手が人々に対して抱いている揶揄の念を感じ取るだろう。そして、読者はまた、国家の行く末を左右する重大事であるにもかかわらず、王位継承問題をぞんざいに扱う口調から、語り手の思慮の無さを嗅ぎ取るだろう。

また、引用後半の2番目や3番目の問いに対しても、多くの読者は違和感を抱くであろう。語り手は「今アン女王が英国を治めているのに、それに満足せず、次の王は誰になるのかと問うて「混乱と騒動」を引き起こすのは、余りに「奇妙ではないのか？」と述べており、表面上は正当なことを言っているように見える。しかし以下で述べるように、彼が語っている内容を具体的に考え、また彼が用いている英語表現に着目すると、語り手の発言の異様さが露わになってくるのである。

まずイタリック体で強調されている、「（次の王の即位が）いつになるのかは誰にもわからない」（*the Lord knows when*?）という箇所が、具体的に意味しているのは、1713年当時、既に体調の悪化に苦しんでいたアン女王が亡くなることである。また「女王の年齢はいくつで、いつ彼女は死ぬのだろうか」（How old is the Queen, and when is she to Die）という表現からは、女王への敬意が全く感じられない。本章の第Ⅱ節で述べたように、女王の死を表すには、本来ならば「崩御する」（demise または pass away）という表現を用いるべきであろう。女王に対して用いている言葉が不適切であり、品位に欠けている例は、他にもある。女王が罹っているのは「すぐには命取りにならない痛風」であるという箇所や、女王を「大柄な老妻」と比べつつ「おそらく未だ20年か30年は細々と命を繋ぐだろう」と述べている箇所を挙げることができる。

# V

　次に語り手は、英国内がプロテスタントのハノーヴァー選帝侯ジョージを
支持する派と、カトリックの僭王ジェームズを支持する派に分かれている現
状をからかっている。

> Why, hark ye, you Folk that call yourselves Rational, and talk of having
> Souls, is this a Token of your having such things about you, or of
> thinking Rationally; if you have, pray what is it likely will become of you
> all?  Why, the Strife is gotten into your Kitchens, your Parlours, your
> Shops, your Counting-houses, nay, into your very Beds.  You Gentlefolks
> [sic], if you please to listen to your Cookmaids and Footmen in your
> Kitchens, you shall hear them scolding, and swearing, and scratching,
> and fighting among themselves; and when you think the Noise is about
> the Beef and the Pudding, the Dishwater, or the Kitchen-stuff, alas you
> are mistaken; the Feud is about the more mighty Affairs of the
> Government, and who is for the Protestant Succession, and who for the
> Pretender.　　　　　　　　　　　　　　　　　(167-8, emphasis added)

語り手は「耳を傾けよ」と、読者に直接呼び掛けているが、この後の語り手
の口調は、国難を憂う、真面目なものではなく、ひどく諧謔味を帯びたもの
になっている。語り手は、「分別があり、高潔な魂を備えていると言ってい
た諸君らは、一体どうなってしまったのか」と続け、「台所、居間、商店、
会計事務室」といった、ありとあらゆる場所で争いが起こっているが、諸君
らは王位継承問題で、騒ぎ過ぎなのではないかと、軽口を叩いている。
　軽妙ではあるものの、同時に、相当な揶揄も含まれる語り手の口調は、引
用の中ほどの箇所、「争いは夫婦の隙間風さえ」引き起こしているのだとい
う箇所で、さらに強い諧謔味を帯びていると言えるだろう。というのも、「夫
婦の隙間風」と婉曲に表現した部分の、原文で当たる ‘your very Beds’ は、

*126*

本来はもっと即物的な表現だからである。

　争いが起きている最初の具体例として「台所」（Kitchens）が挙げられているように、最も卑近な場所でいろいろと騒動が起きていると述べられ、また、その語り口に諧謔の調子が強く含まれるため、読者は事態の切迫さを感じない。さらに、相争っているのが紳士や淑女ではなく、「女中や従僕」であり、彼らが本来の仕事を放り出して、政治談議にかまけているという描写からも、語り手の強い揶揄を読み取ることができるだろう。

　デフォーは上述のような、大いに癖のある語り手を意図的に設定したと考えられる。デフォーが必要としたのは、冒頭部から読者をぐいぐいと議論に引き込む語り手であると同時に、一方では、ある程度の嫌悪感や不信感をも読者に抱かせるような語り手であったのだ。というのも、デフォーが最終的に目論んでいることは、第1冊子を読み進んだ読者が、語り手の展開する議論が余りに馬鹿げていることに気づき、題名である「ハノーヴァー家の王位継承に反対する」という語り手の主張に対し、強い疑いを抱くようにさせることだったからである。

　最後に、デフォーが第1冊子の語り手に付与した特徴をまとめておこう。

1. 語り手は、国をあげての「混乱と騒動」（Confusion and Combustions）は、一体どうして起きているのかと、揶揄を交えつつ、読者に問いかけるとともに、重大事である王位継承問題を矮小化し、人々を見下すような姿勢をとっている。

2. 語り手は、英国の大問題に対して斜に構えているだけでなく、アン女王に対して侮蔑的な表現を繰り返し用いており（例：when is she to Die, the Gout that is a Long-life Disease）、女王への敬意を甚だしく欠いている。

3. 女中や従僕が相争っている中身は、自分たちの仕事に関することではなく、王位継承問題という「もっと高尚な政治問題」（the more mighty Affairs of the Government）なのだという箇所を始め、様々な箇所で、語り手の諷刺を利かせた姿勢が明らかとなっている。

本章は、政治小冊子と小説という異なるジャンルを対象に、デフォー作品がもつ共通点を考察していく一連の論考の、第一歩という位置づけであり、今後の考察は別の機会に譲ることになる。なお次章からは、デフォーが生涯をかけて取り組んだジェントルマン論を扱うこととする。

## 注

1 ) 政治小冊子 3 作品はいずれも Daniel Defoe, *Constitutional Theory* in *The Works of Daniel Defoe*, ed. W. R. Owens and P. N. Furbank (Pickering & Chatto, 2000)に収められている.

2 ) *Constitutional Theory* in *The Works of Daniel Defoe*, 29-30. 英文引用は上記の文献に拠り，引用文最後の丸括弧内に頁数を記す. 以下同様.

3 ) 『平凡社世界大百科事典 CD-ROM 版』「ジャコバイト」の項.

4 ) James Sutherland, *Defoe* (Methuen, 1937), 193.

5 ) Maximillian E. Novak, *Daniel Defoe: Master of Fictions* (Oxford University Press, 2003), 104.

6 ) *Defoe*, 192-3.

7 ) *Daniel Defoe: Master of Fictions*, 421.

8 ) *Constitutional Theory* in *The Works of Daniel Defoe* より引用.

9 ) Paula Backscheider, *Daniel Defoe: His Life* (Johns Hopkins University Press, 1989), 323.

10) *Daniel Defoe: Master of Fictions*, 422.

11) John Richetti, *The Life of Daniel Defoe: A Critical Biography* (Blackwell, 2005), 135-6.

12) James Sutherland, *Defoe* (British Council and the National Book League, 1954), 11.

13) '(is made)' は筆者が付け加えた部分.

14) is と made の 2 語を引くと70語となる.

# 第9章　デフォーの自負と不安
## ― デフォーのジェントルマン論を読む ―

### I

　デフォーの小説は様々の観点から論じられてきた。新興勢力の勃興と小説との関係を重視する歴史社会学的アプローチ、自然法などの影響を辿っていく思想史的アプローチ、主人公が回心に至るプロセスに着目した宗教的アプローチなどがそうである。一方、ジェントルマンのテーマを中心に据え、小説以外の著作をも含め、統一的に彼の作品を論じたものは、マイケル・シナゲル（Michael Shinagel）の有益な研究書 *Daniel Defoe and Middle-Class Gentility*[1] を除くと、無きに等しい。しかし、デフォーが生涯ジェントルマンにかかわる問題に対して強い関心を抱いていたことを考慮するならば、彼のジェントルマン論を中心に据えた分析も重視されるべきであろう。

　デフォーは数多くの作品においてジェントルマンに関する問題を取り上げ、当時のジェントルマンの現状を批判し続けた。出世作『生粋の英国人』（*The True-Born Englishman*, 1701）ではジェントルマン階級の現状が諷刺され、一連の小説群では理想的なジェントルマンと退廃的なジェントルマンが登場し、さらに、絶筆となった最後の大作『完全なる英国紳士』（*The Complete English Gentleman*, 1729）ではデフォーのジェントルマン観が集大成されている。

　近年のデフォー研究が明らかにしているように、デフォーは「架空の人物に成りきる」という手法を駆使してきた（本書の第8章を参照）。一方、デフォーはアイロニーの手法にも長けていた（本書の第14章を参照）。そのため、デフォー作品に盛り込まれた内容に対しては、慎重な見極めを行なう必要がある。小説の主人公クルーソーと、作者デフォーを単純に同一視するといった短絡的な捉え方は妥当ではないのだ。それはデフォーのジェントルマ

**【表 1】** Gregory King's 'Scheme of the income and expense of the several families of England calculated for the Year 1688'[*]

| Number of families | Ranks, degrees, titles and qualifications | Heads per family | Number of persons |
|---|---|---|---|
| 160 | Temporal Lords | 40 | 6,400 |
| 26 | Spiritual Lords | 20 | 520 |
| 800 | Baronets | 16 | 12,800 |
| 600 | Knights | 13 | 7,800 |
| 3,000 | Esquires | 10 | 30,000 |
| 12,000 | Gentlemen | 8 | 96,000 |
| 5,000 | Persons in greater Offices and Places | 8 | 40,000 |
| 5,000 | Persons in lesser Offices and Places | 8 | 30,000 |
| 2,000 | Eminent Merchants and Traders by Sea | 8 | 16,000 |
| 8,000 | Lesser Merchants and Traders by Sea | 6 | 48,000 |
| 10,000 | Persons in the Law | 7 | 70,000 |
| 2,000 | Eminent Clergy-men | 6 | 12,000 |
| 8,000 | Lesser Clergy-men | 5 | 40,000 |
| 40,000 | Freeholders of the better sort | 7 | 280,000 |
| 120,000 | Freeholders of the lesser sort | 5.5 | 660,000 |
| 150,000 | Farmers | 5 | 750,000 |
| 15,000 | Persons in Liberal Arts and Sciences | 5 | 75,000 |
| 50,000 | Shopkeepers and Tradesmen | 4.5 | 225,000 |
| 60,000 | Artizans and Handicrafts | 4 | 240,000 |
| 5,000 | Naval Officers | 4 | 20,000 |
| 4,000 | Military Officers | 4 | 16,000 |
| 50,000 | Common Seamen | 3 | 150,000 |
| 364,000 | Labouring People and Out Servants | 3.5 | 1,275,000 |
| 400,000 | Cottagers and Paupers | 3.25 | 1,300,000 |
| 35,000 | Common Soldiers | 2 | 70,000 |
| N/A | Vagrants; as Gipsies, Thieves, Beggars, & c. | N/A | 30,000 |
| | | 合計 | 5,500,520 |

＊グレゴリー・キングによる人口統計表（「政治算術」と呼ばれる手法を用いてキングが1688年に、英国における階級ごとの家族構成等を整理し一覧表に纏めたもの）. 加筆修正した部分がある. 以下の文献を参照している. W. A. Speck, *Stability and Strife: England 1714-1760* (Harvard Univ. Press, 1978), 297-8.

ン論や経済論といった、小説以外の著作を扱う際も同様であり、彼の著作に対しては最大限の注意を払うことが重要であろう。しかし、上述したシナゲルの分析においては、デフォーの主張を文字通り受け入れてしまうことが多い。本章では、ジェントルマンに関する近年の実証的研究を援用しつつ、デフォーのジェントルマン論をより公平に検討し、その過程でどのようなデフォー像が浮かび上がってくるのかを探っていきたい。

　最初にジェントルマンとは何かという問題に触れなければならないであろう[2]。まずはジェントルマンの定義に関し、簡単な説明を行なう。元々この言葉はラテン語 gentiles homo に遡ることができ、本来は高貴な身分の人という意味を持っていた。しかしながら、デフォーの時代にはジェントルマンという言葉は、もっと具体的な内容を指している。当時の人口問題を論ずる際に必ず引き合いに出される、グレゴリー・キングの人口統計表を参考にしてみよう（130頁の表１）。この表はキングが1688年に、階級ごとの家族数や年収などを調査し纏めたものである。

　キングの人口統計表で注目したいのは、表の左から２列目に並んでいる、当時の階級分類である。キングは当時の貴族・紳士階級を６つに分けた。貴族は聖職者であるか否かによって２つに分けられている。その下には、貴族には入らないが、世襲の位である准男爵位バロネット、そして、１代限りのナイト、続いて、エスクワイア、ジェントルマンが続いている。この最後のジェントルマンが狭義のジェントルマンに当たる。そして、最も広い意味でのジェントルマンは、貴族（ノビリティ）、紳士（ジェントリー）、そして特定の専門職を合わせた広い範囲の人々を指していた。本書においては、貴族を含む、最広義の概念でジェントルマンという言葉を用いることとする。

　時代によって様々な推移はあるものの、ジェントルマンであるためには以下のような条件が必要とされた。

　１．広大な所領から得られた地代により、職業に従事せずとも暮らすことが可能なこと、もしくは社会的に重要な特定の職業についていること（上級官吏、国教会聖職者、法廷弁護士、陸海軍士官、内科医

など。ただし、ジェントルマンとみられる職業は時代によって変動
がある）。

2．ジェントルマンとしての徳性の高さを身につけていること。

3．教養を中心とした教育である liberal education を受けていること。
特に、ラテン語などの古典語の知識を身につけていること。

　本来は紋章の有無が、ジェントルマンか否かの境界を明確化する役目を果
たすはずであった。というのも、ジェントルマンより上層の人々しか、紋章
をつけることは認められていなかったからである。しかし、紋章院のコント
ロールが緩むとともに、勝手に紋章をつける者が急増し、紋章の有無によっ
てジェントルマンか否かを区別することは不可能な状態となっていた。その
上、そもそもジェントルマンであるか否かの境界自体が曖昧となり始めてい
た。大所領がなくとも、十分な不労所得（株式や公債など）を得ているもの
はジェントルマンとみられるようになりつつあり、また、ジェントルマンと
認められる職業が増えつつあったのである。

　英国のジェントルマン階級は、他のヨーロッパ諸国の支配階級と違って、
その地位に伴う法的・身分的特権をほとんど持っていなかった。ハバカクが
説明しているように、「家紋の使用は社会的威信をもたらしはしたが、法律、
税制、土地所有権ないし軍隊への入隊、教会入り」といった点では、何一つ
特権を伴わず、彼らは「何か特殊な、その階層に固有の特権という障壁で隣
人たちと截然と区別されている層」というわけではなかったのである[3]。こ
の点からいえば、ジェントルマンと非ジェントルマンとの境界が曖昧化して
くる根本的な原因は、英国のジェントルマン制度自体に元々内在していたと
言えるだろう。

　デフォーの時代には、ジェントルマンらしい生活を維持していれば、大所
領を持たなくともジェントルマンとして扱われるという風潮が生じつつあっ
た。『英国事情』という案内書の中で、スイス人のミエージュは当時の英国
を活写しており、彼に拠れば「英国では、立派な服装、上品な物腰、十分な
教育、財産、学識などによって、一般の人と区別される人物には、すべてジェ

ントルマンという称号」[4] が与えられていたのである。

## II

　様々なアイデアが尽きることなく湧き上がってくる人物。デフォーを評するにはぴったりの言葉だろう。彼は多くの分野で様々な画期的提案を行ない、また後世の人々を驚かす先見性を発揮している。初期の作品である『企画論』（*An Essay Upon Projects*, 1697）は、デフォーのこのような才能が窺える興味深い作品である。この中で、デフォーは貧しい人々のための貯蓄銀行・共済組合の設立や、女性のための教育機関の設置などを提案した。晩年にも、社会改革を扱った『オーガスタ・トライアンファンス』（*Augusta Triumphans*, 1728）を著し、ロンドンに大学を設置することなどを提案している。実際、彼の様々な提案はずっと後になって実現されている。

　デフォーのこのような先見性は高く評価されてきた。例えば、ウィリアム・P・トレント（William P. Trent）は、デフォーの勧めた共済組合について「今日の読者は目をこすり、著作の発行年を再確認しようとするかもしれない」[5] と述べ、また、サザランドは女性教育機関設置という提案は、当時としては非常に進歩的なものであったと評している。デフォーは「時代に先駆けていながら、しかも不可能で空想的な」アイデアに耽ることのない、現実的な先駆者なのであった[6]。それでは、このデフォーの目に、当時の英国社会はどのように映ったのであろうか。

　貿易の活発化や植民地拡大などにより、膨大な富を蓄えつつあった英国社会は、大きな変革の時代を迎えていた。「17世紀後半と18世紀といえば、英国がオランダやフランスとの重商主義戦争に次々と勝利し、カリブ海や北米大陸を中心に植民地を形成する時代であり、インドを拠点に大規模なアジア貿易を展開して行く時代でもある。イギリス商業革命とよばれるこの過程によって、大商人の富が一挙に増した」のであった[7]。

　デフォーはこの大変革をしっかりと見定めていた。『英国経済の構図』（*A Plan of the English Commerce*, 1728）において、彼は英国における経済活動を巨視的に捉え、商業の重要性を描き出している。

商業活動は、製造業を促進し、発明を促し、人々を雇用し、就労の機会を増やし、賃金が支払いうるようにする。雇用されることで、人々は賃金の支払いを受け、それにより食糧や衣類を調達し、気力を保ち、そしてまとめあげられる。つまり、仕事のあるところに人々は集まるので、彼らは国内に留まり、仕事を求めて国外へさまよい出ることはなくなるのである。実際、人々をまとめることが全体の骨子である。というのも、人々がまとめあげられると、国の富と力である人口が増加するからである。人口が増加するにつれて食糧の消費は増加する。…(中略)…食糧の消費が増加するにつれて、より多くの土地が耕される。荒蕪地は囲いこまれ、森は掘りかえされ、森林と共同地は耕され、そして改良される。…(中略)…土地が利用されるにつれて人口はいうまでもなく増加する。このようにして、商業によってあらゆる改良が実行に移されていく。売買が始まってから今日に至るまで、まさに商業の盛衰により、一国の繁栄は左右されているのである。　　　　　　　　（下線部筆者）[8]

英国の繁栄を担う原動力は商業階級であり、彼らの活躍により、英国には輝かしい未来が約束されているとデフォーは考えていた。実際、デフォーの予測は正鵠を射ており、英国は産業革命へと突き進んだのであった。

Ⅲ

　商業階級を礼賛するデフォーは、ジェントルマン階級の徹底的批判者でもあった。例えば、デフォーは『貧しき者の嘆願』（*The Poorman's Plea*, 1698）で次のように述べている。

　　そもそも道徳が厳格に守られなくなったのは、国王やジェントリーのせいであった。現在の堕落をもたらした元々の原因は、彼らにあるのだ。彼らがもたらした悪習は宮廷から地方へと広がり…(中略)…いつでも土地貴族やジェントルマンのすることに、すぐ影響を受ける庶民は、彼らの悪しき例を真似て、悪習に染まったのである。したがって、王国

の貴族やジェントリーこそ、まずは自らの悪習と涜神を拭い去らなけれ
ばならない。　　　　　　　　　　　　　　　　　　　（下線部筆者）[9]

　デフォーは貴族とジェントリーを槍玉に挙げ、彼らの退廃ぶりを厳しく指摘
している（上述したように、本書では貴族と紳士の両方を含めた、最も広い
意味でジェントルマンという言葉を用いている）。
　『完全なる英国紳士』においても、デフォーはジェントルマン階級の低俗
さを攻撃している。まともに読み書きもできないのに治安判事を務めている
ジェントルマン、手紙を書くことすらできず召使い任せにしているジェント
ルマンなどを、デフォーは次々と批判している[10]。デフォーにとって、当
時のジェントルマンの現状は我慢のならないものであった。ジェントルマン
はミドルクラス以下の模範となるべきであるのに、実際には全く逆であり、
彼らの腐敗や堕落によって、本来あるべき秩序が破壊されていると、デ
フォーは批判している。そして、このようなジェントルマン批判と、前述の
商業階級礼賛とは、表裏一体のものと見ることができるだろう。勤勉な商業
階級が英国に繁栄をもたらしているにも拘わらず、その一方で、ジェントル
マン階級は英国を堕落させていると、デフォーは考えていたのであった。
　デフォーは、成功を収めた商人がジェントルマンに上昇していくことにつ
いて誇らしげに語っている。

　　台頭する商人はジェントリー（gentry）へと上がっていき、衰えつつ
　あるジェントリーは商業へと沈んでいく。商人や他の低い職業に従事し
　ている者が、勤勉・節約・仕事への専心によって成功を収め、巨万の富
　を築いたとき、彼はその娘を第一級のジェントルマン（おそらくは貴族）
　に嫁がせる。ついで、彼は財産をまるごと後継者に残し、自らは貴族の
　列に入っていく。次の世代は、このように古い家系と血縁関係を持った
　のだから、彼らの血筋に疑いを抱くことはない。…(中略)…他方、家運
　の傾きつつあるジェントリーは、財産が減じていくのをみて、どんどん
　その息子たちを実業界へと出す。そして、息子たちの努力により、しば

しばその家の身代を回復する。このようにして、商人（tradesmen）は
ジェントルマン（gentlemen）となり、ジェントルマンは商人となるの
である。　　　　　　　　　　　　　　　　　　　（下線部筆者）[11]

　引用にあるように、デフォーはジェントリーとジェントルマンをほぼ同義の
ものとして用いている（上述したように、本書では貴族を含めた、最も広い
意味でジェントルマンという言葉を用いている）。

　『完全なる英国商人』においても、由緒あるジェントルマンの家系が衰え
ていくとともに、財力によって所領を手に入れた商人たちがジェントルマン
に上昇しつつあるとデフォーは述べている[12]。徹底的に批判しているジェン
トルマン階級へ、商人が上昇・同化していくことを、デフォーが誇らしく
語っていることは、一見奇妙に見えるかもしれない。しかし、当時のジェン
トルマンがもつ圧倒的重要性を考慮に入れるならば、それほど不自然なこと
ではないだろう。後世の人々は、18世紀以降における商業階級の活躍を熟知
しているので、商業階級を過大評価してしまいがちであるが、デフォーの時
代においては、ジェントルマンの役割は非常に大きく、ジェントルマンのみ
が社会的影響力を持ち得る唯一の存在だったのである。

　この点についてラスレットは非常に的確な説明をしている。

　　ジェントルマンという言葉は、伝統的な社会システムにあって、人口
　を極度に不公平な２つの部分に分割する境界線の役割を果たしていた。
　工業化の前夜に当たるチューダー・スチュアート時代のイギリスに生を
　受けた人々のうち、およそ25分の１、最大限で20分の１程度の人々が、
　ジェントリーないしそれ以上の階層に属していた。このちっぽけな階層
　こそが、全国土の３分の１から、ことによると半分くらいを所有し、国
　富に関してはもっと大きなシェアさえ保持していたのである。彼らは権
　力をほしいままにし、政治上、経済上、社会上のあらゆる決定を国民全
　体に押し付けもした…（中略）…権力を持つためには、言い換えれば、イ
　ギリス社会にあって自由であり、歴史の資料において積極的に活躍する

*136*

主人公であるためには、人は必ずジェントルマンの地位を得ていなけれ
ばならなかったのである。　　　　　　　　　　（下線部筆者）[13]

このような社会においては、成功を収めたミドルクラスが、ジェントルマン
に上昇・同化することを目指すのは当然だったのである。

Ⅳ

　デフォーの理想のジェントルマン像とは、どのようなものであったのだろ
うか。それが最も詳細に展開された作品は『完全なる英国紳士』であろう。
本作品の中で、デフォーは「家柄による紳士」（gentlemen by birth または
born gentlemen）と、「教育により作られた紳士」（gentlemen by education
または bred gentlemen）という2つのタイプを挙げている。

　これはデフォーがこれまで展開してきた、ジェントルマンが持つべき家
柄・血統と、その教養・徳性という、2つの要素を対比したものである。そ
して、理想的なジェントルマンはこの両方を備えるべきだとデフォーは述べ
ている。同時に、この2要素を比較し、家柄が良いだけの無教養で自堕落な
紳士よりも、元々の家柄が低くても、適切な教育を受け、優れた人格を備え
た紳士の方が、真のジェントルマンに近いのだと説いている。

　この見方は、デフォーの長年の持論であった。例えば、『生粋の英国人』
では、「家名の誉れなど総て偽物なのだから／人を偉大なものにするのは当
人の美徳のみである」（'For fame of families is all a cheat, / 'Tis personal
virtue only makes us great'）と結論づけ、血統よりも個人の徳性の方が重
要であると述べている[14]。

　このようにジェントルマンの条件として、教養を重視するデフォーは、教
育制度についても自らの考えを展開している。デフォーは『完全なる英国紳
士』において、当時の古典語を中心とした教育は、特権的・排他的すぎると
非難し、より近代的なカリキュラムによって教育を行なうべきだと提唱して
いる。大学において、ラテン語を通して教育を行なうのはペダントリ以外の
何ものでもなく、その結果、大学に行ける者のみが学問を独占するという弊

害が生じているとデフォーは批判している。

　当時行なわれていたラテン語による教育ではなく、英語による教育を推進すべきだというのがデフォーの考えであった。そして、ラテン語を使わなくても、紳士に相応しい学問は身につけられると説き、その例として、天文学・地理学・哲学・歴史・フランス語・イタリア語などを挙げている。また、英語による教育を中心に据えれば、もっと容易に多くの学職を身につけることができ、さらに再教育も容易となると、デフォーは主張している。その具体例として、適切な教育を受けられなかったジェントルマンが、独習によって様々な知識を身につけるというエピソードを紹介している。

　当時の教育が古典語に偏りすぎているという批判は、デフォーだけが投げ掛けているわけではない。例えば、トレヴェリアンは、当時の教育について、次のように説明している。「上流ならびに中流階級の普通の学校教育は、それが著しく古典を偏重したカリキュラムであることが既に批判の対象となっていた。母親のもとで家庭教育をうけた12歳の少女の方が、ラテン語しか知らない16歳の少年よりも賢い」という批判を行なう人さえいたのである[15]。

　デフォーが実際に受けた教育自体が、新しい教育を先取りしていた。彼が学んだ非国教徒アカデミーの校長であった、チャールズ・モートンは非常に傑出した人物であった（その後、彼は英国を離れ、アメリカに新しく創られた、ハーバード大学の前身であるハーバード校で教えることになり、そこで副学長を務めている）。

　この学校で、デフォーはバランスのとれた近代的カリキュラムに基づく教育を受けた。科学や近代語の分野が重視されており、神学以外に、地理学・歴史・政治学・数学・フランス語・イタリア語などが教えられていた。そして最も重要なことは、グラマー・スクールや大学とは異なり、この学校では総ての授業が、ラテン語ではなく、英語を通して行なわれていたことである。

　冒頭で触れたように、多くの分野において先見性を示したデフォーは、教育の分野においても、彼の真骨頂を発揮し、近代的カリキュラムを提唱していたのである。しかしながら、古典語を介さずに教育を行なうという、デフォーの主張が真剣に受け取られることはなかった。当時のジェントルマン

教育は、一般的教養を身につけることを目的とした liberal education が理想とされており、また、古典語を学ぶことが学問をすることと同一視された時代だったからである。

## V

　デフォー自身はジェントルマンであったと言えるのだろうか。油脂ロウソク商の息子として、非国教徒の家庭に生まれたデフォーは、何らかの方法で社会的上昇を果たさない限り、ジェントルマンと見られることは有り得なかった。そして、ミドルクラスの家庭に生まれたデフォーの念願は「ジェントルマン家系の開祖となること」であったと言えるだろう[16]。この目的を果たすためには、政界につながりをもって地位を得る、または、巨額の富を築くというように、何らかの大成功を収める必要があった。

　しかし、晩年の一時期を除いては、デフォーは今一歩というところで、政治的にも経済的にも成功を収めることはできなかったのである。非国教徒アカデミーの卒業後、デフォーが最初に手掛けた事業は非常に順調で、フランスとの交易を行なうまでになった。しかし、過大な投機が裏目に出たり、積み荷を満載した船が拿捕されたりして、彼は破産してしまう。しかし、すぐに立ち直り、新しく始めた煉瓦工場によって大成功を収め、再び裕福な暮らしが可能となった。政治の世界においても、デフォーは頭角を現し、国王ウィリアム3世に目を掛けられ、王の私的アドバイザーとしての役割を果たすまでなっている。

　1701年に出した『生粋の英国人』によって国王を擁護した時には、デフォーは絶頂期を迎えていた。1695年には王の力によりガラス税会計官となり、1697年から1701年にかけては、スコットランド問題での活躍により、王から礼金を授けられている。彼は政治的にも経済的にも、まさに順風満帆であった。

　しかし、運命の歯車は逆転する。ウィリアム3世は急死し、デフォーは最大の保護者を失ってしまった。さらに悪いことに、『非国教徒捷径』（*The Shortest Way with the Dissenters*, 1702）により筆禍事件を引き起こし、

ニューゲイト監獄に入れられ、晒し台にかけられるという厳しい罰に処せられている。その結果、順調に経営を続けてきた煉瓦工場が倒産し、デフォーは2度目の破産に陥り、莫大な借財を負ってしまった。彼の困窮はこれ以来続き、『家庭信仰の勧め』（*The Family Instructor*, 1715）や『ロビンソン・クルーソー』などの著作で成功を収めるまで、経済的逼迫から逃れることはできなかったのである。

「教育により作られた紳士」という第2の面においても、デフォーはジェントルマンであるとは認められなかった。教養あるジェントルマンとして振舞おうとしたデフォーは、多くの文人から痛烈な批判を浴びている。人々の喝采を浴びたベストセラーである『生粋の英国人』を誇りにしていたデフォーは、自身のことを教養豊かな紳士であると考えたかったのだが、周りはデフォーの期待を叶えてはくれなかった。

当時の文壇は、ジェントルマン教育によって培われた古典世界を共通の基盤としており、洗練された読者を相手としていた。そのため、古典語をマスターしていないデフォーが、正統な文人として認められる可能性は皆無に近かった。しかし、自らの信仰を貫き、非国教徒であり続けたデフォーは、宗教上の理由で大学へ進むことが許されず、十分な古典語の素養を身につけることができなかったのである。

このように本来ならば、デフォーはジェントルマンとは言えないわけである。しかし、国王の私的アドバイザーとしての役割を果たし、商業で何度か大成功を収め、上流の人々と交際した経験のあるデフォーは、自分はジェントルマンとして扱われるべきだと考えたようである。そして、本章の冒頭で触れたように、当時の英国においては、経済力を備えていれば、周りの人々に自分をジェントルマンに近い存在であると認めさせることは、比較的容易になりつつあった。

晩年になると、デフォーは経済的にはジェントルマンに相応しい生活が送れるようになった。1720年頃までに、デフォーはミドルセックス州ストーク・ニューイントンに瀟洒な屋敷を構えている。そこには大きな庭園があり、さらには馬車も備えられていた。デフォーは自らの筆力だけで、ジェン

*140*

トルマンらしい生活を送るための収入を得るようになっていた。『家庭信仰の勧め』などの教訓的作品は非常によく売れ、また、『ロビンソン・クルーソー』以降の小説はそれらを上回る売れ行きであった。その頃に書いた南海会社の株の移転についての法的文書に、デフォーは 'Daniel De Foe [sic], of Stoke Newington in the County of Midx. Gent.'（emphasis added）と署名しており、自分がジェントルマンであることを誇示している[17]。

　また、デフォーが没した際には、'Mr. Defoe, gentleman' と記録され、死後に蔵書が売り出されたときの文章には 'of the late Ingenious Daniel De Foe [sic], Gent., lately deceased'（emphasis added）と記されている[18]。このように、その晩年においてデフォーは、由緒正しいジェントルマンとは言えないものの、ミエージュのいう「立派な服装、上品な物腰、十分な教育、財産、学識などによって一般の人と区別される人物」というタイプのジェントルマンに成ることができたのであった。

## Ⅵ

　1回目の筆禍事件でロバート・ハーリーに助けられた後、デフォーは『レヴュー』誌をほぼ10年間にわたり執筆し続け、ハーリーのために尽くした。この時期のスウィフトとデフォーとの関係は、デフォーの内面が窺えるという点で、非常に重要なものである[19]。当時の「便宜信奉」（Occasional Conformity）を批判した、1706年のパンフレットの中で、スウィフトは『レヴュー』誌や『オブザヴェーター』誌のような新聞は、面白味がなく程度が低いと揶揄し、「そのうちの1人は（晒し台にかけられた男で私は名前を忘れてしまったが）、余りに堅苦しく、気取っていて、独善的であり、この男の言うことには我慢がならない」[20] と攻撃した。

　おそらくスウィフトは、より辛辣さを増すために、デフォーの名前を忘れたふりをしたのであろう。さらに、1710年11月16日付の『イグザミナー』誌で、再びスウィフトは、『レヴュー』誌の主筆（デフォー）は、「馬鹿で無学な三文文士」[21] であると批判した。これに対し、デフォーは『レヴュー』誌で、育ちの悪いジェントルマンほど始末に負えないものはない、したがって、

程度の低いイグザミナー氏（スウィフト）は放置するのが1番であると、冷たく論評した[22]。しかし、スウィフトはデフォーの反論に対し、何ら返答をしなかった。

　自分から、相手を無視するのが最善であると言ったものの、我慢ができなくなったデフォーは、『レヴュー』誌の次の号で、スウィフトについて、次のように書いている。スウィフトの振る舞いは不作法であり、紳士に全く相応しくない。母語すらまともに話せない、マナーに欠けた「知識だけの愚か者」（learned fool）になるくらいなら、無学と呼ばれている方が、ずっとましであるとデフォーは反撃したのだった。そして、この後も機会がある度に、デフォーは何度もスウィフトを攻撃している。ところが、デフォーの執ような攻撃に対し、スウィフトは全く返答をせず、完全な黙殺に終始した。

　なぜデフォーはスウィフトの批判に対し、これほど過敏に反応したのだろう。ジョン・F・ロス（John F. Ross）が指摘しているように、デフォーの過敏な反応は、デフォーとスウィフトとの間の社会的地位の相違が原因となっていると言えるだろう[23]。両者ともに、時の首相ハーリーに仕えたものの、ある意味では2人は対照的な存在であった。スウィフトの方はダブリンのトリニティ・コレッジ出身の国教会聖職者であり、正真正銘のジェントルマンであった。一方、デフォーはミドルクラスの出身であり、ジェントルマンと認められるために必死の努力を重ねていた。

　そして両者の対立において、スウィフトはデフォーを、自分たち紳士より劣ったもの、対等に争うには低すぎる存在として扱ったのであった。このスウィフトの攻撃は、デフォーの最大の弱点を突いたものだと言えるだろう。さらに、スウィフトの攻撃の矛先は、デフォーが受けた教育の中身に向けられていた。スウィフトが投げ掛けた、無学である（illiterate）という批判は、古典語の知識を欠いていることを指しているのであり、古典の素養があることを前提としていた、当時の文壇から排除されていたデフォーにとって、スウィフトのこの指摘は最も堪えるものであっただろう。

　デフォーが晩年になって伝統的教育の良さを認める、次のような発言をしていることからも、彼の屈折を推し量ることができる。「非国教徒アカデ

ミーの大きな欠陥が、対話の不足にあることは明らかである。大学ではそのようなことはない。…(中略)…対話によりジェントルマンは話術を磨き、人々と知り合い、言葉を熟知するようになる。また、洗練された言葉に注意を向け、スタイル・アクセント・微妙さ・趣きを習得するようになる」[24]。このような告白からも、非国教徒アカデミーで自らが受けた教育に対する不安感が、デフォーのうちに根強く巣食っていたことが窺える。

Ⅶ

　どのような主張も、それを語る人物の立場を色濃く反映しているものである。しかも、冒頭で述べたように、デフォーは一筋縄ではいかぬ相手である。以下では、商業階級は経済的にも、道徳的にも優れていると自負していたデフォーの主張を、出来るだけ批判的に検討してみよう。彼の議論の中で最も目を引くのは、成功を収めた商人のジェントルマンへの上昇、および、衰退したジェントルマンの下降という「社会的流動性」（social mobility）に関する主張であろう。

　英国の支配階級は、その流動性や開放性という点で、ヨーロッパにおいて特異な位置を占めていると見なされてきた。いわゆる「開かれた貴族制」論である。例えば、ヴォルテールは『哲学書簡』において、英国とフランスとを比較し、英国社会の開放性を讃えている。「王国の上院に列し得る貴族の次男坊も、大手をふって商人になる。国務卿タウンゼンド将軍の弟は、シティーで商人をしていることに安んじている」[25]。トクヴィルも「他のすべての国から英国を特徴づけているものは、エリートへの門戸がたやすく開かれていることである」[26] と評している。

　もっとも、近年の実証的研究が示すように、従来主張されてきたほど、英国におけるジェントルマン階級へのアクセスが容易なものであったかどうかについては、疑問が投げ掛けられつつある[27]。しかしながら、他国と比較するならば、流動性の程度について議論は分かれるものの、ジェントルマンとノンジェントルマンとの間を、上下する社会的流動性が相当大きかったことは確かであろう。例えば、フランスの貴族制度の硬直性と比べれば、英国の

支配階級には、様々な成功者たちを受け入れる柔軟性があったことは明らかである。そして、この開放性は、社会矛盾が激化して革命が引き起こされることを抑える要因としても働いていたと言えるだろう。

　成功を収めた商人はジェントルマンに次々と上昇しつつあると、デフォーは様々な著作の中で書いている。例えば『英国経済の構図』において、彼は次のように述べている。「ロンドンから100マイル以内の地域にある500ヵ所の大所領の名を挙げてみよう。これらの所領は過去80年間にわたり、英国の由緒あるジェントリーが所有していたが、今では、商取引を通じて、財を蓄積した商人や一般市民が、それらの所領を買い取るに至っている」[28]。また、『完全なる英国紳士』では、次のように書いている。「ケント、エセックス両州で、いまだ存続している由緒あるジェントリーは元々の５分の１にも満たない。…(中略)…これらジェントリーの所領を買い取って、この両州に落ち着いた、莫大な富と地所を有する商人は200家族ほども挙げることができる」[29]。

　しかし、実際には、土地収入だけでやっていけるほどの大所領が売買されることは少なかったようである[30]。また、土地を手に入れることができても、なかなかジェントルマンとして受け入れられないために、その土地を手放してしまうケースさえ起こっている[31]。さらに、高級官吏や、法律家などの専門職出身の地主に比べ、商人出身の地主は、長い間蔑視され続ける傾向があった。つまり、地主階級に融和できるように何代も努力しない限りは、なかなかジェントルマンとして認められることはなかったのである[32]。

　以上のような、近年の実証的研究からすれば、商人が次々とジェントルマンになっているというデフォーの主張を額面通りに受け取ることは難しい。デフォーの主張には相当な誇張があり、そこには彼自身の願望が投影されているのであろう。デフォーの相当強引な主張は、自らの出身である商業階級に対する強烈な自負から生じたものであると同時に、商業階級であることの引け目から生まれたものであるとも言える。

　しかし、デフォーの主張は商業階級に都合の良い、一方的な歪曲であると断ずるのは妥当ではない。まず第１に、英国の国富増大に、新興商業階級が

大きな役割を果たしているという、デフォーの主張自体は、英国の現状を的確に把握したものであった。当時の英国の成長ぶりを見てみよう。アーサ・ブリッグス（Asa Briggs）が指摘しているように、英国の国民所得は1688年から1701年の間だけで20％も上昇している[33]。

また、17世紀末のグレゴリー・キングによる人口所得分析と、1760年頃のジョーゼフ・マシー（Joseph Massie）による人口所得分析とを比較すると、商業に携わる人々の比重が飛躍的に高まっていることがわかる。キングの表では商業は、人口の7.3％、所得の11.6％を占めるにすぎないが、マシーの表では、人口の18.9％、所得の25.3％を占めるまでに増大しているのである[34]。

つまり、成功を収めた商人が、次々とジェントルマンに上昇しているというデフォーの主張には多少誇張が入っているものの、新興商業階級が英国の繁栄に大きく寄与しているというデフォーの見方は、実際の趨勢に沿ったものであった。そして、このように、商業に大きな価値を見出していたのはデフォーだけではなかった。例えば、ジョゼフ・アディソン（Joseph Addison）や、リチャード・スティール（Richard Steele）もデフォーと同様の見方をし、尊敬を払うべき存在として商人を描いていたのであった。

第2に、デフォーがジェントルマンを批判し、教育改革を提案したのは、単なる自己弁護ではなく、『完全なる英国紳士』にあるように、ジェントルマンの無知や堕落に歯止めをかけなければ、英国の将来は危ういとデフォーが憂慮していたからでもある[35]。そして、その対策としてデフォーが唱えたのは、新しいタイプのジェントルマンを増やすことにより、退廃したジェントルマン階級を良い方向に変えていくことであった。言い換えると、新興商業階級がジェントルマン階級に次々と参入することが、旧態依然とした悪しきジェントルマンを駆逐することに繋がるとデフォーは考えたのである。この考えに沿って、デフォーは旧来の「家柄による紳士」（born gentlemen）に代わる、教養を備えた「教育により作られた紳士」（bred gentlemen）を強く推奨したのであった。このように、デフォーのジェントルマン論の眼目は、ジェントルマン階級矯正の切札として、新興勢力のジェントルマンへの

上昇を社会的に認知させることにあったと言えるであろう。

　この新しいタイプのジェントルマンは、デフォー自身の理想でもあった。上昇志向の強かったデフォーも、どれだけこの理想を実現したかったことだろう。しかし、商人として大成功を収めるという道からも、ウィリアム３世の庇護のもとでジェントルマン階級の仲間入りを果たすという道からも、デフォーは今一歩というところで閉め出されてしまった。この失敗によって、デフォーは晩年の成功に至るまで、根深い挫折感を抱いていたように思われる。

　ジェントルマン階級の堕落や無知を攻撃し、ジェントルマンはどうあるべきかを力強く主張したデフォーからは、力を増しつつあった新興商業階級出身者としての強烈な自負が読み取れる。一方、スウィフトの攻撃に傷つくデフォー、教養あるジェントルマンと認めてもらおうと必死に努めるデフォーからは、新興勢力ゆえの不安や屈折が窺える。このように、ジェントルマン論を展開するデフォーの中では、常に自負と不安とが鬩ぎ合っていたのであった。

# 注

1 ）Michael Shinagel, *Daniel Defoe and Middle-Class Gentility* (Harvard University Press, 1968).

2 ）ジェントルマンに関する一般的知識については以下の著作を参考にした．越智武臣『近代英国の起源』（ミネルヴァ書房，1966）；角山栄他編『路地裏の大英帝国』（平凡社，1982）；村岡健次他編『イギリス近代史』（ミネルヴァ書房，1986）；川北稔『洒落者たちのイギリス史』（平凡社，1986）；Lawrence Stone, *The Crisis of the Aristocracy 1558-1641* (Clarendon Press, 1965); W. A. Speck, *Stability and Strife: England 1714-1760* (Harvard University Press, 1978); Pat Rogers, *The Eighteenth Century* (Methuen, 1978); Roy Porter, *English Society in the Eighteenth Century* (Penguin, 1982); David Castronovo, *The English Gentleman: Images and Ideals in Literature and Society* (Ungar, 1987).

3 ）ハバカク，川北稔訳『18世紀イギリスにおける農業問題』（未来社，1967），119.

4 ）Guy Miege, *The Present State of Great Britain and Ireland* (1715), 169. Cited in Peter Earle, *The World of Defoe* (Weidenfeld and Nicolson, 1976), 159.

5 ） William P. Trent, *Daniel Defoe : How to Know Him* （Bobbs-Merrill Company, 1916）, 13; James Sutherland, *Defoe* （Methuen, 1937）, 55.

6 ） James Sutherland, *Daniel Defoe : A Critical Study* （Cambridge University Press, 1971）, 7.

7 ） 青山吉信他編『概説イギリス史』（有斐閣, 1982）, 120.

8 ） Daniel Defoe, *A Plan of the English Commerc*e （Blackwell, 1927）, 3-4.

9 ） Daniel Defoe, *The Poor Man's Plea* （Blackwell, 1927）, 6.

10） Daniel Defoe, *The Complete English Gentleman*, ed. Karl D. Bulbring （London, 1887）, 116-7, 122-33.

11） *A Plan of the English Commerce*, 9.

12） Daniel Defoe, *The Complete English Tradesman* in *The Novels and Miscellaneous Works of Daniel Defoe* （Oxford, 1841） Vol. XVIII, 244.

13） ピーター・ラスレット, 川北稔他訳『われら失いし世界』（三嶺書房, 1986）, 40-42.

14） Daniel Defoe, *The True-Born Englishman* in *Selected Writings of Daniel Defoe* ed. James T Boulton （Cambridge University Press, 1975）, 81.

15） トレヴェリアン, 松浦高嶺他訳『イギリス社会史2』（みすず書房, 1983）, 259.

16） John Robert Moore, *Daniel Defoe : Citizen of the Modern World* （University of Chicago Press, 1958）, 335.

17） Walter Wilson, *Memoirs of the Life and Times of Daniel Defoe* （London, 1830） Vol. III, 425. Cited in Michael Shinagel, *Daniel Defoe and Middle-Class Gentility* （Harvard University Press, 1968）, 121.

18） Ibid., 121.

19） John F. Ross, *Swift and Defoe ; A Study in Relationship* （California University Press, 1941）を参照.

20） Jonathan Swift, *The Prose Writings of Jonathan Swift*, ed. Herbert David （Blackwell, 1939-68）, Vol. II, 113.

21） *The Prose Writings of Jonathan Swift*, Vol. III, 13.

22） A. W. Secord, *Review* （Columbia University Press, 1938）, Vol. VII, 449-451.

23） *Swift and Defoe*, 36.

24） Daniel Defoe, *The Present State of the Parties in Great Britain* （1712）, 296. Cited in *English Literature in the Early Eighteenth Century 1700-1740* （Oxford University Press, 1959）, 35.

25） ヴォルテール, 林達夫訳『哲学書簡』（2nd edition, 岩波文庫, 1980）, 62.

26） Alexis de Tocqueville, *Journey to England and Ireland*, trans. by George Lawrence and K. P. Mayers （Yale Univ. Press, 1958）, 59. Cited in David Castronovo, *The English Gentleman : Images and Ideals in Literature and Society* （Ungar, 1987）, 14.

27） John Cannon, *Aristocratic Century : The Peerage of Eighteenth-century*

*England* (Cambridge University Press, 1984); Lawrence Stone and Jeanne C. Fawtier Stone, *An Open Elite?: England 1540-1880* (Oxford University Press, 1984); J. V. Beckett, *The Aristocracy in England 1660-1914* (Blackwell, 1986).

28) *A Plan of the English Commerce*, 63.

29) *The Complete English Gentleman*, 263.

30) 『18世紀イギリスにおける農業問題』, 85-115.

31) *An Open Elite?*, 403.

32) *The Aristocracy in England*, 121-8.

33) Asa Briggs, *A Social History of England* (Penguin, 1983), 158.

34) 川北稔『工業化の歴史的前提』(岩波, 1983), 114-19.

35) *The Complete English Gentleman*, 174-83.

# 第10章　デフォーの小説と『完全なる英国紳士』(1)

## I

　生涯ジェントルマンに関わる問題に、深い関心を抱いていたデフォーは、様々な作品でジェントルマン論を展開している。彼の絶筆となったのが『完全なる英国紳士』であることは、その関心の深さを裏付けていると言えるだろう。主として、デフォーの紳士論と経済論を扱った前章に引き続き、本章では小説との関係を中心に、彼のジェントルマン論を取り上げる。具体的には、まずデフォーがミドルクラスの典型として捉えられてきた経緯をたどり、次に、実際には、デフォーのジェントルマン論は、ジェントルマンへの批判と憧憬とが綯い交ぜになったものであることを示す。そして最後に、このようなジェントルマン論から浮かび上がってくるデフォー像について検討していく。

　古典に精通した作家と洗練された読者、これが当時の文学の正統であった。したがって、上流文学サークルから見れば、古典世界を共有していないデフォーは正統な文人とは言えなかったのである。それに対し、デフォーの方は古典の伝統に囚われずに、新しいタイプの作品を次々と生み出し、多数の読者を開拓していった。

　伝統的文壇と、新タイプの作家たちという両者の対立を、デーヴィット・スキルトン（David Skilton）は次のように説明している。

　　Even they had been inclined to, Pope, Swift and their associates could not have taken Defoe's new form of prose fiction seriously, since their classically-based critical categories could not embrace it. In classical terms the novel is a bastard form, and much of the theorising about it in

*149*

the next century and a half is aimed at making the form respectable. Ideologically too there is a striking contrast between Defoe's progressive and Pope's conservative visions of the world.... Defoe developed his sort of novels as a literary form which could embody these things — the ideals of his class. (12, emphasis added)[1]

「古典に基づく文学観」を当然視しているポープやスウィフトは、「デフォーを始祖とする散文の新形式」(小説を指す) を、正統な文学として、受け止めることはできなかったと、スキルトンは述べている。そして「デフォーの進歩的世界観と、ポープの保守的世界観との間には著しい対立がある」と指摘している。

　ジェントルマン階級を中心とする新古典派文学と、ミドルクラスの理想が反映された、新ジャンルである小説とを対比させるという、スキルトンの文学観の根底には、権力を握るジェントルマン階級と、力を増してきたミドルクラスとの階級対立の図式が存在している。このようなマルクス主義的世界観を前提にして、ミドルクラスの台頭と、小説の勃興との密接な関連を最初に指摘したのは、イアン・ワットであった。

　ワットはその独自の文学観を展開するための、戦略的存在としてデフォーを取り上げた。


Ultimately, however, the supersession of patronage by the booksellers, and the consequent independence of Defoe and Richardson from the literary past, are merely reflections of a larger and even more important feature of the life of their time — the great power and self-confidence of the middle class as a whole. By virtue of their multifarious contacts with printing, bookselling, and journalism, Defoe and Richardson were in very direct contact with the new interests and capacities of the reading public; but it is even more important that they themselves were wholly representative of the new centre of gravity of that public.

(65, emphasis added)[2]

ワットは、小説という新ジャンルが興隆し始めた要因として、「ミドルクラスが持つようになった大きな力や自信」を挙げ、その代表的存在としてデフォーを高く評価している。「デフォーやリチャードソンこそ、このような一般読者層がもつ新たな重要性の、中核を形作る代表的存在だった」のである。

　そして、そもそも以上のような解釈の出発点となったのは、G・D・H・コール（G. D. H. Cole）らの、英国経済史家たちによるデフォー観であった。

　　He [Defoe] represents, with singular accuracy, the mental look of the middle classes [sic] in the early eighteenth century, the direct precursors of the men who made, and were made by, the Industrial Revolution a generation or two later on.... Behind and underlying the world of Pope and Addison was a new world of bourgeois habits and culture, which, still insignificant politically even after 1688, was swiftly building itself up into the most creative influence in the nation.

(25, emphasis added)[3]

コールは「デフォーは見事なまでに、18世紀初頭における、ミドルクラスの精神面を代表する存在であった」と述べ、さらにデフォーこそが、来るべき産業革命の先駆けでもあったと指摘している。

　また、約150年ぶりにリプリントされた、デフォーの『英国旅行記』に付した序文においても、コールは「デフォーは英国における史上初の、ミドルクラスの偉大な擁護者である」[4] と述べている。わが国においては、大塚久雄が、コールらの唱えたデフォー観を用い、デフォー及び、彼の小説の主人公クルーソーを、ミドルクラスの代表的存在として位置づけている[5]。

## II

　コールやワットの解釈は非常に大きなインパクトを与え、ミドルクラスの代表的存在としてデフォーを解するという見方が支配的となった。例えばボナミー・ドブレ（Bonamy Dobree）は *English Literature in the Early Eighteenth Century 1700-1740*（『オックスフォード英文学史』シリーズ中の１冊）で、「当時の変転極まりない社会を、見事に代表する存在として、新勢力ミドルクラスの真髄を体現していた、ダニエル・デフォー以上の人物を望むことは不可能であろう」[6] と説明している。

　またデフォーの小説の主人公に対しても、しばしば同様の見方がなされ、特に、ロビンソン・クルーソーはミドルクラスの代表的存在として扱われてきた。例えば『講座英文学史８：小説Ⅰ』は、「クルーソーを、ワットのいうように 'homo economicus' として見れば、クルーソーはまさに経済的個人主義の代表であり、新興中産階級の代弁者と言えるであろう」[7] と述べている。

　しかし、英国社会における、ジェントルマン階級と新興商業階級との対立図式を強調し、後者の代表的存在としてのデフォーに焦点を絞りすぎると、デフォー本来の姿を歪めてしまうことになるだろう。以下では、歴史社会学的な観点からデフォーを捉えた、ワットの主張がもつ問題点を取り上げる。

　第１の疑問は、ジェントルマン階級に対抗する勢力として、当時ミドルクラスが無視できない勢力として存在し、且つ、そのミドルクラスが力を増しつつあったという、ワットのデフォー観を支える前提そのものに対する疑問である。まず、新興のミドルクラスという、求心力を備えた勢力が本当に存在していたのかどうかについて考えてみる。

　これまでは、ミドルクラスという言葉を、中位の所得があり中位のステイタスにある人々の集団として用いてきた。しかし、クラスという言葉をより限定された意味、つまり、「政治的ないし経済的に集団の力を行使しようとして結束している」[8] 人々という意味で用いるならば、デフォーの時代には、ミドルクラスは存在していないと考える研究者もいる。例えば、ピーター・

ラスレットは、当時圧倒的な力を有していたジェントルマン階級に対抗しう
る、自律性を持った勢力のみをクラスと呼ぶならば、当時ミドルクラスは存
在していなかったと述べている。

　彼はこのような観点から、産業革命以前の英国は一階級社会であったと主
張している。


　　しかし、階級という言葉が、日常生活や歴史叙述において用いられて
　いる場合には、たんにステイタスや尊敬を受ける度合いの差だけを示し
　ているのではない。この場合は、富や権力の配分をも意味しているので
　ある。このことは、「階級闘争」という言葉になると、いっそう明白に
　なる。…(中略)…そこでは、共通の闘争目的に沿って行動する人々の集
　団としての、階級連帯が重視される。…(中略)…前工業化社会 ― 少な
　くともイギリスのそれ ― には、ただひとつの階級しかなかったといえ
　るのは、まさにこの意味においてである。
　　ジェントルマンという言葉は、伝統的な社会システムにあって、人口
　を極度に不公平な二つの部分に分割する境界線の役割を果たしていた。
　…(中略)…権力を持つためには、言い換えれば、イギリス社会にあって
　自由であり、歴史の資料において積極的に活躍する主人公であるために
　は、人は必ずジェントルマンの地位を得ていなければならなかったので
　ある。
　　　　　　　　　　　　　　　　　　　　　　(33-41, 下線部筆者)[9]


このように、デフォーの時代について考える場合には、あらゆる面において、
ミドルクラスが全くの劣位にあったことに留意しなければならない。当時の
英国社会において、人々が憧れ模倣しようとした、独自のライフスタイルを
形作っていたのは、圧倒的な力を有していたジェントルマン階級だけなので
あった。

　また、仮にミドルクラスが存在していたと認めるにしても、その勢力拡大
は緩慢であり、劇的な形でミドルクラスがジェントルマン階級を凌駕するの
は19世紀の後半以降であることにも留意する必要がある。

*153*

巨視的に見るならば、19世紀の英国政治史は、工業化の中から台頭し
　たブルジョア階級が、産業革命前からの支配階級である地主階級に代
　わって、ないし、それと融合同化することによって自ら支配階級になっ
　ていく過程、ということができる。…(中略)…今のべた政治の過程にお
　いて一つの重要な点は、産業革命以後のブルジョア階級の目覚ましい台
　頭にもかかわらず、70年代に至るまでは、旧来の地主階級（貴族とジェ
　ントリ）の政治支配がほぼ完全な形でなお維持されたということであ
　る。　　　　　　　　　　　　　　　　　（124-5，下線部筆者）[10]

「産業革命以後」においても、ジェントルマン階級の優位は揺らいではいな
かったのであり、デフォーの活躍した18世紀初頭においては、彼らはより大
きな力を揮っていたのであった。にもかかわらず、当時の実態以上に、ミド
ルクラスの力が過大評価される傾向が強い原因として、ホイッグ史観を挙げ
ることができるだろう。ホイッグ側に有利な解釈をもたらす進歩史観の下で
は、ミドルクラスは非常に早くから力を結集し、しかもその影響力は実際よ
りもずっと大きかったように見えてしまうのである[11]。そして、ワットのデ
フォー観が、ホイッグ史観の影響を受けている経済史家たちの見方を踏まえ
ているのであれば、ワットの解釈においても、同様の偏向が見られるのはや
むを得ないことであった。

Ⅲ

　第2の疑問は、ミドルクラスを中心とする新しい読者層の出現が、小説の
発生を促すことになったという、ワットのデフォー解釈を支える2つ目の前
提に対する疑問である。例えば、パット・ロジャースは、新しい読者層が興
隆したのかどうかは実証的に確定できないだけでなく、逆に、小説が社会の
幅広い階層に受け入れられた可能性があると指摘している[12]。
　確かに、ロジャースが言うように、小説がジェントルマン階級にも相当好
意的に受け入れられていた可能性は否定できないだろう。一例として、文壇
の代表的存在であったアレキサンダー・ポープ（Alexander Pope）が、デ

フォーの作品にかなり親しんでいたことを挙げることができる。

> "The first part of *Robinson Crusoe* is very good," he [Pope] remarked. "Defoe wrote a vast many things; and none bad, though none excellent except this. There is something good in all he has written."
>
> (6, emphasis added)[13]

　本章の第Ⅰ節で取り上げたスキルトンは、新勢力のデフォーと旧勢力のポープを相対立する存在として捉えているが、上述の引用からは、そのポープでさえ、デフォーの作品をしっかり読み、意外な高評価を下していることがわかる。パット・ロジャースが述べるように、小説が階級を問わず、多くの読者を獲得した可能性は大いにあると言えるだろう。

　さらに、ワットによるフィールディングの位置づけに関しても、問題があると思われる[14]。ワットは『小説の勃興』の中で、ミドルクラスの代表的存在として、デフォーとリチャードソンを重視するという戦略をとっているが、一方、フィールディングの位置づけについては少々苦慮している。というのも、ジェントルマン階級出身であり、しかも伝統的なジャンルであるエピックやロマンスを、様々に活用したフィールディングの存在は、新ジャンルである小説は、ミドルクラスに向けられた新たな表現手段であるという、ワットの基本前提とは、実は相容れないものだからである。

　以上のように、ワットのデフォー論には、様々な疑問が投げ掛けられてはいるものの、ミドルクラスの代弁者としてのデフォー像を定着させたという意味では、ワットの分析は今なお大きな影響を及ぼし続けている。しかし、ジェントルマン階級に真っ向から対峙した存在として、デフォーを捉えるという見方は、デフォーの一側面だけに光を当てるという結果を生んでいるのではないだろうか。以下では、様々な作品に織り込まれた、デフォーのジェントルマン論を検討することにより、ジェントルマンに対する彼の姿勢には揺らぎがあり、ジェントルマンへの評価が両義的なものであったことを明らかにしていきたい。

# Ⅳ

　前章で詳しく検討したように、『完全なる英国紳士』に集約された、デフォーのジェントルマン論は、次の3点に要約できるだろう。

1. ミドルクラスとジェントルマン階級とを比較し、あらゆる点において、前者が後者を凌ぐ存在であると主張した。そして、本来社会の模範となるべきジェントルマン階級の退廃により、社会全体が堕落の極みにあるとデフォーは批判している。
2. 新旧ジェントルマンを比べ、「教育により創られる紳士」（gentlemen by education）の方が、「家柄による紳士」（gentlemen by birth）よりも優れていると論じた。
3. 当時の古典語を介したジェントルマン教育は排他的・特権的すぎると批判し、紳士に相応しい学識は独学によっても身につけられると主張した。

　では、このようなデフォーの持論と彼の小説は、どのような関係にあるのだろうか。まず、デフォーの主人公の出身階級を見てみよう。彼らのうち、ジェントルマン階級出身なのは、『ある王党員の回顧録』（*Memoirs of a Cavalier*, 1720）の主人公だけである。また『カーネル・ジャック』（*Colonel Jack*, 1722）の主人公ジャックは、高貴な人物の私生児らしいが、乳母にそう聞かされて育っただけで、実際は生き延びるのが精一杯という状況で育っている。

　その他の主人公は、ミドルクラス、または労働者階級の出身となっている。クルーソーやロクサーナは商人の子であり、小さい頃に誘拐されたシングルトンの出身は不明なままであり、また、モル・フランダーズは重罪人の娘である。そして、ジェントルマンの問題に絞るならば、彼らの中で最も興味深い主人公はジャックということになるであろう。というのも、『カーネル・ジャック』は、主人公がジェントルマンになっていくプロセスが描かれた、

*156*

ビルドゥングス・ロマン的要素の濃い作品だからである。

　ごく簡単に、ジャックがジェントルマンとなっていく過程を追ってみよう。幼くして乳母に死なれてしまった孤児のジャックは、善悪の判断もつかないまま掏摸の仲間になってしまう。その後、ロンドンを離れ、真面目な生活を送ろうとエディンバラで、軍に入隊し兵士となるが、半年で脱走することになる。脱走途中、ニューカースルの宿屋で、或る男と意気投合する。ところが、その男は人をさらって売り飛ばすのを仕事としており、言葉巧みに騙されたジャックはアメリカ大陸に連れて行かれ、植民地ヴァージニアの農園で奴隷として働く羽目に陥ってしまう。しかし、この地で必死に働き、主人によって認められたジャックは、農園主として独立することを許され、ジェントルマンとなり得る経済的基礎を築く。

　財を築いたジャックは、自らの無学を嘆き、欠けている教養を補うための努力を開始する。彼は独学で読み書きを覚え、様々な本を読み、さらに農園に送られてきた学識ある流刑人から、ラテン語の手ほどきを受ける。教養を身につけつつ、ジャックは次のような言葉を心に刻む。「ジェントルマンとは誠実な人間のことである。誠実さを欠くならば、人は堕落するしかなく、ジェントルマンは、その由緒ある家名を失い、正直な乞食にも劣る存在となってしまう」[15]。先生役を務める流刑者の話から、宗教に目覚めたジャックは、ラテン語に代わり聖書を学ぶようになる。このようにして、ジャックは長年の夢であったジェントルマンになるという願いを達成するのである。

　以上のようなジャックの生涯は、デフォーのジェントルマン論をそのまま実践したものと言える。とりわけ、紳士の条件として、家柄よりも教養や徳性を重視している点、また、その教養は独学でも身につけられるとしている点は、『完全なる英国紳士』で展開された、デフォーの主張に沿ったものとなっている。

　もっとも作品全体からみると、ジャックが理想的紳士として活躍するのは前半部のごく一部でしかない。乳母に死なれて孤児となった時には、善悪の区別がつかない年頃だったとはいえ、掏摸の仲間に加わっているし、後半部では、決闘を繰り返したり、ジャコバイトの反乱に加わったりして、デ

フォーの理想から全く外れた行動をとっている。このように、ジャックが紳士として振る舞っている時期は非常に限られており、ヴァージニアにおける上述の部分だけである。そのため作品全体を眺めるならば、ジャックは理想のジェントルマンには程遠い存在であると言わざるを得ない。

主人公がジェントルマンに上昇するプロセスが、相当詳しく描かれているのは『カーネル・ジャック』だけであるが、堕落したジェントルマン階級を批判し、徳性優れたミドルクラスを礼賛するというデフォーの持論は、様々な小説で取り上げられている。まず、『ロビンソン・クルーソー』を例に挙げてみよう。主人公クルーソーは、父の諫めを無視するなど、問題の多い行動を繰り返すものの、最後には、持ち前の勤勉さや不屈の精神力を発揮して大成功を収める。クルーソーのこのような資質こそ、デフォーが最も評価しているミドルクラスがもつ美徳なのである。逆に、この観点からすれば、旧来のジェントルマンは、「怠惰な人間とはまったく無価値なものでしかない」というクルーソーの言葉がぴったりと当てはまる存在となるだろう[16]。

『ロビンソン・クルーソー』以降の、ピカレスク的色彩の濃い小説においても、デフォーの持論が織り込まれている。最後の小説『ロクサーナ』がその典型例として挙げられるだろう。一見したところ、女主人公の罪と罰の過程が描かれたこの作品は、デフォーの持論とはあまり関係がないように見える。しかし、ここにも徳性優れたミドルクラスと、退廃したジェントルマン階級という対比が描き込まれているのである。まず、前者の理想的なタイプとして、『ロクサーナ』に登場する、氏名が明かされない「オランダ商人」（the Dutch Merchant）を挙げることができる。

デフォーは、ロバート・クレイトン卿に、貿易商人がいかに優れているかを語らせている（クレイトン卿という実在の人物を小説に登場させているのは興味深い）。

Sir Robert and I agreed exactly in our Notions of a Merchant; Sir Robert said, and I found it to be true, that a true-bred Merchant is the best Gentleman in the Nation; that in Knowledge, in Manners, in

Judgment of things, the Merchant outdid many of the Nobility....

(170, emphasis added)[17]

クレイトン卿は「育ちのよい商人（この箇所では貿易商人のこと）は、英国で最も優れたジェントルマンであり、彼らは知識・マナー・判断力において、多くの貴族をも凌いでいる」と述べている。デフォーは、登場人物を通して、ジェントルマン階級に対するミドルクラスの優位という、彼の持論を展開させているのだ。

## V

一方、堕落しきった貴族の例として、『ロクサーナ』に登場する「或る貴族」（the Lord）を挙げることができる（彼の氏名も明かされないままである）。彼は次のように、女主人公ロクサーナに求愛する。

He told me, he expected to make my life perfectly easy and intended it so; that he knew of no Bondage there could be in a private Engagement between us; that the bonds of honour he knew I would be tied by, and think them no burden; and for other obligations, he scorn'd to expect anything from me, but what he knew, as a Woman of Honour, I could grant....

(184, emphasis added)[18]

「淑女として、あなたが私に与え得るもの以外、私が望むことは何もないのです」と言う、この貴族（Lord）が発する、飾り立てられた言葉が、実際に意味していることは、ロクサーナが彼の愛人になることなのであり、このエピソードにおける、この貴族の言動に対し、デフォーが辛辣な皮肉を込めていることは明らかだろう。

また、ロクサーナと関わりをもつ登場人物を並べてみると、ミドルクラスに属する男性たちと、紳士階級や貴族階級に属する男性たちとでは、全く異なった描写がなされていることに気づく。本作品を通して、信義と誠実を旨

とする前者はロクサーナを妻として遇し、後者は彼女を愛人にしようとするのである（本書では前章で説明しているように、貴族と紳士を含めた、最も広い意味でジェントルマンという言葉を用いている）。

『モル・フランダーズ』にも、ジェントルマン批判が、厳しい諷刺という形で表わされている。モル転落の切っ掛けをつくる、コルチェスター家の「長兄」（the Elder Son）は必ず結婚するとの約束を交わすことで、モルを陥落させるが、自分の弟が彼女に求婚していることを知ると、これ幸いとモルを弟と結婚させ、厄介払いをしてしまおうとする。「僕の君への愛は変わっていないし、また君も僕を愛してくれてはいるが、僕は自分の弟が求婚している女性と関係を続けるほど、道徳観念を失っていないつもりだ」[19]と彼は臆面もなく、モルに告げる。さらに、モルが弟の妻となれば、自分とモルは「良心の呵責や他人の疑惑から解き放たれ、深い愛情を抱く友人として、また、汚れなき愛情を抱き合う親族として、愛し合うことができるのだ」[20]と、実に途方もない綺麗事をいう。妻にするという約束についても、自分は結婚の約束を破ってはいない、弟の求婚という事情の変化によって、その約束が無効となっただけであると強弁するのである。

'a gay Gentleman' として紹介されている長兄は、自分の弟に愛人を押し付けて、涼しい顔をしようとする人物なのであり、その彼に「道徳観念」や「汚れなき愛情」という言葉を使わせているところに、旧来のジェントルマンに対する、デフォーの辛辣な諷刺を読み取ることができるだろう。

# 注

1 ) David Skilton, *Defoe to the Victorians: Two Centuries of the English Novel* (2nd edition, Penguin, 1985), 12.
2 ) Ian Watt, *The Rise of the Novel* (2nd edition, Penguin, 1963), 65.
3 ) G. D. H. Cole, *Persons & Periods* (Macmillan, 1938), 25.
4 ) Daniel Defoe, *A Tour through English and Wales* (Dent, 1968), Introduction by G. D. H. Cole, xiii.
5 )『大塚久雄著作集第八巻』（岩波，1969），214-21.

6 ) Bonamy Dobree, *English Literature in the Early Eighteenth Century 1700-1740* (Oxford University Press, 1959), 34.

7 ) 『講座英米文学史 8 小説 I 』（大修館書店，1971），81.

8 ) ピーター・ラスレット，川北稔他訳『われら失いし世界』（三嶺書房，1986），34.

9 ) Ibid., 33-41.

10) 村岡健次編著『イギリス近代史』（ミネルヴァ書房，1986）124-5.

11) ハーバート・バターフィールド，越智武臣他訳『ウィッグ史観批判』（未来社，1967），20-40.

12) Pat Pogers, *The Augustan Vision* (Methuen, 1974), 252.

13) James Sutherland, *Defoe* (2nd edition, Methuen, 1950), 6.

14) Michael McKeon, *The Origins of the Novel* (Johns Hopkins University Press, 1987), 3.

15) Daniel Defoe, *Colonel Jack* (Oxford University Press, 1970), 155-6.

16) Daniel Defoe, *Robinson Crusoe* in *The Shakespeare Head Edition of the Novels and Selected Writings of Daniel Defoe* (Blackwell, 1927), Vol. II, 118-9.

17) Daniel Defoe, *Roxana* (World's Classics, 1981), 170.

18) Ibid., 184.

19) Daniel Defoe, *Moll Flanders* (Oxford University Press, 1971), 56.

20) Ibid., 60.

# 第11章　デフォーの小説と『完全なる英国紳士』(2)

### I

　デフォーは様々な著作を通して、ミドルクラスを礼賛し、ジェントルマン階級を攻撃し続けた。しかし、一方では、ミドルクラスの中核を成す商人がジェントルマンへと上昇することを、誇らしげに語ってもいる。デフォーは『英国経済の構図』の中で、次のように述べている。

> The Estate (of one thousand eight hundred Pound per Annum) is purchased by a Citizen, who having got the Money by honest Industry, and pursuing a prosperous Trade, has left his Books and his Warehouses to his two younger Sons, is retired from the World, lives upon the Estate, is a Justice of Peace, and makes a complete Gentleman....
>
> (9, emphasis added)[1]

財を成した商人が「世間から身を引き、広大な地所に住み、治安判事を務め、完全なジェントルマンとなっていく」プロセスを、デフォーは自慢げに語る。ジェントルマンを手厳しく批判する一方で、デフォーは、商人がジェントルマンとなることを手放しで讃えている。

　『完全なる英国商人』においても同様であり、所領を手に入れた商人がジェントルマンとなってゆくケースを、デフォーは数多く挙げ、その様子を得意満面に語っている[2]。このように、デフォーは、その退廃ぶりを批判してはいるものの、ジェントルマン階級の存在自体を否定しているわけではない。それどころか、ミドルクラスに対し、ジェントルマン階級へ上昇することを大いに勧めているのである。

*163*

デフォー自身もジェントルマンに成ろうと大いに努力を重ね、何度も今一歩というところまで漕ぎ着けている。もし、ウィリアム 3 世が急死しなければ、国王の庇護を受け、いくつかの役職に任ぜられていたデフォーの前途は洋々たるものであったろう。また、筆禍事件を引き起こさなかったならば、ティルベリで始めた事業で大成功を収めていたであろう。しかし、デフォーは今一歩のところで挫折し、ジェントルマン家系の開祖となるという念願を果たすことができなかったのである。

　しかし、国王に目を掛けられ、宰相ハーリーに仕え、何冊ものベストセラー（特に『生粋の英国人』を誇りにしていた）を出していたデフォーは、ジェントルマンとして扱われたいと常に願っていた。このような願望が非常に強かったことは、様々なエピソードから窺われる。

　そもそもデフォーという名前自体に、彼のスノビズムが顕われている。40歳代の半ばまで、彼は単に Daniel Foe として一般に知られていたのだが、その後、貴族風に D. Foe, De Foe, Defoe と署名するようになった[3]。また、勝手に紋章を作り、自分の肖像画の下につけるという、もっと怪しげなこともしている。紋章があるというのは、ジェントルマンの証しであり、許可なく紋章をつけることはもちろん禁止されていた。しかし、デフォーは、監督機関である紋章院の許しを得ることなく、紋章入りのポートレートを、『生粋の英国人を書いた作者による、正真正銘の著作集』（*A True Collection of the Writings of the Author of the True-Born Englishman*, 1702）や『神の掟』（*Jure Divino*, 1706）に入れているのである[4]。

II

　デフォーはミドルクラスに対し、ジェントルマンへの上昇を勧めているが、そもそも彼自身が、非常にスノビッシュな上昇志向型の人間だった。そして、ジェントルマンの仲間入りをしたいというデフォーの念願は、彼の小説に色濃く顕われている。前章で述べたように、ワットらによって、ミドルクラス倫理が、最も濃厚に反映された作品と解されている『ロビンソン・クルーソー』にも、デフォーの願望がはっきりと読み取れる。

第11章　デフォーの小説と『完全なる英国紳士』(2)

　例えば、クルーソーは漂着した孤島に閉じ込められ、脱出する術もないという厳しい状況下にあるにもかかわらず、孤島で美しい谷間を見つけた際に、この素晴らしい土地を子孫に伝えられないだろうかと夢想に耽ける。

> I descended a little on the Side of that delicious Vale, surveying it with a secret Kind of Pleasure…if I could convey it, I might have it in Inheritance, as completely as any Lord of a Manor in England…. However, I was so Enamoured [sic] of this Place, that I spent much of my Time there, for the whole remaining Part of the Month of July; and tho' upon second Thoughts I resolv'd as above, not to remove, yet I built me a little kind of a Bower…so that I fancied now I had my Country-House, and my Sea-Coast-House: and this Work took me up to the Beginning of August.　　　　　　　　　(100-2, emphasis added)[5]

「もしこの土地が譲り渡しうるものならば、英国の領主のように、子孫に総てを遺産として残すことができるであろう」と夢想するクルーソーの言葉には、ジェントルマン家系の開祖となることを目指していた、デフォー自身の念願が込められているといえるだろう[6]。

　デフォーの願いは、クルーソーに語らせている、様々な語彙からも窺える。引用の最後の部分で、クルーソーは少々戯けつつ、「私は今やカントリーハウスと、海辺の家屋とを持つことになったのだ」と語っているが、この箇所で用いられている 'Country-House' は「領主の御屋敷」を意味する言葉であり（別荘という意味もある）、上記引用の中程で使われている 'Manor' も「領主の所領や大邸宅」を表わす言葉である。

　大所領と御屋敷こそが、ジェントルマンの象徴であったことを考えると、それらを手に入れた姿を心に思い描きつつ、束の間の満足に浸っていたのは、語り手クルーソーの背後にいる、作者デフォーであったと言えるだろう。

　そして結末近くで、孤島から解放されたクルーソーは、南アメリカ大陸において、広大な所領（Estate）を手に入れることになる。

*165*

I was now Master, all on a Sudden, of above 5000 pound Sterling in
Money, and had an Estate, as I might well call it, in the Brasils [sic], of
above a thousand Pounds a Year, as sure as an Estate of Lands in
England....                                              (285, emphasis added)[7]

クルーソーは「英国の所領と同じように確実な、年1千ポンドを超える所領
を（そう呼んでいいと思うが）、ブラジルに持つことになった」と語ってい
る。このクルーソーの大成功こそ、まさにデフォー自らが達成したかった夢
だったのである。

　他の主人公も、クルーソーと同じく大成功を収める（ロクサーナだけは例
外であり、最後に破滅してしまう）。ジャックはジェントルマン
（gentleman）に、モル・フランダーズは上流婦人（gentlewoman）になる。
ロクサーナの夫であり、デフォーの理想を体現している「オランダ商人」
（the Dutch Merchant）も、土地と准男爵位を買い取って、ジェントルマン
の仲間入りをする（彼と結婚したロクサーナは准男爵夫人となっている）。
このように、ジェントルマン家系を創始するという願望に駆り立てられてい
たデフォーは、小説の中で、彼の念願を叶えていると言えるだろう。

　デフォーが行なった、ジェントルマン批判とミドルクラス礼賛という側面
を重視した結果、ワットは、デフォーをミドルクラスの代表的存在であると
見なしている。しかし、ジェントルマンに憧れ、ジェントルマンへの上昇を
心から望むという側面もデフォーは併せ持っていたのである。

Ⅲ

　財力のある商人は、簡単にジェントルマンの地位を買い取ることができる
と豪語したデフォーであったが、大所領と御屋敷を手に入れれば、すぐさま
ジェントルマンとして認められるとまでは主張していない。商業から手を洗
い、相応しい所領を入手しさえすれば、直ぐさまジェントルマンに成れると
は、デフォーも流石に言えなかったのである。

　実際、どのような教養とライフスタイルを身につけることがジェントルマ

ンに相応しいかを決定していたのは、当のジェントルマン自身であった。前章で述べたように、政治・経済・文化のあらゆる分野をリードしていたのはジェントルマン階級であり、人々が憧れるライフスタイルを創り出すのも、彼らだったのである。

ジェントルマンは自らを、他とは異なる特別な存在として位置づけていた。その根拠を与えたのが、由緒ある家柄や、ステータス・シンボルである大所領と御屋敷であった。さらに、ジェントルマンとノンジェントルマンとを隔てている、高いハードルはもう1つあった。それは、古典語に関する知識の有無である。実際、当時ジェントルマンが学んだのは、古典語だけであったといっても過言ではないであろう。グラマースクールでの「教育の大半はラテン語とギリシャ語についての学習」であり、大学におけるジェントルマン教育とは「ラテン語とギリシャ語の訓練」だったのである[8]。

したがって、ジェントルマン家系の礎を築いていくミドルクラス出身の開祖が、次世代以降の子供たちを真のジェントルマンに育て上げるためには、紳士に相応しいライフスタイルを身につけさせるだけでなく、古典語教育を受けさせることが是非とも必要であった。

一方、大学で古典語を偏重し過ぎている現状を批判する声も上がっていた。例えば、英国史家トレヴェリアンは、次のように述べている。「上流ならびに中流階級の普通の学校教育は、それが著しく古典を偏重したカリキュラムであることが既に批判の対象となっていた」[9]。デフォーもこのような大学批判の一翼を担い、『完全なる英国紳士』において、当時の大学教育の在り方を批判している。

彼は古典語偏重の大学教育は、余りに閉鎖的過ぎると非難するとともに、ジェントルマンに相応しい学識は、大人になった後、独学によっても身につけることもできると主張した。また、財産を継ぐ長男には、教育を受けさせる必要がないと考えるジェントルマンを強くたしなめ、真のジェントルマンとなるためには、教養を身につけ、徳性を養うことが不可欠であると論じている。

このような考えは、彼の小説にも反映されている。例えば、カーネル・

ジャックは独学で紳士に相応しい教養を身につけ、ロクサーナはデフォーの重視した近代語の一つであるフランス語をマスターする。モル・フランダーズは預けられた家庭で相応の教育を受け、クルーソーも一通りの学問を身につけるのである。

ただ、デフォーの主人公の中で、ジェントルマンに相応しい、十分な教育を受けているのは、『ある王党員の回顧録』の主人公だけである。紳士の家系に、次男として生まれた彼は、オクスフォードへ進学し、本格的なジェントルマン教育を受けている。そこで、彼が最も興味を惹かれたのが、歴史と地理であることは非常に興味深い。というのも、この2つは、デフォーが『完全なる英国紳士』において、紳士に相応しい学問分野として挙げているものだからである。

デフォーは、ジェントルマンに上昇したばかりの一代目の子弟は、大学でジェントルマン教育を受けるべきだと勧めている。このように、大学での古典語偏重教育を批判し、独学が可能であると主張している一方で、大学教育を受けることを勧めているのは、全く矛盾しているように見えるかもしれない。しかしながら、教育を受ける対象が、ジェントルマン家系の礎を築く一代目なのか、それとも二代目以降なのかを区別すれば、デフォーの主張には一貫性があることがわかるだろう。

教育を受ける対象が、ジェントルマンに上昇したばかりの一代目の場合には、ジェントルマンとしての教養を大学で身につけることは、もはや不可能である。したがって、古典語を通じて学ぶという、時間のかかり過ぎる方法ではなく、母語による独学を勧めているのである。そして、この方法は、親の無理解によって、教育を受けられなかった子供たちにも当てはまることになる。一方、二代目以降は、真のジェントルマンとして認められるために、大学においてジェントルマン教育を受けるべきだとデフォーは考えているのだ。

では、デフォーの考える理想のジェントルマンとは、一体どのような条件を備えた紳士なのであろうか。それは絶筆となった『完全なる英国紳士』に、最もよく表わされているといえるだろう。

第11章　デフォーの小説と『完全なる英国紳士』(2)

デフォーはこの作品の序文において、次のように述べている。

Out of the race of either of these [the gentlemen by birth and the gentlemen by education], the complete gentleman I am to describe is to be derived. How to reconcile the ancient line to this [the gentlemen by education] and bring them [the gentlemen by birth] to embrace the modern line, is the difficult case before me. 　　(4, emphasis added)[10]

「私の言う完全なジェントルマンは、ミドルクラス出身のジェントルマン（教育により創られる紳士）と、既存のジェントルマン（家柄による紳士）の両方から、引き出されるものなのだ」とデフォーは述べ、両者の融合を唱えている。そして、多少の困難はあるものの、徳性優れた新興ジェントルマンを増やしていくことが、既存のジェントルマン階級を矯正する切り札になるのだとデフォーは主張している。

## IV

デフォーは、Sir A. C. という架空の人物の姿を通して、新興ジェントルマンの理想像を描き出している。

Sir A. C. is a baronet; his father was Lord Mayor of London … having been a fair tradesman, just in all his dealing, and had a wonderful good reputation, and vastly rich. He bred up his eldest son to no business, having so great an estate to give him, but sent him to Eton School, where he made such a proficiency that at 18 year old he was sent to the University …. His two younger brothers were brought up to their father's trade, and the old gentleman left it wholly to them; and they are very rich already … and may be as good gentlemen as their eldest brother in a few years, or at least, may lay a foundation of the like greatness in the next age by educating their eldest sons suitable to the

*169*

breeding of a gentleman and giving them estates to support it.

(268-9, emphasis added)[11]

商業で成功を収めた人物が、新しいジェントルマン家系の礎を築き、彼の長男は「商業には就かせず」、由緒あるグラマースクール、及び、大学で完全なジェントルマン教育を受けさせる。そして、次男以下は、父の事業を継いでいく（後には「弟たちもジェントルマン家系の開祖となる」）。以上のような、ジェントルマンへの上昇・同化というプロセスこそ、デフォー自身が達成したかった理想の姿なのであった。

　例えば、小説の分野では、クルーソーの甥がこれに近い。クルーソーが甥を引き取り、一人前の紳士に育て上げたというエピソードは、数行で片づけられているので、詳細は不明なままである。しかし、もし詳述されていたならば、クルーソーの甥は、Sir A. C. の長男と同じような、ジェントルマン教育を受けることになったと考えられる。

　ジェントルマン階級の退廃ぶりを批判しつつも、自らは必死でジェントルマンへの上昇を目指していたデフォー。彼がジェントルマンに対して、批判と憧憬とが綯い交ぜになった、複雑な想いを抱いていたことを見落としてはならない。今一歩のところでジェントルマンに上昇できなかった無念さや、自らが受けた教育に対する不安が、デフォー自身、及び、彼の作品に大きな影を落としている。憑かれたようにフィクションにおいて成功譚を繰り返すことと、彼が実生活で挫折や屈辱を嘗めたことの間には、深い繋がりがあると見ていいだろう。古典語を身につけられなかったために受けた蔑視、筆禍事件による投獄や破産、晒台に掛けられた屈辱、これら苦い経験のすべてが、益々デフォーにジェントルマンへの憧憬を植え付けることになった。

　新興勢力の勃興と小説との関係を重視する、歴史社会学的な小説観のもとで、ミドルクラスの代弁者という観点を中心にデフォーを捉えることは、彼のいわば明の側面だけに光を当てるという結果を招いてしまうだろう。ジェントルマンに関わる問題を中心に、デフォーの諸作品を検討していくと、ミドルクラスの輝かしい未来を予見していた先覚者というデフォー像は薄れて

いき、屈折を抱え込んだデフォーの姿が大きく浮かび上がってくるのである。

# 注

1 ) Daniel Defoe, *A Plan of the English Commerce* in *The Shakespeare Head Edition of the Novels and Selected Writings of Daniel Defoe*, Vol. XII, 9. デフォーの作品からの引用は上記文献に拠る（一部を現代英語に変更した）．以下の引用についても同様.

2 ) Daniel Defoe, *The Complete English Tradesman* in *The Novels and Miscellaneous Works of Daniel Defoe* (Oxford, 1841), Vol. XVIII. 244.

3 ) Michael Shinagel, *Daniel Defoe and Middle-Class Gentility* (Harvard University Press, 1968), 73.

4 ) Ibid., 73-4.

5 ) Daniel Defoe, *Robinson Crusoe* in *The Shakespeare Head Edition of the Novels and Selected Writings of Daniel Defoe* (Blackwell, 1927), Vol. II, 100-2.

6 ) John Robert Moore, *Daniel Defoe : Citizen of the Modern World* (University of Chicago Press, 1958), 335.

7 ) *Robinson Crusoe*, 285.

8 ) James Sutherland, *A Preface to Eighteenth Century Poetry* (Oxford University Press, 1948), 51. Leslie Stephen, *English Literature and Society in the Eighteenth Century* (London, 1904), 31.

9 ) トレヴェリアン，松浦高嶺他訳『イギリス社会史 2 』（みすず書房，1983)，259.

10) Daniel Defoe, *The Complete English Gentleman*, ed. Karl D. Bulbring (London, 1890), 4.

11) Ibid., 268-9.

# 第12章　ルキアノス風諷刺の系譜と
# 『コンソリデイター』

## I

　パット・ロジャースが評しているように、18世紀英文学の最大の特徴は、古典文学への傾倒であった[1]。当時の英国においては、同じ古典語教育を受け、同じ古典文学に親しんでいた、社会上層に位置する作家と読者が、文学のメインストリームを形成していたのである。共有された古典世界を前提としていたオーガスタン文学は、パット・ロジャースが述べているように、「支配階級の正統性」（the orthodoxies of a ruling class）を体現したものだった[2]。また「すべての存在は大いなる連鎖」（the Great Chain of Being）を成すという階層的世界観が、あらゆる分野に遍くいきわたっており、文学の世界も例外ではなかった。このようなヒエラルキーの中で、最上位と目されていたのが叙事詩や悲劇であり、一方、小説の方はなかなか正統な文学ジャンルとして認知されなかったのである。

　小説黎明期に活躍したフィールディングは、こういった状況に挑戦し、小説を叙事詩と関連づけることによって小説の格上げを目論んでいる。彼は、叙事詩や劇は ‘tragedy’ と ‘comedy’ とに二分されると述べた後、従来の叙事詩が ‘tragedy’ にあたり、自分が書こうとしているジャンルは ‘comedy’ にあたると主張し、この概念を表わすため、「喜劇的散文叙事詩」（comic epic in prose）という言葉を創り出したのだった。そして、従来の叙事詩との違いとして、韻文でないこと、超自然的なものが現れないこと、題材が同時代のものであること等を挙げている。つまり、彼に言わせれば、小説とは叙事詩の系譜を受け継ぐ、最も格の高い文学形式ということになるのである。

　フィールディングの主張には諧謔が含まれており、文字通り受け取るべき

*173*

ではないであろうが、彼がホメロスを引き合いに出しつつ小説を擁護することはそれほど無謀なことではなかった。というのも、フィールディングの生い立ちや彼が受けた古典教育は相当なものであり、古典文学に十分親しんでいたからである。彼はイートン校で充実した古典教育を受け、ラテン語・フランス語・イタリア語を母国語なみに操り、ギリシャ語も堪能であったとされている[3]。

　一方、時代は少し遡るが、同じく新ジャンルである小説の興隆に寄与した1人と目されるデフォーにとって、古典文学はフィールディングのように身近なものではなかった。非国教徒であったデフォーは、グラマースクールから大学へ進むという、古典語教育を中心としたオーソドックスな教育課程から閉め出されていたのであった。しかし、見方を変えれば、非国教徒アカデミーで新しいタイプの教育を受けることができたこと、その結果、斬新な視点から様々なテーマに取り組むことができたことは、デフォーにとって大いにプラスとして働いたと言うこともできるだろう。だが一方では、多方面で活躍し、世の注目を浴びるようになったデフォーに対しては、古典の素養を欠いた人物であるとの批判が一生涯向けられることになったのである。

　以下では、長い伝統を持つ架空旅行譚というジャンルに、デフォーが挑戦したケースである『コンソリデイター』(*The Consolidator*, 1705) を取り上げ、デフォーの古典的ジャンルへの取り組みについて考えてみたい。

Ⅱ

　ギルバート・ハイエット (Gilbert Highet) は諷刺文学の系譜を大きく2つに分けている。ホラティウスやユウェナリウスに代表される諷刺詩と、メニッポスやルキアノスに代表される韻文混じりの散文作品の2つがそれである。本章で取り上げるデフォーの『コンソリデイター』に最も関連が深いのはルキアノスの作品群であり、ハイエットはルキアノスについて以下のように記している。

From the second century A.D. there survives the work of one

philosophical satirist writing in Greek prose. He was born in Syria about A.D. 125, and his name is Lucian. His tone is one of amused disillusionment. 'Lord!' he says, 'what fools these mortals be!'—but there is more gentleness in his voice and kindness in his heart than we feel in his Roman predecessors. (301, emphasis added)[4]

ルキアノスは西暦125年頃にシリアで生まれており、彼の特徴は人々の滑稽な愚行を暴くことにあった。「ああ、人々は何と愚かなのか」という、「世の愚かさに対する幻滅を滑稽に描くという語り口」をルキアノスは用いたとハイエットは述べている。

　ルキアノスの手になる架空旅行譚の代表作として、よく取り上げられるのは『イカロメニッポス』である。この作品はルキアノスが最も得意とした対話体で語られており、話し手の1人として、このジャンルの先駆者であるメニッポスを据えている。『イカロメニッポス』は、主人公メニッポスが、禿鷹と鷲の翼を身につけて、月やオリンポスへ行き、様々な経験をするという作品であるが、このように別世界を持ち出すのは、そこで経験した珍しい話を読者に伝えるためではない。別世界からの視点という新たな切り口を用いることで、現実世界を見つめ直し、その愚かな実態を暴き出すためなのである。

MENIPPUS: Bending down toward earth, I clearly saw the cities, the people and all that they were doing, not only abroad but at home, when they thought they were unobserved…men committing adultery, murdering, conspiring, plundering, forswearing….

(295, emphasis added)[5]

月から地上世界を眺めることができるようになったメニッポスの目に映るのは、人間たちが繰り返す愚かしさのみである。メニッポスが見ているとも知らずに、貴賤を問わず、人々が行っているのは「姦通、殺人、陰謀、略奪、

偽証」だけなのだ。

　作者ルキアノスは、地上世界の無秩序ぶりを、勝手気ままに演じられる舞台に喩え、その対比を登場人物として設定されたメニッポスに語らせている。

　　　MENIPPUS: It is as if one should <u>put on the stage a company</u>, or I should say a number of companies, and then should <u>order each singer to abandon harmony</u> and <u>sing a tune of his own</u>; with each one full of emulation and carrying his own tune and striving to outdo his neighbour in loudness of voice, what, in the name of Heaven, <u>do you suppose the song would be like</u>?
　　　FRIEND: <u>Utterly ridiculous</u>, Menippus, and <u>all confused</u>.
　　　MENIPPUS: Well, my friend, such is the part that all earth's singers play, and such is the discord that makes up the life of men. Not only do they <u>sing different tunes</u>, but they <u>are unlike in costume</u> and <u>move at cross-purposes in the dance</u> and agree in nothing....

　　　　　　　　　　　　　　　　　　　　　　(298-9, emphasis added)

「舞台に多くの歌手を一度に立たせ」、それぞれの歌手に好きなように歌わせたとしたら、全体として「その歌はどの様なものになると思うかい」とルキアノスは対話相手に問う。友人は「全く馬鹿げた、混乱の極み」ということになるねと返している。このように、愚かな行ないを繰り返す人間たちを、勝手に別々の衣装をつけ、周りに負けじと大声を出し、それぞれ勝手に歌う俳優たちの姿になぞらえているのは、秀逸な喩えである。

　月世界への旅が含まれている『イカロメニッポス』や『本当の話』などの、ルキアノスの作品群は、ラブレー『ガルガンチュア物語』、シラノ・ド・ベルジュラック『月世界旅行』、スウィフト『ガリヴァー旅行記』などからなる、一連の架空旅行譚の原点に位置する作品といえる。デフォーの『コンソリデイター』もこの系譜に属しているのであり、以下では、この作品が持つ独特

な側面、つまり、架空旅行譚の系譜を踏み抜いたともいえる側面に焦点を当ててみたい。

Ⅲ

『コンソリデイター』の冒頭で、デフォーは様々の事例を挙げつつ、ヨーロッパに比べ、中国がいかに優れているかを詳細に説明していく。そして、中国の優位は、実は月世界との交流によってもたらされたのであると続け、架空旅行譚の方へ話を展開していく。最初は現実世界について語り、その後で、月世界という虚構世界の話に入っていくという、事実からフィクションへと進むスタイルは、デフォーが好んだ語り口であり、旅行譚を全くの空想譚として語るルキアノスとは趣を異にしている。ルキアノスの方は、自分の旅行譚はまったく架空の話であると読者に念押しするとともに、「作り話を書きながら、それを見破られないであろうと著者たちが考えているのは実に驚くべきことである」[6]と述べて、架空旅行譚を書いた作家たちを揶揄しているのである。

まず、題名ともなっている、コンソリデイターという乗り物についての説明を見てみよう。

> But above all his [a lunarian naturalist's] inventions for making this voyage (to the moon), I saw none more pleasant or profitable than a certain engine formed in the shape of a chariot, on the backs of two vast bodies with extended wings, which spread about fifty yards in breadth, composed of feathers so nicely put together that no air could pass; and as the bodies were made of lunar earth, which would bear the fire, the cavities were filled with an ambient flame, which fed on a certain spirit, deposited in a proper quantity to last out the voyage.... These engines are called...in English a Consolidator.　　　(229-30, emphasis added)[7]

コンソリデイター（Consolidator）とは、動力となる内燃機関の熱に耐えら

れるよう、月世界の素材を用いた本体に、特別の「羽」（feathers）を集め
て造られた二つの「翼」（wings）を持つ乗り物であり、これによって月世
界旅行が可能になるとされている。禿鷹と鷲の翼をつけるだけというルキア
ノスの『イカロメニッポス』と比較すると、相当複雑な乗り物となっており、
デフォーが非国教徒アカデミーで、科学教育重視という異色の教育を受けた
ことを想い起こさせるような記述である。

　素晴らしい架空世界と、愚かな現実世界を対比させて、世の愚行を諷刺す
るというのが架空旅行譚の常套手段なのであるが、デフォーはこの作品にお
いて、月世界旅行に用いる乗り物を精緻なものにすることで、乗り物自体を
政治諷刺の道具とするという、これまでにない独創性を発揮している。この
乗り物の、「羽根」（feather）、羽根が集まった「二つの翼」（the wings）、元々
その羽根が生えてくる「Collective という名をもつ、この巨大な鳥」（this
great bird, called the Collective）はそれぞれ特定の意味を有している。

　「月世界のあらゆる地区から王の命により集められ」、「選ぶ際に失敗は許
されない」と説明されている「羽根」が表しているものは議員であり、そし
て、それらの羽根が集まることにより、「二つの巨大な翼状のもの」、すなわ
ち、「二大政党」が形作られている。

　それでは 3 番目の「巨大な鳥」は何を意味しているのだろうか。


　　　Authors differ concerning <u>the original of these feathers</u>, and by what
　　most exact hand they were first appointed to this particular use; and as
　　their original is hard to be found, so it seems a difficulty to resolve from
　　what sort of bird these feathers are obtained: <u>some have named one,</u>
　　<u>some another</u>; but the most learned in those climates call it by a hard
　　word … a <u>Collective</u> ….　　　　　　　　　　　（235-6, emphasis added）


語り手は、議員を表す「羽根」の起源に関しては、意見が分かれていると述
べている。「ある見解をとる者もいれば、別の見解をとる者もいる」という
説明は、議員が行使する権能は国王より与えられたものであるとするトー

リー派の解釈と、議員にそのような権能を与える力は、もともと国民の信託によって生じたものであるとするホイッグ派の解釈という、両派の対立を指しているのである（英国のトーリー派とホイッグ派の対立については、第13章第Ⅱ節を参照）。そして語り手の背後にいる作者デフォーは、国民が有する「自然権の力と、王に対する国民の優位」（'the power and superiority of natural right' 300）を主張する側を支持している。

　このように、デフォーは本格的な政治諷刺を始める前に、なかなか興味深い設定をしている。要約すると、「まとめあげるもの」という意味を持つ「コンソリデイター」は議会を、一本一本の「羽根」は議員一人一人を、「二つの翼」は二大政党を、羽根が生えてくる「源となる巨大な鳥」は国民全体を、それぞれ表しているのである。

　以上のことを踏まえると、コンソリデイターとその乗り手たちの話は、歴代の王たちが議会を如何に御してきたかという歴史とパラレルな関係にあることがわかる。

> It [voyage to the moon] would be very ill done if… they [people] should send weak, decayed, or half-grown feathers, and yet sometimes it happens so; and once there were such rotten feathers collected, whether it was a bad year for feathers, or whether the people that gathered them had a mind to abuse their king; but the feathers were so bad, the engine [the flying machine] was good for nothing, but broke before it was got half way; and, by a double misfortune, this happened to be at an unlucky time, when the king himself had resolved on a voyage or flight to the moon; but being deceived by the unhappy miscarriage of the deficient feathers, he fell down from so great a height, that he struck himself against his own palace and beat his head off.　　　(231, emphasis added)

上のエピソードによって語られているのはピューリタン革命である。チャールズ１世の専制に抗して1642年に内乱が勃発、クロムウェルらの率いる清教

徒を中心とする議会軍が王軍を破り、1649年王を処刑して共和制を樹立した大事件が、喩え話として語られている。「傷んでいた羽根」というのがピューリタン派の議員を指し、「月に向かう途中で壊れてしまった乗り物コンソリデイター」が、ピューリタンの影響下にあった議会を指している。そして、コンソリデイターが故障したため、「月へ向かう途上にあった国王が真っ逆様に落ちて首を折ってしまった」というのは、王の処刑を表しているのである。

　また、デフォーがトーリーの奉じる絶対王政を非難するだけでなく、ホイッグが重視する議会に対しても批判を行い、そのあり方について警鐘を鳴らしていることは極めて興味深い。傑出したジャーナリストでもあったデフォーは、議会を理想化し、単なる礼賛の対象とすることは決してなかったのである。

> It is true some of those quills are <u>exceeding empty</u> and dry; and the humid being totally exhaled, those feathers grow <u>very useless</u> and insignificant in a short time. Some again are so full of wind, and puffed up with the vapour of the climate, that there is not humid enough to condense the steam; and these are <u>so fleet, so light, and so continually fluttering and troublesome</u>, that they greatly serve to disturb and keep the motion unsteady. Others, either placed too near the inward concealed fire, or the head of the quill being thin, the fire causes <u>too great a fermentation</u> and the consequence of this is so fatal, that sometimes it mounts the engine [the flying machine] up too fast, and <u>endangers precipitation</u> ....
> (236-7, emphasis added)

語り手は「議員」を表している「羽根」に対し、強い不信感を抱いており、「欠陥だらけの羽根」というイメージにより、当時の議員たちの無能ぶりが徹底的に糾弾されている。「中身が空っぽな」「役立たずの羽根」（＝無能）、「右に左に揺れ動く軽すぎる羽根」（＝日和見）、乗り物である「コンソリデ

イター自体の墜落」を引き起こしかねない「腐敗してしまった羽根」などが
槍玉に挙げられている。そして、英国に最も害をなす議員は最後のタイプで
あると非難するとともに、少し後の箇所で、彼らを「国教会高教会派の羽根」
（'high-flying feathers' 238）と呼ぶことによって、デフォーは国教会高教会
派が英国を破滅に追い込む元凶であると批判しているのである。

Ⅳ

　この作品において注目すべきいま１つの点は、月世界上に当時の英国社会
をほぼそのまま再現したことであろう。非国教徒・ホイッグ側に立つデ
フォーは、彼独自の視点から、チャールズ１世時代からスペイン継承戦争に
至るまでの英国史を描き出す。そして、デフォーが最も力を入れたのは、名
誉革命時における、彼と敵対する側にある、国教会の裏切りや策謀を抉り出
すことであった。

　まず当時の状況を簡単に説明しておきたい。チャールズ２世が亡くなる
と、弟ジェームズ２世が王位に就くことになった。彼は兄と違い公然とカト
リック教を信奉していたが、王子がいなかったため、反カトリックで一致し
ていた英国議会も新王ジェームズを承認した。次の後継者は王の娘で、オラ
ンダ総督オレンジ公ウィリアムの妃である、新教徒のメアリーになるはず
だったからである。しかしジェームズは、議会や国民の期待を裏切る行動を
次々と続けた。まずチャールズ２世の庶子である新教徒モンマス公の反乱に
対し、非常に過酷な弾圧を加えた。また、カトリック教の復活を目論み、信
仰自由令を出すことで、非国教徒と結んで国教主義の転覆を謀るという計画
を立てた（実際は非国教徒の反発を招いただけだった）。さらに、再婚相手
メアリー・オブ・モデナとの間に王子が生まれた結果、後継者と目されてい
た新教徒のメアリーが次の王位に就くことが絶望的となってしまった。名誉
革命勃発直前の状況は、以上のようなものだったのである。

　作者デフォーは、非国教徒・ホイッグ（作中では Crolian）の側に立って
おり、敵対勢力である、国教徒・トーリー（Solunarian）の行動は次のよう
に厳しく批判されている。国教会・トーリーが信奉する「国王への絶対服従」

*181*

（non-resistance doctrine）は単なる御題目に過ぎず、実際に行った彼らの行動は自己欺瞞に満ちているのだ。信教自由令の後、ジェームズ２世を見限った彼らは、表面上は国王に服従しているように見せかけつつ、背後では悪辣な策を張り巡らしていたのだと語り手は述べる。

> The Solunarian [Anglican] clergy had carried on their <u>non-resistance doctrine</u> to such extremities, and had given this new prince [James II] such unusual demonstrations of it, that he fell absolutely into the snare, and entirely believed them…. Not that they [Anglicans] were blind, and did not see what their prince [James II] was doing, but that <u>the black design was so deeply laid, they found it was the only way to ruin him</u>, to push him upon the highest extremes, and then they should have their turn served. (293-4, emphasis added)

国教会の聖職者たちは、まずは「国王への絶対服従」という教義を徹底的に推し進めたふりをし、国王の無茶な要求を悉く飲むことによって信頼を得、その後、国王のほしいままにさせることにより、王の自滅を誘うというのが国教徒の巧妙極まりない「悪辣な遣り口」なのだと語り手は述べている。
　さらに、国教会派は「カトリック教徒に成り済ました密偵」（a feigned convert）をジェームズ２世の身辺に送り込むという手練手管さえみせたと語り手は続ける。

> It was therefore a masterpiece of policy in the Solunarian churchmen to place <u>a feigned convert</u> near their prince, who should always bias him with contrary advice, puff him up with vast prospect of success, prompt him to all extremes, and always fool him with the certainty of bringing things to pass his own way. (303, emphasis added)

国教会は「国王への絶対服従」を常々口にしながら、実際には水面下で

ジェームズ2世の娘婿であるオランダのオレンジ公と連絡を取り合っていた。そして、最後には、国王に気取られないように、英国にオランダの軍隊を招き入れるという謀略をもってジェームズ2世を追い出してしまったのである[8]。

このような裏切りを平然と行った国教徒たちは、ピューリタン革命時の清教徒たちの行動を非難することなどそもそもできないはずである。しかしながら、彼らは自分たちが全く守らなかった「国王への絶対服従」という言葉を非国教徒に向け、我々は反乱者・裏切り者であると非難し続けている。つまり、国教徒たちは自己欺瞞の極みに陥っているのだと、作者デフォーは語り手を通じ、反対派を厳しく攻撃している[9]。

上述したように、作品の後半部では、ピューリタン革命からスペイン継承戦争に至る、国教徒と非国教徒の確執が月世界の出来事として描かれている。その中で最も異彩を放っているのは、非国教徒に現実的な処方箋を示しつつ徹底抗戦を勧めている箇所であろう。長きにわたり迫害され侮辱されてきた非国教徒は、今こそ立ち上がるべき段階を迎えていると語り手は述べる。月世界の非国教徒（Crolian）たちは、迫害を続ける国教徒（Solunarian）に対抗する方策を講ずるため、月の哲人（the lunarian philospher）に相談を持ちかける。法を犯さず平和裡にクロリアンの安全を確保する手立てを講じられるのは彼だけだからである。

人々が相談したところ、月の哲人は 'unite' という一言だけを告げる。その後、何度も彼に教えを乞うた結果、彼らはやっと具体的方策を、月の哲人から示してもらうことになる。おそらく作者デフォーは、この月の哲人の第1候補として自分自身を想定しているのであり、このエピソードには、非国教徒の知恵袋になりたいというデフォーの願望が投影されているのであろう。

そして月の哲人の示した方策は次のようなものであった。まず、分裂し閥をなしている非国教徒の一本化を図る。勇気と寛大さを持って共通の目的のために一つに纏まることが前提となる。次に、経済活動の大半をコントロールしているという非国教徒の利点を活かさなければならない。具体的には、

第1に、非国教徒以外のものとは取引をしないことである。売買、流通、雇用などのあらゆる面で国教徒を閉め出すことにより、国教徒は激減し、その力を失い、非国教徒の数は急増することになるであろう。

第2に、金融面においても攻勢をかける。非国教徒はイングランド銀行より預金をすべて引き出し、彼らの内部だけで通用する別の金融システムを創り出すことにする。これによって国教徒は大打撃を受けることになる。第3に、勅許を受けている大貿易会社（東インド会社等）を自分たちの支配下に置くことである。そのためには、悪評を流して株価を暴落させ、株を安値で買い占めることで貿易会社を手中に収めればいいであろう。このように悪辣な術策を紹介すると同時に、非道な株価操作は元々国教徒が始めたものであることを、語り手を通して、デフォーは抜かりなく指摘している。

月世界においてクロリアンが生き延びられたのは、上述の方策を彼らが着実に実行したからであるとデフォーは語っている。それでは、合わせ鏡となっている、英国における非国教徒（Crolian）と国教徒（Solunarian）の関係はどうなのだろうか。彼の分析によれば、今のところ国教徒も非国教徒も一枚岩ではなく分裂をしているが、実は先に結束をした側だけが生き残れるという瀬戸際に両者とも立っている。

デフォーが最も伝えたいと願っているメッセージは次の一節に込められている。

> What blindness, said I to myself, has possessed the dissenters in our unhappy country of England.... If the dissenters had been united in interest, affection, and management among themselves...the nation, though there had been two opinions, had retained but one interest, been joined in affection and peace at home, been raised up to that degree that all wise men wish, as it is now among the inhabitants of the world in the moon.
>
> (367, emphasis added)

語り手は「我々の不幸な祖国イングランドに住む非国教徒は、何と酷い盲目

状態にあるのだろうか」と嘆き、「月世界の住民がそうであるように」、非国教徒は意見を一致させ、助け合うべきであると語る。今こそ過去のわだかまりを捨て、派内の対立を解消し、非国教徒は英国全体のために大同団結すべき時なのである。

　卓抜なジャーナリストでもあったデフォーの関心は、同時代に一心に向けられている。架空世界で得た新たな視点から、現実世界を眺めることによって、人間の愚かさや矮小さを諷刺することが、架空旅行譚というジャンルの王道なのであるが、デフォーの『コンソリデイター』がもつ独自性は、そうした伝統的ジャンルを踏み抜いているところにある。本来なら人間一般の愚かさを諷刺するジャンルである古い革袋に、先鋭な時事問題という新しい酒を盛ろうとしたデフォーの新機軸が、『コンソリデイター』に独自性を与えているのである。

## 注

1 ）Pat Rogers, *The Eighteenth Century* (Methuen, 1978), 7.

2 ）Ibid., 15.

3 ）Gilbert Highet, *The Classical Tradition : Greek and Roman Influences on Western Literature* (Oxford, 1949), 341.

4 ）Ibid., 301.

5 ）Lucian, *Icaromenippus, or the Sky-man* in *Lucian II* (The Loeb Classical Library, 1915), 295. 英文引用は上記の文献に拠り，引用文最後の丸括弧内に頁数を記す．以下同様.

6 ）Lucian, *A True Story* in *Lucian I* (The Loeb Classical Library, 1913), 251.

7 ）Daniel Defoe, *The Consolidator* in *The Novels and Miscellaneous Works of Daniel Defoe* (Oxford, 1841), Vol. IX, 229-30. 英文引用は上記の文献に拠り，引用文最後の丸括弧内に頁数を記す．以下同様.

8 ）Ibid., 308.

9 ）Ibid., 314-6.

# 第13章　デフォーが駆使した手法(1)

## I

　『ロビンソン・クルーソー』は長きにわたり親しまれてきたものの、その著者であるダニエル・デフォーは十分に理解されているとは言い難い。文学批評家に限っても、相当偏ったデフォー観を抱いているケースが散見される。例えば、マルクス主義的な観点から、英国小説の歴史を概観したウォルター・アレンは、『英国小説』(*The English Novel*) の中で、デフォーについて、次のように述べている。「18世紀の最初の10年が過ぎ、芸術や文学理論に関心をもたない人、そして、紳士ではなく日用品を扱う人の手によって、小説が登場することになったのであった」[1]。

　ミドルクラスの代弁者として、デフォーを捉える見方が根強いこともあり、デフォーは、論じるに足るような手法をまだ備えていない、小説黎明期の作家に過ぎないと見なす研究者もいる。しかしながら、小説を書き始める以前に、デフォーは独自の手法を既に身に付けていたと考えるのが妥当であろう。50代の終わりに書き上げた『ロビンソン・クルーソー』に始まる、一連の小説を創り出す前に、デフォーは何十年も文筆活動を続けていた。彼は、ジャーナリスト、パンフレット作家、歴史作家として、膨大な量の作品を、『ロビンソン・クルーソー』以前に執筆しているのである。

　本章では、当時の政治問題や宗教問題をテーマにした、彼の小冊子を取り上げ、デフォーがその中で用いている、独自の手法について考察する。ただ、本章で取り上げる小冊子は、デフォーの小説のように、一般に流布しているものではないので、小冊子を理解する上で必要な歴史的事情や、小冊子の主な内容についても、順次紹介して行くことにしたい。まず、デフォーの小冊子中で、最も有名な、『非国教徒捷径』(*The Shortest Way with the Dissenters,*

1702）が出版されることになった、当時の状況を説明しよう。本書の第3章でも、この小冊子が出版されるに至った経緯が、簡単に紹介されているが、デフォーが本冊子で用いた、独自の手法をよりよく理解できるように、以下の説明はかなり詳細なものとなっている。

## II

デフォーの活躍した18世紀初頭は、まさに、宗派・党派の激烈な争いの時代であった。チャールズ1世の処刑にまで及んだピューリタン革命は1660年に挫折し、チャールズ2世による王政復古が実現したものの、革命による流血の記憶は未だ生々しかった。イングランド国内では、国教会・非国教会・カトリックという各宗派の対立が依然として続いていた。デフォー一家は、国教会が再び主導権を握った王政復古期においても、非国教徒としての信仰を貫いた。それは国教会を中心とするイングランドの秩序から弾き出され、様々な分野で不利益を忍ぶことを意味していた。

聖職者になるために、モートン非国教徒アカデミーで学んだのであったが、デフォーは、長老派の聖職者となる道ではなく、商人となる道を選んだ。商人としてかなりの成功を収めた後、デフォーは政治の世界に関わりを持ち始める。そして、その文筆の才によって、彼は国王ウィリアム3世に目を掛けられるまでになった。そして、オランダ生まれの国王を攻撃した諷刺詩『外国人』（*The Foreigner*, 1700）が出されたのに対し、デフォーは諷刺詩『生粋のイギリス人』（*The True-Born Englishman*, 1701）を出版して、国王を強力に支持し、その大成功が、デフォーに対する、国王の信頼をさらに深めることとなった。

王政復古によって再び主導権を握った国教会は、その地盤をさらに固めるため、1673年に審査令を施行した。この法律の目的は、公職に就く際に、国教会を信奉する旨の宣誓を条件付けることによって、非国教徒やカトリックを公職から締め出すことにあった。しかし、非国教徒に好意的な姿勢をとるウィリアム3世の治下では、非国教徒であっても、便宜的に国教徒に改宗しさえすれば、公職に就くことが可能となっており、これは「便宜信奉」

（Occasional Conformity）と呼ばれていた。しかし、ウィリアム 3 世の死後まもなく、便宜信奉を禁止しようとする法案が1702年に提出され、この法案の是非をめぐって議論が大いに沸騰した。この大論争の只中、デフォーは『非国教徒捷径』を出したのである。デフォーは、この政治小冊子の中で、反対派である国教会高教会派の口調を真似て、彼らの主張を極端に推し進めるという戦略をとった（国教会高教会派は High Church と呼ばれ、教会の権威や儀式を重んずる国教会内の強硬派であった）。

デフォーは、国教会高教会派に成りきり、『非国教徒捷径』の中で、苛烈極まる提案を行った。具体的には、非国教会の秘密集会に出て説教をしたり、また説教を聞いたりした者は、すべて縛り首や奴隷船送りにすべきであると主張した。続けて、このような断固たる処置を講じることが、非国教徒を葬ることになり、その結果、国教会を中心とした、イングランドの安寧と統一がもたらされると主張した。もちろん、非国教徒の徹底的弾圧を主張する『非国教徒捷径』の作品内容が、非国教徒であるデフォーの本心であるはずはない。

しかし、デフォーの諷刺は人々に理解されず、『非国教徒捷径』は文字通りに受け取られ、当初この小冊子は国教会強硬派の喝采を浴びた。だが、しばらくして、本冊子がデフォーによる諷刺であることがわかると、反対派の激怒を招き、その結果、デフォーはニューゲイトに投獄され、晒台に掛けられるという厳罰に処せられることになった。

多少類型的な説明となることを承知の上で整理すると、当時のイングランドは、支持政党、社会階層、信奉する宗派のそれぞれに関して、次の 2 つに分かれていた。政治的には、王権を制限しようとするホイッグ党と、王権の優越を認めるトーリー党が対立していた。経済的な支持基盤からみると、前者は新興ブルジョアジー層を中心とし、後者は貴族・地主・僧侶などの上流階層を中心としていた。宗教的には、前者は非国教徒、後者は国教徒によって支持されていた。そして、デフォーは前者の側に属しているにもかかわらず、後者を語り手に据えて、『非国教徒捷径』に盛り込まれた議論を展開しているのである。

## Ⅲ

　なぜ『非国教徒捷径』の諷刺は人々に理解されなかったのであろうか。以下では、作品内容を具体的に検討してみよう。まず、国教会がピューリタンによって踏みにじられた時代は終わりを告げ、再び国教会の時代が到来したと、語り手は、読者に語り始める（ピューリタンによって踏みにじられた時代とは、護国卿クロムウェルによる共和制の時代を指す）。

> Had not King James the First withheld the full execution of the Laws; had he given them strict Justice, he had clear'd the Nation of them, and the Consequences had been plain; his Son had never been murther'd [sic] by them, nor the Monarchy overwhelm'd; 'twas too much Mercy shewn [sic] them, was the ruin of his Posterity, and the ruin of the Nation's Peace. (118, emphasis added)[2]

「もしジェイムズ1世が、法の完全なる執行（非国教徒の排除）を確実に行っていれば、またジェームズ1世が、彼ら（非国教徒）を国内から一掃していれば、彼の王子（清教徒革命で処刑されたチャールズ1世）は、ピューリタンによって殺害されることはなかっただろう」と語り手は述べる。「彼らに慈悲を与えたことが、子息たるチャールズ1世の破滅を招き、そして英国の平和を破壊したのだ」と語り手は続け、今までの処置は余りに手ぬるすぎたと述べて、英国の現状を批判している[3]。

　そして語り手は、今こそ非国教徒に対し、次のような行動を起こすべきだと述べる。

> Providence and the Church of England seem to join in this particular that now the Destroyers of the Nation's Peace may be overturned, and to this end, the present opportunity seems to put into our hands.
> 　To this end her present Majesty seems reserved to enjoy the Crown,

that the Ecclesiastic as well as Civil Rights of the Nation may be restored by her hand.　　　　　　　　　　　　（130-1, emphasis added）

「英国の安寧を乱すもの（非国教徒）を打倒するという、この眼目に、英国国教会も、天の摂理も集おうとしているのだ」と語り手は述べ、国教会を支持するアン女王が即位しておられる今こそ、市民権とともに、英国国教会を、真の意味で取り戻すべき時なのだと、語り手は続ける。
　そして、最後に語り手が唱えるのは、非国教徒への徹底的弾圧である。

*And may God Almighty put it into the Hearts of all the Friends of Truth,* *to lift up a Standard against Pride and Antichrist, that the Posterity of* *the Sons of Error may be rooted out from the face of this land for ever.*
　　　　　　　　　　　　　　　　　　　　　（133, emphasis added）

本作品の最後のパラグラフは、イタリック体で強調されており、その内容も以下のように過激なものとなっている。「罪人たち（非国教徒）が子々孫々に至るまで、永遠に英国の地から根絶やしにされるよう」、全能なる神が、真理の友である人々（国教徒）の心に、「傲慢と偽キリスト（非国教徒）」を撃破するための「軍旗を打ち立てること」を、心から祈願するものであると、語り手は締め括っている。

## IV

　この『非国教徒捷径』に見られる特徴の１つは、イメジャリーが駆使されていることである。まず、非国教徒は「旧貨幣」（the Old-Money）に喩えられ、「ホイッグ主義、党派心、宗教の分派を旧貨幣のように溶かしてしまわなければ」（'the spirit of Whiggism, Faction, and Schism is melted down like the Old Money,' 123, emphasis added）、真の統一と平安は得られないと、語り手は説明する。
　次に、非国教徒は「雑草」（Weed）に喩えられる。「国教会の平安を悩ま

し、良き穀物を毒してきた、異端の反乱分子である雑草を、今こそ引き抜いてしまうときである」（'This is the time to pull up this heretical Weed of Sedition, that has so long disturbed the Peace of the Church, and poisoned the good Corn', 125, emphasis added）と、語り手は扇動する。

　さらに、喩えはひどくなり、最後には、非国教徒は「蛇」（Snake）や「蟇蛙」（Toad）にまで貶められてしまう。

　　　I answer 'Tis Cruelty to kill a Snake or a Toad in cold Blood, but the Poison of their Nature makes it a Charity to our Neighbours, to destroy those Creatures, not for any personal Injury received, but for prevention; not for the Evil they have done, but the Evil they may do.

（126, emphasis added）

確かに「蛇や蟇蛙を冷酷に殺してしまうことは惨いこと」であると、語り手は一旦は譲歩する。しかし、「一個人がこれらの生き物から受ける害悪を避けるためではなく、一般的予防のために」、また、「これらが実際になした害悪ではなく、蛇や蟇蛙がもたらすかもしれない害悪」を避けるために、これらの動物を殺してしまうことは、「隣人への慈愛」となるのであると、語り手は説明する。

　このように非国教徒を人間以外のものになぞらえることは、語り手が要求している過酷な措置や非人間的行為の実態を、隠蔽する働きをしていると言えるだろう。具体的に記憶に残るイメージは、人間に対するものでなく、旧貨幣や雑草や有害な生き物に対するものとなり、実際に実施されれば、非常に過酷で非人間的な措置となるにもかかわらず、そのような印象を弱めるという効果を生み出しているのである。

V

　次に紹介される、旧約聖書の故事も、同じ効果を発揮していると言えるだろう。モーセは実に温厚な人物ではあったが、偶像崇拝（Idolatry）に堕し

ていた、33000人のイスラエル人に対しては、彼らの喉笛をかき切るという、果断な措置を取ったと、語り手は説明する[4]。このように、聖人モーセによる先例を挙げることによって、国教会を守るという、イングランド全体の大義を成し遂げるためには、たとえ非寛容な処置に見えようとも、今こそ異端者である非国教徒に、断固たる処置を取るべきであるという過激な主張を、語り手は読者に抵抗無く、受け入れさせようとしているのである。

　また語り手は、非国教徒が触れられたくない点である、便宜信奉について、次のように非国教徒を皮肉っている。


　　It is vain to trifle in this matter [Occasional Conformity]! The light foolish handling of them by mulcts, fines, & c.; 'tis their glory and their advantage! If the Gallows instead of the Counter, and the galleys instead of the fines; were the reward of going to a conventicle, to preach or hear, there would not be so many sufferers! The spirit of martyrdom is over! They that will go to church to be chosen Sheriffs and Mayors, would go to forty churches, rather than be hanged!

　　　　　　　　　　　　　　　　　　　(127-8, emphasis added)[5]


「便宜信奉の問題をいい加減に扱っても無駄」であり、「罰金や科料」で済ませるならば、便宜信奉などという姑息な手段によって、地位を得ようとする非国教徒は、益々調子に乗るだけだと、ジャコバイト強硬派に成りきった語り手は、皮肉たっぷりに、非国教徒の世俗派を攻撃している（非国教徒である作者デフォーは、彼が批判する国教徒強硬派を真似ているのである）。

　そして、「非国教徒の秘密礼拝集会」に出ることへの罰を、「縛り首」や「奴隷船送り」にすれば、法を破るような非国教徒は少数になるであろうと、語り手は続ける。さらに、「州長官や市長」の職を得るために、非国教徒の信仰を裏切り、「非国教徒の教会」（chapel）ではなく、「国教徒の教会」（church）に行くような輩は、縛り首だと言われれば、「40もの国教徒の教会」へ通うだろうと、語り手は断言している。

このように、非国教徒を激しく攻撃非難し、彼らに対する報復や過酷な措置を提案した、『非国教徒捷径』を手に取った読者は、この政治小冊子の作者は国教徒強硬派に違いないと考えた。つまり、この小冊子が出版された当初は、『非国教徒捷径』はアイロニカルな諷刺としてではなく、文字通りの主張として受け取られたのであった。出版直後に、『非国教徒捷径』を手にした読者が、上述のように反応したのも無理はなかった。というのも、この小冊子がアイロニカルな諷刺であるとわかるためには、当時の読み手が、初読の際には知らなかった事実、すなわち、小冊子の作者が非国教徒のデフォーであるという事実を知ることが必要だったからである[6]。

Ⅵ

　ある作品をより深く理解するために、その作品と同種の作品を取り上げ、両者を比較するという試みがしばしば行われてきた。以下では、『非国教徒捷径』におけるアイロニーの問題を掘り下げるため、スウィフトの『控えめな提案』(*A Modest Proposal*, 1729) を、その比較対象として選びたい。まず、『控えめな提案』の内容を十分理解するために、この政治小冊子が出版された、当時の背景や、その内容をざっと説明しておく必要があるだろう。

　当時、アイルランドはイングランドの搾取に苦しみ、荒廃していた。何千という餓死者が出て、病気となる者は数知れなかった。スウィフトは、このようなアイルランドの現状を改善する、様々な方策を提案するため、多くの小冊子を出し続けていた。しかし、実効があったのは、一連の『ドレイピア書簡』(1724-5) だけであり（本作品を出版することで、アイルランドに対するイングランドの悪貨政策を撤回させるのに成功している）、他の提案は全く取り上げられず、アイルランドの現状は暗澹たるままであった。

　そして1729年、スウィフトは『控えめな提案』を出す。まず本冊子は、ダブリン市で物乞いをしている、子供を連れた女乞食の群れを描写することから始まる。そして、貧しい中で何とか子供たちが成長しても、彼らには仕事がなく、泥棒になるか、祖国アイルランドを出ていくしかない、という現状が説明される。次に、語り手は、この子供たちを活用する方策を提案したい

第13章　デフォーが駆使した手法(1)

と続ける。そして、アイルランドの総人口、出産が可能な夫婦の数、幼児を
扶養できる夫婦の数、扶養不可能な幼児の総数などが、まるで人口問題を論
ずるかのように挙げられた後、語り手の提案の中身が紹介される。

　以下の引用は、スウィフトの小冊子の中で、最もよく知られた箇所である。

　　　I have been assured by a very knowing American of my acquaintance
　　in London, that a young healthy child well nursed is at a year old a most
　　delicious, nourishing, and wholesome food, whether stewed, roasted,
　　baked, or boiled; and I make no doubt that it will equally serve in a
　　fricassee or a ragout.　　　　　　　　　　(493-4, emphasis added)[7]

読み手に信頼感を抱かせる、理路整然とした語り口で始まった『控えめな提
案』は、ここから一転して、子供を食用にするという正気を疑わせる提案へ
と移ってゆく。シチュー、ロースト、こんがり焼く、ボイルといった、どの
ような調理法であれ、「きちんと育てられた健康な子供は、一歳の頃が最も
美味しく、栄養たっぷりで、健康によい食べ物」となるという話を、物知り
のアメリカ人から聞かされたと、語り手は述べ、また、独自の工夫として、
「ラグー」や「フリカッセ」にしても、美味しく食べられるのではないかと
付け加えている。

　さらに語り手は、冒頭の冷静な調子をまったく崩さず、引き続き様々な数
字を挙げて、この恐るべき提案は、実現可能なものなのだと語る。

　　　A child will make two dishes at an entertainment for friends; and when
　　the family dines alone, the fore or hind quarter will make a reasonable
　　dish, and seasoned with a little pepper or salt will be very good boiled on
　　the fourth day, especially in winter.... Those who are more thrifty (as I
　　must confess the times require) may flay the carcass; the skin of which
　　artificially dressed will make admirable gloves for ladies, and summer
　　boots for fine gentlemen.　　　　　　　　(494-5, emphasis added)

*195*

語り手は具体的数字を挙げつつ、友人にご馳走するときは、1人の子供から「2皿の料理」を作れるだろうし、家族内で食べるときは「前半分と後ろ半分」でも中々の料理となるだろうと述べ、少々塩コショウしたものを、「4日目に」ボイルすると美味であると続け、具体的な食事法について、淡々と解説する。さらりと語っている「前半分と後ろ半分」が具体的に意味しているものが、子供の頭部と両手、そして臀部と両足であることに気づき、読者は戦慄を感じざるを得ない。

　そして、さらに追い討ちを掛けるように、死体の皮膚の利用法にまで、語り手の話は進んでいく。丸括弧を使って「今のようなご時勢では、節約家になることも必要ですね」と、一歩引くような調子で、冷静に情報を付け加えることで、子殺しを勧める提案が、時宜を得たものであるかのような印象を、読者に与えようとしている。

　さらに語り手は、語彙の選択にも気を配っている。死体に使う‘body’ではなく、食肉用の屠殺体を意味する‘carcass’を用いながら、語り手はこれ以上の名案はないといった口調で、食べた後の利用法として「婦人用グローブ」や「紳士用ブーツ」への加工を読者に勧めてさえいるのである。

　英国小説黎明期の同時代人である、デフォーとスウィフトの比較考察は興味深いものであり、中でもデフォーの『非国教徒捷径』（1702年）と、スウィフトの『控えめな提案』（1729年）を対比する試みは何度か行われている。作者と語り手の間に大きな齟齬が存在するという観点から見ると、語り手が国教徒強硬派に成りすまして、非国教徒への弾圧を語る、デフォーの『非国教徒捷径』と、語り手が最善の策であるかのように、カニバリズムを沈着冷静に勧める、スウィフトの『控えめな提案』の2作品は、同一カテゴリーに属していると言えるだろう。次章では、両作品の比較を詳細に行ったウェイン・C・ブース（Wayne C. Booth）の議論を紹介した後、『非国教徒捷径』と『控えめな提案』との比較を引き続き行っていく[8]。

# 注

1 ) Walter Allen, *The English Novel: A Short Critical History* (Penguin, 1958), 37.

2 ) *The Shakespeare Head Edition of the Novels and Selected Writings of Daniel Defoe* (Oxford, 1927-28), Vol. XIV, 118. 英文引用は上記の文献に拠り，引用文最後の丸括弧内に頁数を記す．以下同様.

3 ) Ibid., Vol. XIV, 118.

4 ) Ibid., 127.

5 ) 織田稔訳『デフォー』（研究社，1971）（英文学ハンドブック，第2期 No. 37)，10.

6 )『非国教徒捷径』のみからアイロニーを読み取れると考える論者もいる. Maximillian E. Novak, "Defoe's Shortest Way with the Dissenters; Hoax, Parody, Paradox, Fiction, Irony, and Satire," *Modern Language Quarterly* 27 (1966), 402-17.

7 ) Jonathan Swift, *The Oxford Authors: Jonathan Swift* (The Oxford Authors Edition, 1984), 493-4. 引用に出てくる fricassee、ragout というのはともに料理法の名前である.

8 ) 後述する Booth 以外にも，Ross, Zimmerman, Alkon, Boardman らも両者の比較をしている．John F. Ross, *Swift and Defoe; A Study in Relationship* (Norwood Editions, 1974), 81-5; Everett Zimmerman, *Defoe and the Novel* (Los Angeles and Berkeley, 1975), 14-7; Paul K. Alkon, "Defoe's Argument in *The Shortest Way the Dissenters*," *Modern Philology*, 73 (1976), 512-23; Michael M. Boardman, "Defoe's Political Rhetoric and the Problem of Irony." *Tulane Studies in English*, 22 (1977), 87-102.

# 第14章　デフォーが駆使した手法⑵

## I

　前章で述べたように、作者と語り手の間に大きな齟齬が存在するという観点から見ると、デフォーの『非国教徒捷径』と、スウィフトの『控えめな提案』の２作品は、同一カテゴリーに属していると言えるだろう。しかし、『非国教徒捷径』の場合は、アイロニカルな政治諷刺であることが、周りに理解されなかったのに対し、『控えめな提案』の方は、アイロニーを伴う政治諷刺であることが、読者にはっきりと理解された。つまり、アイロニーの有効性という観点から見ると、２作品には大きな違いがあり、その点を中心に２作品は何度か比較されてきた。

　まずは、ウェイン・C・ブース（Wayne C. Booth）の興味深い説明を取り上げたい。

　　　デフォーはリアルな語り手を創り出しているので、当時の読者は何の疑いも感じずに『非国教徒捷径』を読み進んだであろう。語り手の展開する議論は、狂信的トーリー主義者が持ち出してもおかしくないようなものばかりである。非国教徒を根絶やしにすることが真の意味の慈悲（Charity）であるとの結論も、狂信家のレトリックとしては別段不思議ではない。

　　　諷刺であることがはっきりとわかるためには、幼児を食用に用いるというスウィフトの議論と同じく、『非国教徒捷径』の場合も、読者を憤慨させるようなグロテスクな議論であるべきだったのである。

　　　作者の真の立場を明らかにする箇所が『非国教徒捷径』には存在していない。『控えめな提案』においては、次のように、スウィフトの本当

に主張したいことがイタリック体で半ページにもわたって列挙されている。「これ以外の方策（other Expedients）など私に話さないでもらいたい。即ち、不在地主には1ポンドにつき5シリング課税しろとか、衣服や家具の使用は国産品に限れとか」いう方策のことである。しかし、『非国教徒捷径』においては、このような箇所はない。もし、無警戒にこの『非国教徒捷径』を読むならば、全頁に見られるトーンの一貫性と真剣な調子のため、読者は容易にデフォーの同時代人と同じ読み誤りをするであろう。

　また、興味深い点は、リアリスティックな一貫性（realistic consistency）という観点のみからいえば、デフォーの手法の方が優れたものといえることである。つまり tone や distance という抽象的な基準からいえば、『非国教徒捷径』の方が優れているといえる。そして、この点は小説の先駆けとしては、より大事な観点であろう。しかし、全体として作者の意図がどのように明瞭に表現されたかという観点からすれば、一貫性や諷刺の力を進んで犠牲にした、というまさにその点において、逆に、『控えめな提案』の方が優れているといえるのである。

（下線部筆者）[1]

以上のようなブースの説明は、一定の説得力をもっているが、全面的に賛同することはできないであろう。以下では、ブースの解釈に難があることを、2作品に即して、詳しく検討していく。

　確かに、ブースの説明するように、アイロニーが明らかになる仕組みが、『控えめな提案』には組み込まれている。イタリック体で書かれた箇所が、スウィフトの力説したい方策であることは、十分に読み取れるし、また、それ以外にも、アイロニーであることを明示している箇所がある。例えば、「この食物はいささか高価である、だから地主向きの食物であることは認める。彼らは既に大勢の親をむさぼり食った実績があるからして、その子供を食う資格も一番あるようだ」（'I grant this food will be somewhat dear, and therefore very proper for landlords, who, as they have already devoured

most of the parents, seem to have the best title to the children' 494）と語っ
ている箇所も、本作品がアイロニーであることを示す仕組みの１つである。
イングランドの不在地主たちは、小作人である、多くのアイルランド人を既
に飢えさせ、彼らを死に追いやっているのであるから、彼らの子供を食用に
することにも、何ら抵抗はないであろうし、またその資格は十分にあるとい
う、語り手の辛辣な言葉を、文字通り受け取る読者はいないからである。

　一方、『非国教徒捷径』の語り手は、『控えめな提案』の語り手と違い、語っ
ている内容だけから、アイロニーが読み取れるようにはなっていない。前章
で取り上げたように、『非国教徒捷径』の語り手は、反対派を縛り首に処す
べきだと読者を煽り、過激な主張を繰り返すものの、その主張は、『控えめ
な提案』におけるカニバリズムのような、完全に異常な主張とは言えないか
らである。それどころか、『非国教徒捷径』における語り口は、狂信的な国
教会強硬派の語り口を、巧妙に真似たものに過ぎず、本作品が出版された当
初は、国教会強硬派から喝采を浴びたほどであった。

　また上述したように、『控えめな提案』においては、作者の真意に当たる
箇所がイタリック体で強調されているが、『非国教徒捷径』においては、こ
れに該当するような仕掛けは盛り込まれていない。つまり、以上の２点から
明らかなように、作者の意図を事前に把握しているというような、特別な事
情がない限り、『非国教徒捷径』を手にした読者が、作者デフォーの主張と、
語り手が展開している主張とが全く異なっていることに気づくことはないの
である。

　上で述べたことを、アイロニーの有無という観点から言い換えると、『非
国教徒捷径』においては、「語り手が述べる表面的な意味と、実際に言いた
いこととの間に大きな齟齬がある」という、「言語上のアイロニー」（verbal
irony）[2]は生じていないことになる。ブースが自らの議論の前提としている
ように、もしデフォーが、スウィフトの『控えめな提案』と同様の作品、つ
まり、最後にはアイロニーであることが明確になる作品を書こうとしていた
のであれば、ブースが言うように、デフォーは『非国教徒捷径』において、
当初の目的を果たすことに失敗したことになる。

*201*

しかし、ブースの前提そのものが的外れであったと判断すべきだろう。言い換えると、デフォーが『非国教徒捷径』で意図していることを、ブースが取り違えていると考えるべきであろう。というのも、ノヴァクが指摘しているように、デフォーは『非国教徒捷径』の10年後に書いた小冊子の中で、『非国教徒捷径』の中でアイロニーは使っていないと説明しているからである。

　　筆者本人（＝デフォー）が、彼の真似た人物である、サシェヴレル（＝国教会強硬派の代表的人物）の説教や書物を、実際に引用すべきだったと言って、筆者を非難する人たちがいる。もし、筆者がそうしていたならば、筆者は彼らの言いたいこと（非国教徒を弾圧すべきだとの国教会強硬派の主張）を、そのまま繰り返しただけであるという釈明（『非国教徒捷径』は国教会強硬派の主張を真似ただけであるという弁明）を、裏付けることになり、筆者の反論が正当なものだと証明できたのにと、彼らは言う。筆者は何故、サシェヴレルの説教や書物を引用しなかったのかと、彼らは非難するが、彼らは的外れなことを言っているのである。もし、筆者がそうしていたら、全ての党派に致命傷を負わせた、この小冊子がもつ刃（Edge）を無くしてしまうことになり、彼らに対し、かすり傷すら負わせることができなかったであろう。この小冊子の狙いは、トーリーの一派に成りすまして、彼らの主張を、彼ら自身の言葉で語ることにより、まずは、彼らにその主張を公に認めさせ、その後で、その同じ主張を、反対派によって仕組まれた中傷であると否定させ、彼らを困惑させることにあったのである。　　　　　　　（下線部筆者）[3]

上述の引用からわかるように、デフォーはそもそも『非国教徒捷径』でアイロニーを用いてはいないのである。逆に、国教徒が小冊子を書いていると相手に思い込ませ、相手を欺くことが、デフォーの本来の目的だったのだ。
　その目的を達するため、まずは、『非国教徒捷径』が、国教会強硬派の人物によって書かれたものであるかのように見せ掛け、次に、強硬派の連中が喝采を送った後で、実は、作者が非国教徒であることを明かそうとしたの

だった。そうすれば、国教徒が狂信的であることや、反対派に対して、非人間的で過酷な措置を取ろうとしていることが自然と暴かれることになる。つまり、デフォーはわざと、『非国教徒捷径』をアイロニカルな諷刺作品にしなかったである。そして、本冊子をめぐる大騒動は、デフォーの当初の目的通りに、推移したと言えるだろう（ただ自身の投獄にまでつながってしまうとは、デフォーは想定していなかったであろう）。

　ブースが述べているように、『非国教徒捷径』においては、アイロニーであることが明確となるような仕掛けは、組み込まれていない。しかし、それは本来の目的を果たすために、組み込まなかったのであり、デフォーがアイロニーを駆使できなかったからではない。その意味では、前述のブースの見方は、デフォー本来の意図を取り違えた的外れなものと言えるだろう。

Ⅱ

　ブースによる、2番目の指摘である、『非国教徒捷径』の方がリアリスティックな一貫性を備えているとの見方についても、詳しい検討が必要であると考えられる。『控えめな提案』の語り手は、最初のうちは理知的で現実的な語り手に見えるが、最後には、誰も承服できないような、荒唐無稽の提案をする、全くリアリスティックでない語り手となってしまい、いわばスウィフトの、単なるマウスピースに成り下がってしまう。一方、『非国教徒捷径』の語り手の方は、狂信的ではあるものの、現実にいそうな国教会強硬派として、現実味を持つ語り手であり続ける。この意味では、確かに、『非国教徒捷径』の方が、一貫性を維持していると言えるであろう。

　しかしながら、語り手の目的という点からすれば、『非国教徒捷径』は一貫しているとは言えない『控えめな提案』は、アイルランドの悲惨な現状を伝え、改善を迫るという、単一の目的で書かれているのに対し、『非国教徒捷径』はそうではないからである。『非国教徒捷径』を丁寧に見ていくと、語り手は、単に1つの目的を追っているのではないことがわかる。結論を先取りしてまとめると、デフォーは次の2つの目的を、同時に達成しようとしている。①語り手が国教会強硬派であると思わせることで、最終的には、国

教会強硬派の非人間性を暴くこと、②公職に就くため、便宜的に国教徒となること（便宜信奉）を選んだ、非国教徒右派も批判すること（デフォーは自派である、非国教徒の一部も批判対象としている）の２つである。

デフォーが設定している、上記の２つの目的のうち、特に２番目の目的を念頭において、『非国教徒捷径』の該当箇所を取り上げたい。なお、デフォーが属する、長老派の重鎮であるジョン・ハウ（John How）について、新たに説明した箇所を除くと、便宜信奉に対するデフォーの考えは、既に前章の第Ｖ節で明らかにしているので、繰り返しを避けるため、本章では出来るだけ簡明な説明で済ませることとする。

『非国教徒捷径』を出版した同時期に、デフォーは同じ非国教徒側である、長老派の指導者ハウと、便宜信奉の是非をめぐって論争をしている。ハウは便宜信奉賛成派であったが、デフォーは便宜信奉によって、非国教徒の結束力は弱くなってしまうと考えており、便宜信奉に真っ向から反対していた。

デフォーは『非国教徒捷径』の中で、反対派である国教徒強硬派の口吻を真似て、ジョン・ハウを諷刺している。

> 　非国教徒側の或る指導者は、彼らの中では最も学識が豊かなのだが『便宜信奉に答える』[4]という小冊子の中で、国教会と非国教会は根本においてそれほど相違はないとの考えを表明している。…（中略）…彼の言うように、両宗派の間に違いが少ないのならばなおさらである。非国教徒に厳しい措置を取れば、誰も絞首刑や奴隷船送りや追放という酷い目に遭おうとするものはいなくなり、問題はすべて解決ということになろう。　　　　　　　　　　　　　　　　　　　　　　（下線部筆者）[5]

「或る指導者」とはジョン・ハウのことを指しており、作者デフォーはハウを皮肉たっぷりに攻撃しているのだが、作者がデフォーであるという予備知識を持たないまま、『非国教徒捷径』を読み進めるならば、題名やその内容から、本作品は、過激な国教徒が書いたものだと考えてしまうであろう。そして、本作品の語り手が狂信的な国教徒であり、非国教徒への厳しい措置を

求めているのだと捉えている限り、デフォーがハウを手酷く批判していることに、読者は気づかない。

しかし、非国教徒のデフォーが国教徒の真似をして、読者を担いでいるのだということがわかった後は、長老派のハウに対する褒め言葉を、文字通り受け取ることはできなくなる。語り手は、長老派のハウを「最も学識が豊か」と褒め称えているが、語り手は「言語上のアイロニー」（本章の第Ⅰ節を参照）を用いて、便宜信奉賛成派のハウを揶揄しているのである。

また、ハウが自身の著作において、「国教会と非国教会は根本において、それほど相違はない」と述べているという、語り手の言葉も、今まさに激論中である両宗派の確執を無視したものであり、この箇所においても、言語上のアイロニーが用いられていることがわかる。このように、国教徒に扮した語り手の背後に立つデフォーは、ハウをアイロニーの標的にしているのである。

デフォーは反対派を担ぎ、結果として、彼らの非人間性を暴くという、第1の目的だけでなく、便宜信奉に賛成する自派を、皮肉たっぷりに批判するという、第2の目的も果たそうとしたのであった。本作品が国教徒によって、大いに支持された後、作者が反対派のデフォーであったことがわかって、国教徒側が激怒したことから明らかなように、第1の目的は首尾よく果たされたと言えるだろう。

そして、第2の目的も同じく見事に果たされている。本作品の背後に位置する作者デフォーは、本来は反対派である、狂信的国教徒強硬派という、架空の語り手に成りきって、非国教徒にとって最も触れられたくない弱点を突いたからである。このように、デフォーは国教徒（特に強硬派）にも、非国教徒（特に便宜信奉に賛成している一派）にも打撃を与えたのであった。本書202頁の引用で挙げた小冊子 *The Present State of the Parties* で、デフォーが述懐しているように、『非国教徒捷径』が「全ての党派に致命傷を与える」ことになったのは、このような2つの目的が達成された結果なのである。

# Ⅲ

　『非国教徒捷径』と『控えめな提案』とを比較し、2つの作品が果たす役割が、それぞれ異なることを論じてきた。これまでの議論をまとめると、以下のようになる。別の作品内で、自らの意図を明示しているように、デフォーの目的は、『非国教徒捷径』をアイロニカルな作品とすることではなく、匿名で出版した本作品を、国教会強硬派によって書かれた作品と誤認させることにあった。反対派に「成りきって語る」[6]（make-believe）という、デフォーが得意とする手法を用いることで、読者を担ぎ欺くことを、デフォーは狙っていたのであった。

　一方、スウィフトの作品は、アイロニーが駆使されていることが明確な作品となっている。いくらアイルランドを救う手立てを欠いているとはいえ、子供を食料にするという提案を、文字通りに受け取る読者はいないからである。このように、『非国教徒捷径』と『控えめな提案』という2つの作品は、それぞれの目指している方向が全く異なっていると言えるだろう。

　イアン・ワットは、デフォーの『非国教徒捷径』は、アイロニーの観点からすれば失敗作であると述べ、デフォーはアイロニーを効果的に駆使することが出来なかったという結論を引き出している[7]。しかし、前述したように、『非国教徒捷径』におけるデフォーの目的は、アイロニーを読者にわからせることではなく、反対に、読者を担ぐことにあったのであり、したがって、この作品だけを取り上げて、デフォーはアイロニーの手法を身につけていなかったと判断するのは妥当ではない。

　実のところ、デフォーはアイロニーを駆使した作品も書いているのであり、以下では、デフォーが再び筆禍事件に巻き込まれる原因となった、政治小冊子として、比較的よく知られた作品である、王位継承問題を取り扱った小冊子を取り扱う。なお、次節以降で取り上げる作品は、既に本書の第8章でも扱っているので、ここではアイロニーの有無に焦点を絞ることとする。また、当時の政治状況についても、同じく第8章で説明しているので、こちらについても記述を最小限にとどめる。

第14章　デフォーが駆使した手法(2)

　まず、これらの小冊子の背景である、王位継承問題について概略を説明しておきたい。アン女王が崩御した後に、カトリック教徒である僭王ジェイムズが王位に就くことは、王位継承法で阻止されるはずであった。しかしながら、当時の状況は予断を許さず、フランスの庇護下にあるジェイムズが次の英国王となる可能性は消えていなかった。デフォーはこの王位継承という当時の大問題に対し、一貫してハノーヴァー家による王位継承を支持していたが、英国内には、名誉革命によって追放されたジェイムズ2世の、息子である僭王ジェイムズを王位につけようとする動きも根強く残っていた。

## Ⅳ

　1713年の2月から4月にかけて，デフォーはひと月ごとに3つの政治小冊子を出した（これら3冊子の詳細については、本書の第8章を参照のこと）。本節では第1冊子『ハノーヴァー家の王位継承に反対する理由』（*Reasons against the Succession of the House of Hanover*, 1713）において、デフォーがアイロニーを駆使していることを明らかにしていきたい。

　アン女王が崩御された後に、選帝侯ジョージではなく、カトリックを奉ずる僭王ジェイムズが王位に就くかもしれないと、不安に駆られていた人々にとって、第1小冊子が掲げる「ハノーヴァー家の王位継承に反対する理由」という題名は、プロテスタントの王を望む人々にとって、衝撃的なものであった。逆に、王位継承法を敵視するジャコバイト派にとっては、自派を勇気づける題名だったのである（上述したようにハノーヴァー公は新教徒であり、僭王はカトリック教徒である）。

　この題名に惹かれて、本冊子を手にした読者は、『ハノーヴァー家の王位継承に反対する理由』という作品は、僭王ジェイムズを支持する一派によって、書かれたものだと考えたであろう。しかし、実のところ、本作品を書いたデフォー自身は、選定侯ジョージを英国に迎えるべきであると考えており、実際、本作品の結論部では、僭王ジェイムズには英国王を継ぐ資格はなく、選帝侯ジョージが英国王となるべきであると断言されているのである[8]。

　作者のことを知らなければ、アイロニーであることに気づかない、『非国

*207*

教徒捷径』（*The Shortest Way with Dissenters*, 1702）と異なり、『ハノー
ヴァー家の王位継承に反対する理由』は、作者についての情報が無くても、
アイロニーであることが明確となる作品である。そして、本作品のどの箇所
で、アイロニーが明らかになるのかという問題については、詳細な研究が未
だ行なわれていないものの、作品の後半部においてアイロニーが明確になっ
ているという点では、研究家の解釈が一致している[9]。以下では、読者が、
語り手の主張をそのまま受け入れる冒頭部分から、アイロニーに確実に気づ
く中間部分までを詳しく見ていく。

　まず、第1冊子の冒頭部分より少し先にある、ハノーヴァー家の王位継承
に反対する、1番目の理由を語り手が述べる箇所を引用する。この箇所で、
読者は、ハノーヴァー家の王位継承に反対する理由を、語り手から聞くこと
になる。

> Further, if *Hanover* should come while we <u>are in such a Condition</u>, we
> shall Ruin him, or he [will ruin] us, that is most certain.... And if the
> People be <u>a weaken'd, divided, and deluded, People</u>, and see not your
> own Safety to lie in your Agreement among yourselves, how shall such
> weak Folk assist him, especially against a strong Enemy; so that <u>it will
> be your Destruction to attempt to bring in the House of *Hanover*, unless
> you can stand by and defend him when he is come</u>....
>
> （168-9, emphasis added）

我々英国民が「このような状態」、つまり、ハノーヴァー家のジョージ擁護
派と、僭王ジェイムズ支持派に二分している状態で、ハノーヴァー家の
ジョージを英国に迎えるならば、「我々も選帝侯ジョージも破滅することに
なるだろう」と、語り手は述べる。さらに、「選帝侯ジョージが英国入りす
る際に、彼に力を貸して、彼を守ることがなければ、ジョージを王位に就け
るという試みは、皆の破滅をもたらすことになるだろう」と語り手は続ける。
　この箇所に至って初めて、語り手の立場が、ある程度は明確になる。作品

*208*

タイトルが、『ハノーヴァー家の王位継承に反対する理由』であることから、この政治小冊子を手に取った読者は、アン女王の異母弟であるジョージ、つまりフランスの後ろ盾を得ている、カトリックの僭王を支持する人物が、この小冊子の作者であると考えるだろう。しかし、この箇所で、選帝侯ジョージが英国入りするのは時期尚早であると、語り手が述べることによって、読者は初めて、語り手が、僭王ジェイムズ支持派ではなく、ハノーヴァー公ジョージ支持派であることに気づくことになる。

　つまり、上述の箇所においては、作品タイトルから読者が期待する内容と、作品内容との間には、大きな齟齬が生じている。しかしながら、この箇所において、アイロニーが生じていると見なすことは妥当ではない。というのも、語り手がジョージ支持派であることを知って、多くの読者が落胆したとしても、語りは題名通り、選帝侯ジョージの英国入りには反対であると述べており、その意味では、題名と内容との間に、ずれは生じていないからである。もっとも、題名から、本作品の作者は、選帝侯ジョージ反対派（＝僭王ジェイムズ支持派）であると、早合点した読者が、作品内容は期待外れだと考える可能性は大いにある。

　しかし、次の箇所まで進むと、「言語上のアイロニー」（本章の第Ⅰ節を参照）が生じていることが明らかとなる。本作品でアイロニーが用いられていることは、本書の第8章で、既に触れているので、以下では、第8章では取り上げていない箇所を引用する。


　　If Popery comes, Passive Obedience is still our Friend; we are Protestants; we can Die, we can Burn, we can do any Thing but Rebel; and this being our first Duty, viz., to Recognise our Rightful Sovereign, are we not to do that first? And if Popery or Slavery follow, we must act as becomes us. This [Passive Obedience] being then Orthodox Doctrine, is equally a Substantial Reason why we should be against the *Hanover* Succession.　　　　　　　　　（172, emphasis added）

僭王ジェイムズの即位に伴って、「もしカトリックが英国に持ち込まれるのならば」、ジャコバイト派が唱える、王権神授説に基づく「王権への完全なる服従」だけが、英国民の頼るべきものとなると、語り手は述べる。そして、プロテスタントである、我々英国民が為しうることは、死を選び、火刑に処せられることしかなく、「王権に抗うことなどは、決してできることではない」と、語り手は続ける。

　もちろん、僭王ジェイムズに抵抗することを諦め、火刑に処せられることに甘んじようという、語り手の主張を文字通りに受け取ることはできない。この箇所における、言語上のアイロニーは、余りに明瞭なので、カトリック大国フランスと長年相争っている英国において、この箇所を額面通り受け取る読者は1人もいないであろう。

　このように語り手の背後にいるデフォーは、アイロニーを用いて、自分の主張を逆説的に語っている。作者デフォーが伝えたい真意は、王位継承においてジャコバイト派が信奉する、「王権への完全なる服従」がもたらしうる惨事を、読者に指摘することであった。デフォーがアイロニーを駆使しつつ、本作品で目論んでいることは、ジェイムズ擁護派が支持している理念が、非常に愚かなものであることを炙り出し、彼らの唱えるスローガンに惑わされて、僭王ジェイムズの即位を許すと、英国民は、カトリックによるプロテスタント弾圧に苦しむことになってしまうと警告することなのだ。

## V

　『ハノーヴァー家の王位継承に反対する理由』に見られる、デフォーのアイロニーは残念ながら、それほど巧みであるとは言えない。本作品で展開されたアイロニーは、余りにあからさまであり、繊細さに欠けているのである。この点について、L・S・ホーズレイ（L. S. Horsley）は、次のように説明している。「当時、アイロニーは危険な手法であり、作者の意図が明白なアイロニーでも訴追の対象となることがしばしば起こった。そのため、一度筆禍事件を起こしているデフォーは、訴追の危険を避けるために、わざと非常に誇張したアイロニーを用い、多くの手がかりを残し、真意がはっきりと伝わ

るようにしたのであった。デフォーがこのように努力したにもかかわらず、彼は再び筆禍事件に巻き込まれる。しかし、これはデフォーの作品が誤解されたからではなく、当局がデフォーを懲らしめようと、わざと悪意をもって、デフォーの作品を文字通りに受け取ったからであった」[10]。

　本章の前半部で詳しく論じたように、デフォーはアイロニーの有無が判別しにくい、『非国教徒捷径』のような作品だけではなく、アイロニーであることが明確な作品も書いている。したがって、元々アイロニーを意図していない『非国教徒捷径』のみを論じて、デフォーがアイロニーを駆使できなかったという結論を引き出すのは妥当ではない。前章から本章にかけての、デフォーの政治小冊子に対する、一連の分析から明らかになることは、デフォーがその目的に応じて、用いる手法を変化させていることである。

　まず、王位継承に関する小冊子では、デフォーはアイロニーを用いており、この場合には、語り手が述べる表面的な意味と、その本心との間に生じる、皮肉な齟齬を通して、作者の真意が浮かび上がるようになっている。一方、『非国教徒捷径』のように、デフォーは架空の人物に成りきって語るという手法も用いている（反対派である国教徒強硬派に成りきっているため、相当極端な例となっている）。

　王位継承問題に関する小冊子の16年後に出した『ロビンソン・クルーソー』（*Robinson Crusoe*, 1719）に始まり、『ロクサナ』（*Roxana*, 1724）で終わるデフォーの一連の小説においても、デフォーはこの手法を用いている。例えば、『疫病日誌』（*A Journal of the Plague Year*, 1722）では、デフォーは HF という虚構の語り手を用い、あたかも実録であるかのごとく、ロンドンを襲ったペストの様子を、実に詳細に描いている。しかも、この小説においても、語り手 HF は、デフォーの属する非国教徒ではなく、反対派である国教徒の設定となっており、この捻れた構造が作品解釈をさらに複雑にしている。

　アイロニーとは、語り手の言葉と本心との不一致、語り手の解釈と作中現実との不一致など、何らかの皮肉な齟齬を読者に示すことによって、作者の真意を浮かび上がらせる手法であり、一方、架空の語り手に成りきることは、

逆に、作者が語り手と同一化する手法である。

　作者と語り手との距離という観点から見ると、上述の2つは、それぞれ逆方向に働く手法と言えるだろう。このような、いわば相反するタイプの手法を、デフォーがかなり早い時期に用いていたことは非常に興味深い。小説を書き始める十数年も前の時期である、ジャーナリスト、パンフレット作家、歴史作家として、大活躍していた時期において、デフォーは少なくとも、以上のような2つの手法を駆使できるようになっていたのであった。


# 注

1 ) Wayne C. Booth, *The Rhetoric of Fiction* (The University of Chicago Press, 1961), 318-20. 筆者による要約. 『非国教徒捷径』も『控えめな提案』も「帰謬法」(Reductio ad absurdum) であるという見方があるが、Booth の説明するように、『非国教徒捷径』の語り手の提案は、誰もが承認しないような馬鹿げた誤りではなく、狂信的な国教会強硬派なら言いかねない提案であるから、『非国教徒捷径』を帰謬法とみるのは妥当ではないであろう.

2 ) John Peck and Martin Coyle, *Literary Terms and Criticism* (3rd edition, Palgrave, 2002), 158.

3 ) Maximillian E. Novak, "Defoe's Shortest Way with the Dissenters; Hoax, Parody, Paradox, Fiction, Irony, and Satire," *Modern Language Quarterly* 27 (1966), 406-7. 上述の論考で引用された *The Present State of the Parties* の一部を筆者が要約したもの.

4 ) デフォーはこの How との間で、便宜信奉の是非をめぐって論争をしていた. How は便宜信奉賛成派で、デフォーは反対派であった. デフォーは、便宜信奉は非国教徒の結束力を弱めると考えていた. 彼の John How との確執を考えると、「最も学識が豊かなのだが」とのコメントがデフォーの辛辣な皮肉であることは明らかであろう.

5 ) *The Shakespeare Head Edition of the Novels and Selected Writings of Daniel Defoe* (Oxford, 1927-28), Vol. XIV, 127-30. 筆者による要約.

6 ) James Sutherland, *Defoe* (British Council and the National Book League, 1954), 11. 第8章第Ⅲ項を参照.

7 ) Ian Watt, *The Rise of the Novel* (2nd edition, Peregrine, 1963), 142.

8 ) Daniel Defoe, *Constitutional Theory* in *The Works of Daniel Defoe*, ed. W. R. Owens and P. N. Furbank (Pickering & Chatto, 2000), 185-6. 英文引用は上記の文献に拠り、引用文最後の丸括弧内に頁数を記す. 以下同様.

9 ) Paula Backscheider, *Daniel Defoe: His Life* (Johns Hopkins University Press, 1989), 323. Maximillian E. Novak, *Daniel Defoe: Master of Fictions* (Oxford University Press, 2003), 422. John Richetti, *The Life of Daniel Defoe: A Critical Biography* (Blackwell, 2005), 135-6.

10) L. S. Horsley, "Contemporary Reactions to *Defoe's Shortest Way with the Dissenters*", *Studies in English Literature*, 16 (1976), 407-2. 筆者による要約.

# 第15章 『ロクサーナ』の特異性

## I

　デフォーの小説には、ある共通の枠組みが存在する。それは主人公が罪を犯しても、何らかの回心をし、幸福に人生を終えるという枠組みである（犯した罪の重さや、回心の真実性は作品ごとに異なる）。しかし、デフォーの最後の小説『ロクサーナ』においては、従来の枠組みが維持されず、主人公ロクサーナは悲劇的な結末を迎えることになる。

　デフォーの小説がもつ、このような「共通パターン」についてジェームズ・サザランド（James Sutherland）は、次のように述べている。

> His general pattern in the fiction he had previously written was for a hero or heroine to pass through various adventures and vicissitudes, and at the end to achieve stability and prosperity. This happy ending was sometimes achieved only with a certain amount of moral compromise on the part of the author, who allowed his Captain Singleton and his Moll Flanders to retain their ill-gotten gains, but at the same time indicated that they had turned over a new leaf and attained at least some measure of repentance.　　　　　　　　　　　　　　(206-7, emphasis added)[1]

主人公が「様々な冒険や浮き沈みを経験した」後に、最後には「安息と繁栄を得る」というプロットが、デフォーの小説に見られる「共通パターン」であると、サザランドは指摘している。具体的に見ていくと、ロビンソン・クルーソー、キャプテン・シングルトン、モル・フランダーズ、カーネル・ジャックは、両親に対する不服従（これは宗教上の罪でもある）、海賊行為、

*215*

姦淫、窃盗などの罪を犯しても、最後には「何らかの回心」をし、幸福な余生を送ることになる。

　しかし、最後の小説『ロクサーナ』は次の2点で、従来のデフォー小説と明らかに異なっている。第1の相違点は、ロクサーナがこれまでの主人公のように心の安定や世俗的成功を得ることなく、悲劇的結末を迎えることである。第2の相違点は、結末の唐突さである。従来の小説では作品の最後で、主人公が置かれた具体的な境遇が明らかになるのだが、『ロクサーナ』の場合は、主人公の破滅が漠然と予告されるに留まり、その詳しい内容が描かれないまま、作品は唐突に終わってしまう。

　本章では、共通パターンの放棄と、それに関わる問題を取り上げる。そのためには、『ロクサーナ』の構成が、デフォーの他の小説と異なることを指摘する必要があるが、作品構造を詳しく論じていく前に、まずは粗筋を簡単に紹介しておきたい。

Ⅱ

　家業に疎い夫のせいで、主人公ロクサーナ（語り手が明かしているように主人公の名前は仮名である）が困窮することから、物語は始まる。ロクサーナは周りが勧めるままに、醸造家の息子と結婚するが、商業の才を欠く夫は身代を潰してしまい、ロクサーナと子供を置き去りにしたまま、失踪してしまう。残されたロクサーナは日々の糧にも困り、彼女の家主である宝石商の頼みを受け入れ、彼の事実上の妻となる（宝石商の妻も失踪中であった）。このように、主人公を経済的苦境に追い込み、罪を犯させるという設定は、デフォーが他の小説でも用いているものである。

　さらにロクサーナは、女中のエイミーにも宝石商と関係を結ばせ、エイミーを自分の補佐役に据える。その後、宝石商の仕事の都合で、ロクサーナは彼と共にパリに住むようになるのだが、ある日、宝石商は強盗に襲われ、殺害されてしまう。宝石商との重婚という罪を犯しており、さらに罪を重ねることに、躊躇いをなくしていたロクサーナは、巧みに策を巡らせ、彼の遺産相続の際に、宝石商が生前彼女に認めた以上の遺産分与を受け、多額の財

産を手にする。

　このようにして、十分な財を手にしたロクサーナは経済的安定を得ており、もはや愛人生活を続ける必要はない。しかし、虚栄心をくすぐられたこともあり、ロクサーナは、自分に近づいてきたプリンスに簡単に誘惑されてしまい、今度はプリンスの愛人となる。数年後、プリンスと別れたロクサーナは、フランスを離れようとするが、その際、あるユダヤ人の罠に嵌りそうになる。その窮地から彼女を助けだし、無事にオランダへ脱出させてくれたのがオランダ商人である。しばらくして、彼も母国オランダへ戻ってきて、彼女に求婚をする。ロクサーナは、恩人のオランダ商人と深い関係にはなるものの、どうしても彼との結婚に同意しない。信心深いオランダ商人は、このような関係に耐えられず、ロクサーナのもとを去ってしまう。

　単身ロンドンへ戻ったロクサーナは、ペルメル街に住むようになり、今度は、国王の愛人になる道を選ぶ。国王との関係が解消された後は、ある貴族の愛人となる。その後、ロクサーナは愛人生活から足を洗い、新たな生活を始めようとする。彼女はペルメル街を離れ、知り合いのクェーカー婦人の家に住み、自らもクェーカー教徒の服装を纏うようになる。しばらくして、ロクサーナはオランダ商人と偶然に再会し、今回は彼の求婚を受け入れる。2人は英国を離れ、オランダで新生活を始める。

　もし、本作品がオランダの場面で終わっていたならば、『ロクサーナ』は従来パターンを踏襲した作品となっていたであろう[2]。この場面で、ロクサーナは十分過去を悔いており、また、オランダで新生活を始める場面は、穏やかに主人公が余生を送るのに最適な場面だからである。

Ⅲ

　本節では、『ロクサーナ』がもつ特異性を明らかにするため、まず他のデフォー小説において、主人公が回心へと至るという共通パターンが非常に重要な役割を果たしていることを明らかにしたい。

　G・A・スター（G. A. Starr）やポール・J・ハンター（Paul J. Hunter）は、デフォーの小説群がもつ宗教的側面に着目し、デフォー研究に大きな貢献を

もたらした。スターは『ロビンソン・クルーソー』『モル・フランダーズ』『ロクサーナ』を取り上げ、これらの3作品が、霊的自叙伝というピューリタンの伝統的な伝記形式から、大きな影響を受けていることを解き明かした。また、ハンターもほぼ同時期に研究を発表し、ピューリタン準文学という伝統が、『ロビンソン・クルーソー』を基礎づけていると指摘している[3]。2人の議論を踏まえつつ、主人公クルーソーが経験した、回心へと至るプロセスを具体的に追ってみよう。

　『ロビンソン・クルーソー』においては、以下のように、回心へと至るパターンが明確に存在する。まず、父の諫めを無視して船乗りとなったクルーソーは、父親の諫言に従わなかっただけでなく、神の命にも背いていることになる。その結果、クルーソーは罰を受け、孤島に閉じ込められる。神は嵐・難破・雷・地震など、様々の形で警告を与えているのだが、クルーソーは一時的には改悛の情を示すものの、真の意味では自分の罪を自覚しない。しかし、重病を切っ掛けにクルーソーは、自分が犯した罪を理解し、悔い改め、そして最終的な救いを得る。このように、回心へと至るパターンが、『ロビンソン・クルーソー』に有機的統一性を与えているのである。

　しかし、ロクサーナはオランダ商人との結婚というエピソードにおいて、幸福な結末を迎えることはなく、従来パターンからの逸脱が始まる。第1の相違点は、この後に、スーザンのエピソードが時間を遡って語られることである。本作品の時間軸から見ると、ロクサーナが夫と共にオランダへと渡った場面が最後であり（冒頭部分からこの箇所までは、作品全体の4/5の分量に当たる）、その後に語られるスーザンのエピソードは、非常に長いフラッシュバック（全体の1/5の分量）となっている。

　第2の相違点は、物語の最後で、ロクサーナが悲劇的結末を迎えることであり、さらには、作品の終わり方が極めて唐突なことである。具体的には、『ロクサーナ』の最後の記述は、以下のようになっている。「私は次々と酷い災難に襲われ、エイミーも同様でした…（中略）…そして私は再び零落の身となったため、私の困窮が私の罪の結果であるように、私の悔い改めも私の困窮の結果に過ぎないように思われたのです」（'I fell into a dreadful Course of

Calamities, and Amy also…and I was brought so low again, that my Repentance seem'd to be only the Consequence of my Misery, as my Misery was of my Crime' 329-330) [4]。このような、悲劇的な結末を漠然と予告するだけの記述を最後に、本作品は唐突に終わってしまうのである。

## IV

　この従来パターンからの乖離である、主人公の破滅について、多くの論者は、当初からデフォーはロクサーナに悲劇的結末を迎えさせるつもりであったと説明している。例えば、スターやノヴァクは、貞淑な妻から、堕落した情婦へと変貌してゆく、ロクサーナの精神的堕落を中心に、作品は展開されていると論じ、デフォーは最初からロクサーナを破滅させるつもりであったと解している。

　スターは「作者デフォーが、ロクサーナを悪魔に引き渡すつもりであったことは、かなり早くから示されている」[5] と述べ、また、ノヴァクは「デフォーが作品を通して、ロクサーナの破滅を念頭に置いていたことは明らかである」[6] と論じている。しかしながら、両者ともに確たる論拠を示しているわけではない。

　またヒュームやクロプフは、本作品がもつ構成の緊密さを賞賛するとともに、主人公の破滅や唐突な結末を含むすべてが、デフォーによって事前に構想されていたと論じている。ヒュームは「他のすべての箇所と同じく、結末は、物語の中心テーマと緊密な形でリンクしている。…(中略)…この作品にはテーマと無関係な部分はない。…(中略)…ロクサーナが愛人となるエピソードは全部で4つあり、宝石商、プリンス、国王、貴族との関係がそれに当たる。そして、これらの4段階を経るごとに、ロクサーナの堕落の度合いと、愛人になる必要性という2つの面で、明らかな悪化が見られる」[7] と説明している。

　一方、クロプフは、本作品にはシンメトリカルな構成が見出せると指摘し、次のように説明している[8]。第1に、『ロクサーナ』は、オランダ商人の求婚をロクサーナが拒絶した場面を中心に、前半部と後半部に分けられ、最初

*219*

の貧乏ではあるが貞淑なロクサーナと、最後の裕福ではあるが罪深いロクサーナとが対照的に配置されている。第2に、ロクサーナの相手の社会的地位に注目すると、本作品は「逆V字」の形をとっている。すなわち、ロクサーナの相手は、商人（最初の夫）─ 王族（プリンス）─ 国王 ─ 貴族（Lord）─ 商人（オランダ商人）へと変わっていき、相手の社会的地位からみると、国王を頂点とした「逆V字」の形をしている。一方、ロクサーナの貞淑さや善良さといった点から見ると、国王を底辺とし商人を頂点とする「V字」の形となっている。つまり、社会的地位と蓄財の量が増大すればするほど、ロクサーナ自身の罪深さは、より深刻になるという図式を見出すことが出来る。

　このように、ヒュームやクロプフはニュー・クリティシズム流のアプローチをとり、緊密な作品構造という観点から作品分析を進め、主人公ロクサーナの破滅は、デフォーによって事前に構想されていたと見なしている。しかし、デフォーは、従来パターンを踏襲するつもりが最初からなく、主人公ロクサーナの破滅を、事前に構想していたのであろうか。

　ヒュームは「我々読者は、話の最初から、主人公ロクサーナが向かう悲劇的結末を意識させられている。彼女が繰り返し、自らの罪を回顧し、断罪することで、話が向かう方向を常に意識させられているのだ」[9] と述べている。しかしながら、罪を回顧することが、悲劇的結末を読者に意識させるというヒュームの論法は、余り説得力がない。というのも、結末を知らない読者は、最後に回心した立場から、語り手ロクサーナは過去の自分の悪行を嘆き、自らを責めているのであろうと予測して、読み進むのが自然であり、彼女の烈しい自己叱責から、ヒュームの主張するような、ロクサーナの破滅を読み取るとは限らないからである。

　また、ロクサーナより前に創作された、他のデフォー小説の主人公も、ロクサーナと同じく、何度も自らの過去の悪行を嘆きつつ、自らを責めている。しかし、ロクサーナと同じ行動をとっている、他の主人公は最後には幸福な余生を送っているのであり、この点からも、「我々読者は、話の最初から、主人公ロクサーナが向かう悲劇的結末を意識させられている」[10] という

第15章　『ロクサーナ』の特異性

ヒュームの主張も、上の主張と同じく、説得力があるとは言えない。

## V

『ロクサーナ』の悲劇的結末に関する問題を考察するにあたっては、デフォーの作品にしばしば現れる予告を、手掛かりにすることが有効であろう。以下では、まず第1に作者デフォーが、ロクサーナの悲劇的結末を最初から構想していたのかどうかという問題に取り組み、第2にヒュームやクロプフの論じるように、『ロクサーナ』が緊密な作品構造を備えているといえるか否かという問題を検討する。

デフォーは『ロクサーナ』の中で、これから起きることをしばしば予告している。例えば、夫の失踪を回想するロクサーナは次のように語る。

> It must be a little surprising to the Reader to tell him at once, that after this, I never saw my Husband more; but to go farther, I not only never saw him more, but I never heard from him, or of him, neither of any or either of his two Servants, or of the Horses, either what became of them, where, or which Way [sic] they went, or what they did, or intended to do, no more than if the Ground had open'd and swallow'd them all up, and no-body had known it; except as hereafter.　　(12, emphasis added)

ロクサーナは「もはや夫の姿を見ることはありませんでした」と語り、夫やお供の者たちが完全に姿を消したことについて、「まるで地面が口を開け、彼らすべてを飲み込んだかのようでした」と語っている。しかし、ロクサーナは、最後に「この後で起きたことについては、後でまた触れます」と付け加えているため、読者は夫の失踪事件について、何らかの続きを後で聞くことになるのだろうと予測する。

そして数頁後で、「彼らがいったい何処に行っていたのかについて、私は長い間、耳にすることはなかったのです」（'What Part of the World they went to, I never heard for many years' 15）とロクサーナが語ることにより、

*221*

読者は自らの予測が的中したことを知る。夫の行方を「長い間、耳にしなかった」ということは、間接的な表現ではあれ、後になって、ロクサーナが夫と再会することを意味しており、実際、この予告は実現されるのだ。

　このような予告は様々な箇所で見られる。ロクサーナが自分に尽くしてくれたエイミーを罪に引きずり込むことについても、まず、「私は彼女の優しさや忠誠をよく分かっていたにもかかわらず、最後に彼女が私から受け取ったものは、粗悪な硬貨という裏切りだったのです、この件については後でお話しすることにします」（'though I acknowledged her Kindness and Fidelity, yet it was but a bad Coin that she was paid in at last, as will appear in its Place' 329-330）という、1回目の予告がある。

　そして、「私はこのかわいそうな子（エイミー）が、私に向ける忠誠に何度も驚かされました、しかし最後には、彼女の忠誠に報いることなく、仇で返すことになってしまったのです」（'I have often wondered at the faithful Temper of the poor Girl; for which I but ill requited her at last' 26）とロクサーナは語り、ここで2度目の予告が行われている。

　また、夫に失踪されたロクサーナが、夫とともに住んでいた家の、家主の誘いに乗ってしまうことについても、「もし私がそこで貞節を守り通したら、私は幸せだったことでしょう、もっとも私自身は餓死してしまうことになったでしょうが」（'had I kept myself there, I had been happy, tho' I had perished of mere Hunger' 291）とロクサーナは語っている。この箇所も同じく、今後起きることが予告されている箇所であり、ロクサーナが結局は、困窮のあまり、宝石商の愛人になってしまうことが示されている。

　では、問題のロクサーナの悲劇的結末については、どのような予告がなされているのであろうか。もし、ロクサーナの破滅が早い時点で予告されているのであれば、ヒュームやクロプフの解釈を裏付けることになる。しかし、実際には、ロクサーナが破滅するのではなく、逆に、彼女が破滅を免れるであろうと読者に想像させるような予告が行われている。以下に引用する箇所は、作品全体から見ると、最後の1/5の部分（長いフラッシュバックでもある部分）の、直前に位置する箇所である。ロクサーナが夫と共にオランダへ

222

第15章　『ロクサーナ』の特異性

渡った場面であり、この箇所で、ロクサーナの行く末を暗示する予告がなされている。

> However…I went about with a Heart loaded with Crime, and altogether in the dark, as to what I was to do; and in this Condition I languish'd near two Years; I may well call it languishing, for if Providence had not reliev'd me, I should have died in little time: But of that hereafter.
> (265, emphasis added)

「もし神が私をお救いにならなければ、私はもう少しで死んでいたでしょう」と述べた後、ロクサーナは「この後に起きたことは、また後でお話しします」と読者に予告している。つまり作品全体から見て4/5に位置する上述の時点では、語り手は、長いフラッシュバック（作品の最後1/5に当たる締め括りの部分）の後も、そのまま話を続けるつもりであったと考えられる。

　語り手の予告という観点から作品全体を眺めるならば、上記の引用箇所を書き終えた時点では、作者デフォーは、オランダで罪の意識に苦しんでいるロクサーナを助けるつもりだったのであり、本作品の最後に位置する、ロクサーナの悲劇的結末は、元々の予定にはなかった結末であると考えられる。

　また、『ロクサーナ』の序文にも、作者デフォーは最初からロクサーナに悲劇的結末を迎えさせるつもりであったと主張する解釈を、疑問視させる箇所がある。この議論を進める前に、本作品の序文が少々複雑な設定となっていることを説明しておきたい。『ロクサーナ』は、実在の人物（ロクサーナは実名ではなく仮名である）の実体験を、ある編者が取りまとめたという設定になっている。その編者が、ロクサーナの人生を実録として本作品に収録し、さらに序文を付したという順番になる。もちろん、このような設定は全てフィクションであり、作者デフォーが、架空の編者と、架空の主人公を背後から操作しており、ロクサーナという仮名を持つ人物の実録という設定自体も、デフォーによって創作されたものである。

　序文で、編者は「ロクサーナの不道徳な全人生において、彼女が予想もし

223

ない幸運に恵まれたのは本当のことである」（'It is true, She met with unexpected Success in all her wicked Courses' 2, emphasis added）と述べている。このロクサーナの「全人生において」という箇所からも、デフォーは、元々はロクサーナを破滅させるつもりではなかったことが窺える。

さらに本作品の題名も、デフォーが当初は、女主人公ロクサーナを最終的には助けるつもりでいたことを暗示している。題名は『ロクサーナ：幸運な愛妾』（*Roxana: The Fortunate Mistress*）であり、実際の悲劇的結末と、「幸運な」（'Fortunate'）という題名の間には、大きな離齬があるからだ。もちろん、アイロニカルな意図でつけられた題名だと考えることも可能だが、この題名を素直にとるならば、デフォーの他の小説と同一タイプの「幸運な」結末を、当初は予定したと考えるほうが自然であろう。

盗みを数多く働き、しかも盗みで得たものを元にして、最後には幸福をつかむ主人公である、モル・フランダーズの物語につけられた題名が、『名高いモル・フランダーズの幸運と不運』（*The Fortunes and Misfortunes of the Famous Moll Flanders*）であることからすれば、'Misfortunes' のつかない『ロクサーナ』を構想するにあたって、デフォーは主人公の悲劇的結末を、当初は予定していなかったと考える方が妥当であろう。もちろん結末が変わったのならば、題名も変えたであろうという反論もあり得るが、数多くの作品を短期間に仕上げている、当時のデフォーの執筆状況を勘案するならば、題名を変えないで、そのままにしておいたことは、それほど不自然とは言えないのである。

## Ⅵ

第2に、『ロクサーナ』が緊密な作品構造を備えているといえるか否かという問題を取り上げる。もし、本作品において、仄めかされたことが、必ず実現するというタイプの予告しか現れないのであれば、デフォーは自分がこれから語ろうとしている内容を、事前に整然と構想していたと言えるだろう。しかし、実際には、デフォーは予告をしておきながら、しばしばそれを無視してしまうのである。例えば、ロクサーナとプリンスとの間に生まれた

子について、次のような予告がなされている。ロクサーナは「この息子はかなりの大立者となりました、まずはフランス王室親衛隊将校となり…（中略）…この件についてはまた後でお話しします」（'This Child lived to be a considerable Man: He was first, an Officer of the Guard *du Corps* of *France*…Of which hereafter' 82）と、例によって予告をするのだが、この約束は果たされないままとなる。

　また、プリンスとの別れに際して、「彼はロレーヌまたは彼の地の何処かに身を引き…（中略）…そして私は２度と彼のことを耳にすることはありませんでした」（'he retired into Lorrain, or somewhere that Way…and I never heard of him more' 111）とロクサーナは述べ、ここでもプリンスとは、今後は没交渉になることを予告している。しかしながら、この予告もその後の展開とは矛盾することになる。ロクサーナを正式の妃に迎えるために、彼女を捜させるという形で、プリンスは再び物語に登場してくるからである。このように、果たされない予告がいくつか存在することからすると、ヒュームやクロプフが主張するように、『ロクサーナ』の緊密な構成を強調しすぎるのは無理があると考えられる。

　また、本作品はシンメトリカルな構成を備えているという、クロプフの主張は興味深いものではあるが、この主張にも問題があると言わざるを得ない。まず、クロプフが分けた前半の３人（夫、宝石商、プリンス）と、後半の３人（国王、貴族、夫となったオランダ商人）との扱いには、分量の面で差があり過ぎるため、この２つをシンメトリカルなものと見るのは無理がある。作品全体を眺めると、国王と貴族が占めるエピソードは短いものに過ぎず、作品の後半部で中心をなすのは、娘スーザンのエピソードだからである。

　また、本作品の時系列という面からも、『ロクサーナ』はシンメトリカルであるとは言えない。時間の流れ方という観点から見ると、作品は中央部ではなく、作品冒頭から4/5まで進んだ箇所に切れ目があり、ロクサーナが夫とともにオランダへ渡るまでの部分と、時間が遡って語られる、娘スーザンの部分に分かれていると考えるべきなのだ。

# Ⅶ

　当初は、従来通りのパターンを踏襲しようとしていたにもかかわらず、オランダの場面で、デフォーが時間を遡らせ、最後のエピソードを展開したことは、小説技法の深化という面から見ると、幸運なことであった。長いフラッシュバックである、主人公の娘スーザンを扱ったエピソードは、プロットや心理描写という観点から見ると、デフォーの小説において最も高い評価を与えることができる場面だからである。

　『ロクサーナ』は、最後の1/5に当たる部分を除けば、エピソディックな作品と言えるだろう。この小説は、主人公ロクサーナがどこへ向かい、次に何をするのかという興味を、次々とかきたてることで成り立っている。ロクサーナは様々な場所で、様々な冒険をし、様々な人物と出会う。そして、ロクサーナの出会った人物は、大抵その場限りで消えていき、再び登場することはない。もちろん、例外もあり、失踪した夫、プリンス、オランダ商人らは再び登場してくる。確かに、彼らの再登場は作品の過去と現在を多少は繋ぐことになる。しかし、彼らはそれほど重要な役割を果たすわけではない。失踪した夫はエイミーの前に一度現れるだけで、ロクサーナと再会することもなく死んでしまう。プリンスは自分の妃にしようとロクサーナを捜すが、結局は主人公に会うこともなく心変わりする。オランダ商人は、ロクサーナと再会し、彼女と結婚するが、それほど重大な役割を果たすことなく、脇役に終始している。

　しかし、娘スーザンの再登場については事情が異なる。この最後のエピソードにおいては、母に自分を娘と認めさせようとするスーザンと、忌まわしい過去を知られることを恐れ、逃げ回る母ロクサーナとの間で展開する、愛憎相半ばする葛藤が見事に描き出されている。

　ロクサーナがペルメル街に住んでいたときに、彼女の屋敷で一時期、女中をしていたスーザンは、ロクサーナは自分の母ではないかと疑い始める。彼女は、ロクサーナに自分が娘であることを認めてもらいたいのだが、既にオランダ商人と結婚しているロクサーナは、何とか自分の罪深い過去を隠して

*226*

おこうと画策する。ロクサーナは、スーザンと鉢合わせすることがないように必死の努力をする一方、スーザンに母親捜しを止めさせようと、色々な手段を講じる。しかし、どうしても彼女が考えを変えないので、ロクサーナは娘から逃れるため、夫とオランダへ行く準備を整える。ところが、下見に船に乗り込んだとき、他ならぬ娘スーザンに出会い、ロクサーナは娘に挨拶のキスをすることになる。

> I cannot but take Notice here, that notwithstanding there was a secret Horror upon my Mind, and I was ready to sink when I came close to here, to salute her; yet it was a secret inconceivable Pleasure to me when I kiss'd her, to know that I kiss'd my own Child... I felt something shoot thro' my Blood; my Heart flutter'd; my Head flash'd, and was dizzy, and all within me, *as I thought*, turn'd about....
>
> (277, emphasis added)

スーザンと出くわしたことで、ロクサーナは「密かに恐れを抱き」、そして、娘に近づくときに「自分の体が崩れ落ちそうになった」と述べている。しかし一方では、自身の娘に挨拶のキスをすることについて、「思いもよらぬほどの密かな喜び」を感じたと、ロクサーナは続ける。「血管はどくどくと脈打ち、心は震え、頭に閃光が走り、目眩が起き、体の内と外が、すべて捻れて裏返るような感じがした」とロクサーナは語る。この場面では、過去を暴かれそうになり、恐怖に苛まれつつも、同時に、娘スーザンへの愛情に揺り動かされている主人公の胸中が見事に描かれている。

　この場を何とか切り抜けたものの、今度は、娘スーザンが直接ロクサーナの家に訪ねてくる。その場に居合わせた3名とスーザンの計4名の間で、ペルメル街でのロクサーナ（本名ではなく通り名）の噂話が始まる。娘スーザンが、自分の正体を既に見破っているのかどうかが不明なまま、ロクサーナは可能な限り、平静さを装って、悪名高いロクサーナの噂話をじっと聞いている。

However, *as I have said*, her Talk made me dreadfully uneasie [sic], and the more when the Captain's Wife mention'd but the Name of Roxana; what my Face might do towards betraying me, I know not, because I cou'd not see myself, but <u>my Heart beat as if it wou'd have jump'd out at my Mouth</u>; and my Passion was so great, that <u>for want of Vent, I thought I shou'd have burst</u>: *In a word*, I was <u>in a kind of a silent Rage</u>....

(284, emphasis added)

ロクサーナは「あまりにどきどきするので、心臓が口を通して、体の外に飛び出してしまうかのようでした」と述べ、さらに、「感情の捌け口がないので、体が裂けてしまうのではないかと思いました」と続けている。このように、デフォーは語り手ロクサーナを通して、緊迫感に満ちた場面を巧みに描写し、周りの人々に正体を暴かれるのではないかと、強い不安に押し潰されそうになっている、ロクサーナの心理状態を克明に描き出している。

　最後のエピソードにおいては、興味の中心は、ロクサーナとスーザンとの間の駆引や、窮地に追い詰められるロクサーナの心理状態に収斂している。その結果、最後のエピソードに入る前には、頻繁に見られた、語り手ロクサーナによる教訓的回想は挿入されなくなっている。例えば、作品の初めの方で、ロクサーナは、宝石商と関係を結んだときに、次のように語っている。「神の掟のもとであれ、法律上であれ、彼と私が一緒になることは、悪名高い姦通という関係以外はありえないことを、私は忘れるべきではなかったのです」（'I ought to have remembered [sic] that neither he or I, either by the Laws of God or Man, cou'd come together, upon any other Terms than that of notorious Adultery' 38）と述べ、回想するロクサーナは、自らが犯した過去の行為を断罪している。

　このような教訓を含む回想は、作品の至る所で見られるが、最後のエピソードにおいては、全く姿を消している。最後のエピソードでは、今まで前面に出ていたピューリタン的枠組は後退し、代わりに、ロクサーナの心理状態を追うことが主たる関心事になっているのである。しかも、それは必ずし

第15章 『ロクサーナ』の特異性

も単純な内面描写に留まらない。忌まわしい過去を隠し続けるために、実の娘をも犠牲にしてしまう悪魔的主人公が、同時に、娘への愛情をも秘めているという、錯綜した心理状態が巧みに描き出されている。『ロクサーナ』が執筆されたのが、頼るべき伝統が全くない、小説黎明期であることを考え合わせるならば、本作品の最終部分における文学的達成は、非常に意義深いものであると言えるだろう。

**VIII**

　娘スーザンをめぐる、緊迫感に満ちた最後のエピソードは、主人公の悲劇的結末を漠然と予告する、次の一節を最後に、突然終わってしまう。そして、この一節は、本作品『ロクサーナ』の唐突な結末部分でもある。

> Here, after some few Years of flourishing, and outwardly happy Circumstances, I fell into a dreadful Course of Calamities, and Amy also; the very Reverse of our former Good Days; the Blast of Heaven seem'd to follow the Injury done the poor Girl [Susan], by us both; and I was brought so low again, that my Repentance seem'd to be only the Consequence of my Misery, as my Misery was of my Crime.
>
> (329-30, emphasis added)

ロクサーナは「数年間の華やかで、外面的には幸せに見える境遇の後、私は一連の恐ろしい苦難に陥ることになり、それはエイミーも同じことでした」と述べる。引用にあるように、娘スーザンを害したことが、2人に罰をもたらすことになったのである。そして、ロクサーナは「私は再び零落の身となったため、私の困窮が私の罪の結果であるように、私の悔い改めも私の困窮の結果に過ぎないように思われたのです」と語り、具体的な悲劇的結末の内容に触れることなく、作品を締め括っている。

　『ロクサーナ』は、他のデフォー小説と、以下の2点で大きく異なってい

*229*

る。第1の相違点は、本作品の結末で主人公ロクサーナが語る悔悟が、具体的内容に欠け、さらには真摯な悔悟とは全く言えないことである。上述したように、作品の前半部において、回想するロクサーナは、しばしば自らの罪を悔い改める言葉を読者に語っている。また、本作品の序文において、編者は「彼女は非常に激しい調子で、どれほど数多く自らを叱責していることでしょう」（'How often does she reproach herself in the most passionate Manner' 2）と述べ、主人公ロクサーナは、自らの行いを悔い改めていると読者に示している。

　しかし、結末部分を読み終えた読者は、ロクサーナが悔い改めたとは考えないであろう。というのも、先ほどの引用における最後の文が示すように、ロクサーナ自身が、自分の悔悟は、自身が犯した罪を真摯に悔い改めた結果ではなく、華やかな人生から転落し「困窮」（Misery）したことで、引き起こされた結果に過ぎないように思えると総括しているからである。

　ジェイムズ・サザランドは、シングルトン船長や、モル・フランダーズの回心には少々疑わしいところがあると指摘し、2人は「不正に得た儲け」（'their ill-gotten gains' 206）[11]）を手元に残したまま、完全な悔い改めとは言えないものの、「多少なりとも悔い改め」（'some measure of repentance' 207）[12]）をしていると述べている。デフォー小説の主人公の中で、シングルトン船長や、モル・フランダーズの回心は少々怪しい方に属するのだが、ロクサーナの場合はさらに問題があると言えるだろう。

　第2の相違点は、主人公の回心がしっかりと語られない（第1の相違点）だけでなく、主人公が回心した後の出来事が、全く語られていないことである。本章の冒頭部分で述べたように、デフォー小説の共通パターンにおいては、主人公が最終的には何らかの回心に至るとともに、回心した後の、主人公の境遇を描いた場面が、通常は続くことになる。しかし、従来のパターンから乖離した『ロクサーナ』の場合は、主人公が悔い改める具体的な場面や、その後の境遇が全く描かれないまま、物語が突然打ち切られてしまう。

　それでは、何故このような唐突な結末で、最後の小説『ロクサーナ』は幕を閉じることになったのであろうか。回心に至るパターンを踏襲することな

第15章　『ロクサーナ』の特異性

く、ロクサーナを破滅させるというプロットを選んだとしても、そのことは直ちに、現在のような唐突な結末につながるわけではない。例えば、シングルトンやモルの場合は、犯した重罪が簡単に許されるばかりか、彼らは罪によって得たものを失うことなく、その財によって幸福な老年を送るという結末になっている。もし、デフォーが『ロクサーナ』において、主人公が零落し、罪を償うという結末部分を、もっと綿密に描き込んだならば、『キャプテン・シングルトン』や『モル・フランダーズ』などの安易な結末よりも、より説得力のある結末をつけることができたであろう[13]。

　もし、ロクサーナの破滅を詳しく描こうとした場合、デフォーが取りうる選択肢には、どのようなものがあるだろうか。まず第1の選択肢として、自身の娘すら犠牲にしてしまう悪魔的主人公には、死を与えることが、最も相応しいと考えられる。しかしながら、それは必ずしも簡単なことではない。一人称自叙伝形式の小説においては、主人公の死によって、作品を終えることは非常に困難だからである。スターは *Defoe and Spiritual Autobiography* において、「ロクサーナ自身が語り手であることによって、デフォーはある意味で足かせをはめられていたと言えるかもしれない」と指摘している[14]。またジョージ・ワトソン（George Watson）は *The Story of the Novel* において、物語が完結したことを読者に明確に伝える方法としては、結末に主人公の死を持ってくることが一般的だが、「一人称の語り手の場合は、その形式上、主人公の死によって、物語を終わらせることは許されない」と述べている[15]。

　もし、強引に主人公の死を描こうとすれば、主人公以外の人物が、後を引き継ぐ必要がある。この場合は、視点を担う登場人物を切り替える必要が生じ、自然な結末にすることは難しいのだが、実は、このタイプの結末は既に試みられている。『ロクサーナ』の唐突な終わり方に違和感を覚えた読者が多かったからだと思われるが、デフォーの死後に、新たな結末を加えた『ロクサーナ』増補版が、実際に出版されている。この新たなエピソードが追加された結末においては、突然、語り手がロクサーナに仕える侍女に切り替わり、ロクサーナの死を侍女が語るという筋が付け加えられているが、このよ

うな終わり方には相当の無理があると言わざるを得ない[16]。

　第2の選択肢として、主人公を死なせることなく、ロクサーナが惨めに零落していく様を、ロクサーナ自身に、詳しく語らせることも可能であったろう。だが、デフォーはそのような結末を選ばず、短く暗示的な一節で本作品を終えることにした。なぜデフォーが、ロクサーナの転落と破滅を克明に描かなかったのかを解き明かす資料は見つかっていない。しかし、『ロクサーナ』全体を俯瞰的に眺めるならば、現行の作品構成からも、ロクサーナが罪の意識に苛まれ、苦悩しつつ破滅を迎える様子が十分窺えると言えるだろう。

　まず、エイミーがスーザンを殺してしまったことを悟った後、ロクサーナは、殺された娘スーザンの幻に付きまとわれるようになる（エイミーがスーザンを殺したか否かについては、作中では明確にされていないが、様々な状況からロクサーナはスーザンの死を確信するようになっている）。

　　　As for the poor Girl herself, she was ever before my Eyes; I saw her by-Night [sic], and by-Day [sic]; she haunted my Imagination, if she did not haunt the House; my Fancy showed her me in a hundred Shapes and Postures; sleeping or waking, she was with me: Sometimes I thought I saw her with her Throat Cut; sometimes with her Head cut, and her Brains knock'd-out; other-times [sic] hang'd up upon a Beam; another time drown'd in the Great Pond at *Camberwell*.

(325, emphasis added)

「寝ているときも、起きているときも、娘スーザンのことが私の頭から離れないのです」とロクサーナは自身の苦しみを語る。「喉を切られた姿」「首を切られた姿」「脳みそが飛び出した姿」「梁から吊された姿」「カンバーウェル池で溺死した姿」をしたスーザンが、絶え間なく私を苦しめていると述べ、ロクサーナはその苦悩を読者に克明に伝えている。

　さらに小説の時間上では、上の引用より後の場面となる、オランダへ渡っ

232

た後のエピソードをみると、彼女の苦しみがより一層窺える。

> I grew sad, heavy, pensive, and melancholy; slept little, and eat little;
> dream'd continually of the most frightful and terrible things imaginable:
> Nothing but Apparitions of Devils and Monsters; falling into Gulphs
> [sic], and off from steep and high Precipices, *and the like* ....
>
> (264, emphasis added)

ロクサーナは伯爵夫人として、何不自由なく暮らしているものの、心は鬱々として楽しまず、食も進まず、十分に眠ることもできない。娘を死に追いやった元凶であるロクサーナは、罪の意識に苦しみ、「これ以上ないというほど恐ろしく怖い夢をいつも見る」のである。彼女は、その悪夢の中で、「悪魔や怪物が現れるだけでなく、崖や切り立った高い絶壁から落ちる夢」も見ると語っている。このような罰は、冷酷に娘を切り捨てた、ロクサーナに相応しいものと言えるだろう。少なくとも、相当疑わしい、おざなりの回心をしただけで、最後には幸福な余生を送る主人公を描いた、『キャプテン・シングルトン』や『モル・フランダーズ』のような安易な結末よりも、『ロクサーナ』の結末はずっと優れたものであると言えるだろう。

　デフォーが従来パターンを途中で放棄し、時間を遡らせて、スーザンのエピソードを展開したことは、極めて有意義なことであった。このエピソードからは、デフォーが追い詰められたロクサーナの心理状態を追求し、一人称形式を用いて巧みに描写することに大きな興味を抱いていたことが窺える。その結果、彼女の心理は克明に描き出され、デフォーの他の小説には見られない緊迫感や恐怖を読者に伝えることになったのである。

## 注

1 ) James Sutherland, *Daniel Defoe: A Critical Study* (Harvard University Press, 1971), 206-7.

2 ) Robert D. Hume, "The Conclusion of Defoe's *Roxana*: Fiasco or Tour de Force" *Eighteenth-Century Studies*, 3 (1970), 483.

3 ) G. A. Starr, *Defoe and Spiritual Biography* (Princeton Univ. Press, 1965). Paul J. Hunter, *The Reluctant Pilgrim: Defoe's Emblematic Method* (Johns Hopkins Univ. Press, 1966).

4 ) Daniel Defoe, *Roxana* (World's Classics, 1983), 329-330. 英文引用は上記の文献に拠り，引用文最後の丸括弧内に頁数を記す．以下同様．

5 ) *Defoe and Spiritual Autobiography*, 16.

6 ) Maximillian. E. Novak, *Realism, Myth, and History in Defoe's Fiction* (University of Nebraska Press, 1983), 100.

7 ) Hume, 480.

8 ) C. R. Kropf, "Theme and Structure in Defoe's *Roxana*" *Studies in English Literature* 12 (1972), 468.

9 ) Hume, 482. 筆者による要約.

10) Ibid., 482.

11) *Daniel Defoe: A Critical Study*, 206.

12) Ibid., 207.

13) この唐突な結末については様々な議論がある．Novak, 119を参照.

14) Starr, 182.

15) George Watson, *The Story of the Novel* (Macmillan, 1979), 27.

16) *The Novels and Miscellaneous Works of Daniel Defoe* (Bohn's Edition, George Bell and Sons, 1891), Volume IV 292-350.

# 初 出 一 覧

第1章 「ジャンルを超えた共通性(1)—デフォー作品における政治・歴史・文学」 『関大英文学—坂本武教授退職記念論文集』 坂本武教授退職記念論文集刊行委員会 2015年3月 103-115頁

第2章 「デフォーのキャノンについて」 関西大学 『関西大学英文学論集』 第43号 2003年12月 35-47頁

第3章 「文学理論と作品解釈」 関西大学 『関西大学文学論集』 第55巻 第2号 2005年10月 25-43頁

第4章 「文学理論の隆盛について」 関西大学 『関西大学文学論集』 第49巻 第4号 2000年3月 1-22頁

第5章 「クルーソー批評の多様性—豊かな作品解釈を可能にしているもの—」 英宝社出版 『未分化の母体：十八世紀英文学論集』 2007年8月 178-200頁

第6章 「『ロビンソン・クルーソー』と大英帝国」 関西大学 『関西大学英文学論集』 第47号 2007年12月 71-82頁

第7章 「征服者クルーソー」 関西大学 『関西大学英文学論集』 第50号 2011年3月 7-19頁

第8章 「ジャンルを超えた共通性(2)—デフォー作品における政治・歴史・文学」 関西大学 『関西大学文学論集』 第67巻 第3号 2017年12月 39-54頁

*235*

第 9 章　「デフォーの自負と不安──彼のジェントルマン論をめぐって」　滋賀
　　　大学　『彦根論叢』　第264号　1990年 6 月　51-70頁

第10章・第11章　「デフォーの小説と『完全なる英国紳士』─『小説の勃興』
　　　再考の試み」　滋賀大学　『彦根論叢』　第273・274合併号　1991年12月
　　　455-473頁

第12章　「ルキアノス風諷刺の系譜とダニエル・デフォー」　滋賀大学　『彦
　　　根論叢』　第294号　1995年 2 月　71-82頁

第13章・第14章　「デフォーの手法について─政治小冊子を中心に」　金蘭短
　　　期大学　『金蘭短期大学研究誌』　第18号　1987年12月　49-66頁

第15章　「デフォーの小説中における『ロクサーナ』の特異性」　金蘭短期大
　　　学　『金蘭短期大学研究誌』　第17号　1986年12月　13-25頁

＊　元の題名を変更するとともに加筆と修正を行なった。

# あ と が き

　小説黎明期の英国作家ダニエル・デフォーを研究し始めて三十年以上の時が流れた。この時期は文学理論が文学研究にとって不可欠なものとなっていった時期と重なっており、その結果、ここ数十年はデフォー研究と文学理論の研究とを並行して行なってきた。アプローチが異なれば、当然解釈も異なるという見方をとっている筆者の中では、これら２つのテーマは違和感なく融合されているが、本書の中で両者がうまく噛み合っていないという印象を与えたならば、それは筆者の問題設定やその扱い方に不備があったためである。これからも文学理論の動向に十分留意し、理論研究がより深い解釈を生み出すというプロセスを重視しながら、デフォー研究と理論研究という両テーマをさらに発展させていきたい。もちろん計画通りに研究が進むとは限らないが、いずれにせよ文学理論の研究は解釈実践を伴うべきであり、理論のための理論であってはならないと筆者は考えている。

　本書に収めた論文は、十八世紀英文学研究会や日本ジョンソン協会でお世話になった先生方との交流の中から生まれたものが大半であり、中には相当年月が経っているものもあるが、それぞれの時期に頂戴した様々な助言を活字にしたものも多く、ほぼそのままの形で本書に収めることとした。会員の先生方のご助言に心より感謝する次第である。

　本書の出版は関西大学研究成果出版補助金によるものである。出版に当たっては、英米文学英語学専修の同僚の先生方を始め、多くの先生方のお世話になった。すべての先生方のお名前を挙げて、お礼を申し上げることは出来ないが、ご寛恕いただきたい。また最後になったが、本書の出版を快諾された関西大学出版部に、またお世話いただいた同部の朝井正貴氏にも、心からのお礼を申し上げたい。


　2019年11月

　　　　　　　　　　　　　　　　　　　　　　　　干井　洋一

**著者略歴**

干井 洋一（ほしい よういち）

京都大学法学部及び文学部卒業、京都大学大学院修士課程修了。関西大学文学部教授、博士（文学）。共訳書に、D. ブルーエット『「ロビンソン・クルーソー」挿絵物語─近代西洋の二百年（1719-1920）』（関西大学出版部、1998年）、編著に、『未分化の母体：十八世紀英文学論集』（英宝社、2007年）がある。

## ダニエル・デフォー研究

2019年12月10日発行

著　者　　干　井　洋　一

発行所　　関　西　大　学　出　版　部
〒564-8680 大阪府吹田市山手町3-3-35
TEL 06-6368-1121／FAX 06-6389-5162

印刷所　　尼　崎　印　刷　株　式　会　社
〒661-0975 尼 崎 市 下 坂 部 3-9-20

©2019　Yoichi HOSHII　　　　　　　Printed in Japan

ISBN 978-4-87354-709-1　C3098　　　落丁・乱丁はお取り替えいたします

**JCOPY** 〈出版者著作権管理機構　委託出版物〉
本書(誌)の無断複製は著作権法上での例外を除き禁じられています。複製される場合は、そのつど事前に、出版者著作権管理機構（電話03-5244-5088、FAX 03-5244-5089、e-mail：info@jcopy.or.jp）の許諾を得てください。